站在上天這一邊

王楨棟

目次

推薦序

殖民地百姓的命運

陳芳明

台灣距離戰爭時期的歷史已將近一個世紀，那場戰爭所造成的記憶傷痕其實還沒有完全過去。對於殖民地的命運，島上住民似乎沒有任何發言權。畢竟從受教年齡開始，就已經被灌輸日本的皇國思想。這段歷史記憶慢慢接近遺忘的階段，而且淡化成為非常遙遠的風景。如果十年可以成為一個世代的話，那段時期的經驗與受創如今都已消失。有關戰爭時期的文學，在戰後第一世代的作家有太多人營造過。從鍾肇政到葉石濤，甚至到一九七〇年代的李喬，他們曾經頻頻回首，為台灣文學留下難以擦拭的記憶。進入新世紀，尤其整個台灣社會又進入了後現代，很少有人願意回首瞭望那戰爭時期所遺留下來的傷痕。這部小說誕生時，幾乎可以說是一種非常稀罕的探究。

到了戰爭末期，島上的青年大都被徵召到南洋去作戰。這篇小說便集中在生死關頭的歷史階段，描述台灣兵在最前線的命運遭遇。有關這段時期的歷史小說，寫得最好的是鍾肇政先生，他為我們保留太平洋戰爭期間的殘酷記憶。《站在上天這一邊》這部小說也是描述太平洋戰爭的歷史故事，距離那段充滿鮮血的記憶階段，事實上已經超過半個世紀以上。對於正在崛起的作家而言，時間似乎有夠遙遠。這樣的歷史小說創作，可以說艱鉅而困難，但作者願意自我挑戰，重新去探索那即將湮滅的上世紀戰爭。由於台灣人在戰前是屬於日本統治，戰後卻又由擁有戰勝者姿態的國民黨來接收，使許多矛盾的價值同時存在於島上。台灣人到底是屬於戰敗國的日本，或是屬於戰勝國的中國，這項矛盾曾經苦惱台灣住民有很長的一段時間。

《站在上天這一邊》這部小說，等於是跨越世代的記憶重建。作者一定是家族中的長輩傳述給他，或是他積極尋找史料而獲得屬於他個人的記憶。無論如何，作者的努力應該獲得肯定，他有意讓新世紀的讀者重新回到那不堪回憶的戰爭年代。小說以羅廣奇這位人物為主軸，然後輻射出去個人的經驗與記憶，讓那年代的光與熱再次釋放出來。羅廣奇在戰後又回到從前在南洋戰地的現場，似乎帶著某種程度的自我救贖。因為他回去了，等於是他蓄積了足夠的勇氣，面對他生命中最大的傷口。

故事非常精采的關鍵所在，便是主角羅廣奇重新回到海南島去尋找台灣兵。他們無辜被推入戰爭的漩渦，最後也無辜被日本帝國拋棄在遙遠的戰場。小說中提到一位大隊長吳振武，他是戰後二二八事件中在台中以武力反抗國民黨的領導人。經由小說的敘述，讓讀者也窺見這位人物的抵抗精神。在二十一世紀的今天，戰爭硝煙都已經平息下來，小說的文字記憶竟然可以如此生動，作者的用心良苦讓讀者在閱讀之際，也深深感受了台灣人命運的曲折頓挫。能夠優先閱讀這部小說，是我個人的幸運。如今他結集出版，又讓我再次閱讀一次，許多感覺也跟著回到靈魂深處。

為他寫序時，我好像又重新回到戰爭初期的台灣。作為一九四七年二二八事件後才出生的世代，更加能夠感受家族中長輩的內在心情。他們有過戰爭經驗，自然也帶著戰爭的傷痕。小說作者有意帶著我們重新回到那荒涼的年代，這是近年來寫得相當成功的一部戰爭小說。他讓我們面對傷口，也同時讓我們真正縫合傷口。

二〇二二年三月三十日於政大台文所

楔子

父親在日治時期的二次大戰期間，曾經被日本政府徵調為巡查補，派駐於海南島服務。後來由於戰爭吃緊，日本兵源不夠，巡查補已淪為日軍戰爭的士兵，並參與作戰。

小時候常常聽父親談起他年輕時候，在海南島當巡查補的種種遭遇。當我們年紀稍大時，他將這些被徵調到海南島的經過寫在紙上，可惜寫了一半時他就過世了，所幸從頭到尾的經歷他已完整的口述。

最令人好奇的是：當時戰爭吃緊，日本正處於兵源短缺之窘境時，父親竟奇蹟似的經過日本軍方的核准，在戰爭還沒結束時就已經安全的回到台灣了。以下就是父親當時的經歷，父親的名字叫做「羅廣奇」。

1 營救

斜坡上的荒地，被韌性堅強的芒草攻占了滿地，白茫茫的芒草花沿著鐵絲刺網架成的圍籬邊盛開著，芒草花蔓延到遙遠處，有如飄向遠方的一片白霧。片片白茫茫的芒草花搖曳著，像是對著情人哼唱著詩篇；但是，綠色的芒草葉反而是會割傷人的利器。站在坡崖下的羅廣奇，只得小心翼翼的用腳上的鞋子，折撥開叢叢的芒草葉。然後踩在芒草葉的夾縫間，蹬上了坡崖頂端末長草的土坡塊，剛好站在圍籬邊。

他站穩腳步後忽然覺得腳踝處有一陣癢痛，本能的低頭一看，發現長在腳邊的白色芒草花上沾了一點點紅紅的血跡，這才知道腳踝被芒草葉割傷了；但羅廣奇不以為意，因為他著急的往圍籬內瞧著。

◇◇◇

這是羅廣奇第二次再踏上海南島，雖然戰爭已經結束將近七個月了，但是被徵調到海南島當巡查補的人卻一個也沒有回來。這個原因使得很多家屬找上門來委託羅廣奇尋找他們的兒子，而羅廣奇的心情也是跟他們一樣，更想找到那些同僚、朋友以及同學們，並且希望帶他們回到這塊屹立在迷濛大海中的「超大航艦」，也是家鄉「台灣」本島。

當船停靠到海南島的榆林港時，羅廣奇立刻跑到在港邊賣台灣進口水果的攤位上找阿水，阿水嬸告訴他：聽說他們是被關在陵水或三亞附近的集中營內，也聽到說有一些人是關在北黎和那大的集中營。戰敗國的日本兵都已經由米國[1]或聯合國派出的艦隊載回日本本土了；開羅宣言使得台灣歸屬於中國，原來歸屬於日本的戰敗國——台灣，瞬間又轉變成了戰勝國的一分子；那些台灣籍的日本兵皆從「為天皇而戰」的激情中接受了戰敗國的悲情，忽然間又要改成了站在戰勝國的「中國」這一邊狂歡。悲情和狂歡膠著在一起，那樣的心情好像失心瘋一樣，久久無法靜止來釐清情況，就像芒草花延伸到遠處一樣，和霧氣交錯成茫茫的一片，讓人分不清遠方是霧氣還是芒草花。

那麼為日本作戰的台灣兵現在到底在哪裡呢？變成戰勝國的台灣兵又怎麼會被關在集中營內？不管怎麼疑問，羅廣奇還是決定先帶他們回到台灣比較重要。

阿水熱心的到附近的鄰居處幫他打聽，回來後他告訴羅廣奇：「可以到專門協助辦理台灣官兵遣送回台灣的『忠誠會』問問看。」

於是他立刻搭車趕往三亞市區，找到了「忠誠會」的位址，會長聽說有人從台灣來

---

1 日治時期稱「美國」為「米國」。

找他，立刻出來迎接：「歡迎！歡迎你來。」

「大隊長好！」羅廣奇認出了是他們第十六警備隊的大隊長吳振武[2]，立刻舉手向他敬禮。

「你怎麼知道我是大隊長？」

「報告大隊長，我之前是第十六警備隊第七小隊的巡查補，有一次移防時我跌到水溝，您剛好到達，並請救護車來送我到三亞海軍醫院醫治。」

「可是衛兵說你是從台灣過來的？」

「因為我在三亞海軍醫院醫治一段時間後，三亞海軍醫院把我送回台灣。」

大隊長吳振武聽了羅廣奇的說明後告訴他：「海南島已經是回到戰勝的中國領域了，由中國國軍接管，台籍日本兵也隨之列入中國軍方管理，軍人到處走動必須要有『路證』才能通行。」

因此，他建議羅廣奇先到「台灣同鄉會」辦理「路證」，並告訴他要接回的那些台灣朋友，最有可能被關在陵水集中營。所以第二天，羅廣奇先去了位於三亞的「台灣同鄉會」，替登記在名單上的人辦理幾張「路證」。

他帶著這幾張「路證」，先在三亞附近的金雞嶺、荔枝溝和中島等三個集中營尋找他們，但都沒有結果。接近中午時分，阿水陪著他急著坐上開往陵水的客運車，抵達他最熟悉的陵水時已經是下午時分了。

羅廣奇知道從鐵刺網的圍籬外往內瞧，只要認出在集中營內有幾個之前隊伍內的熟面孔，就可以確認他們應該是被關在同一個集中營內。

「看到了，有幾個之前是跟我同隊伍的人，我就知道他們一定是被關在陵水集中營。」他指著圍籬內並告訴同行的阿水。

雖然不知道他們的名字，但那是熟面孔。有一個人在遠遠的地方走動著，他瞧見了羅廣奇時一臉狐疑的看了他一下，羅廣奇想：「他應該也是覺得我很面熟，只是感到奇怪，我怎麼會是站在圍籬外面？」

「你們有什麼事嗎？」門口的衛兵看見他們在圍籬邊鬼鬼祟祟的觀望，提著槍從門口走過來，用槍指著羅廣奇問著。

「我想帶幾個台灣來的同胞回台灣。」羅廣奇一面說著一面把手中那幾張「路證」遞給衛兵看。

「這麼多人，可能要報告我們隊長吧！」

他們跟著衛兵走到大門口，大門口有一些衛兵，其中一個衛兵進去隊長的辦公室裡。不久，隊長和衛兵一起走出來。

「一次帶走這麼多人，恐怕有困難。」隊長右手搖晃著手中的「路證」，用那疊

2 日治時代，台灣人被日本政府派駐海南島警備府直屬第十六警備隊擔任大隊長。

「路證」打拍著左手掌。

「那能不能再讓我看一下『路證』上的名單？我來挑選幾個人看看。」羅廣奇伸手拿回那幾份「路證」，利用身體的遮掩，迅速的把口袋裡僅剩的一枚金幣包夾在這疊「路證」的邊緣，然後假裝在挑選名單，接著再遞給隊長的時候，刻意將冷冷的金幣壓一壓他的手掌：「這樣好了，我覺得這些人都需要回台灣，能不能麻煩隊長通融一下，盡量找到這疊名單裡的人，讓他們回去台灣與家人團聚？」

「好吧！試試看好了。」隊長把「路證」上的名單抄給衛兵，幾個衛兵進入營裡尋找。羅廣奇看到隊長的眼角偷偷瞄了一下那枚金幣，然後左手抓著那疊「路證」，將「路證」裡的金幣抖到右手裡，用不著痕跡的姿態塞進了口袋。之後，他們被帶到辦公室裡等待。

「請問隊長，戰爭不是已經結束了嗎？日本人都遣送回去了，為什麼這些台灣兵還不能回家？」趁著空檔羅廣奇打破了沉默，一方面想和隊長攏絡感情。

「先生，您這個問題和台灣回歸祖國有關，台灣已經回歸祖國了，台灣兵也就沒有遣送回國的問題了不是嗎？為了他們的安全，並且希望他們繼續為祖國效命，所以我奉命看管他們。」

「他們還有任務嗎？」

「我說我奉命看管他們，其餘的問題無可奉告！」

羅廣奇看隊長臉色頗有微怒，板著一張臭臉；雖然金幣都拿了，但看來他還是一個很難搞的人，怕影響到他放行的意願，因此羅廣奇不便再扯下去了。這時衛兵已經帶了第一個人進來，這個人衣衫襤褸，有點喪氣的踏進辦公室。

「你……羅廣奇？」陳嶸嶔看見他，驚訝的表情寫在臉上，羅廣奇對他使了個眼色。這也難怪，幾個月前羅廣奇仍然跟陳嶸嶔在同一隊上，但是現在羅廣奇服裝整齊，像個紳士樣；而陳嶸嶔卻像戰敗的落水狗一樣。的確也是戰敗，可是卻也是屬於戰勝的一方，這種矛盾真令人迷惘。

接著又來一個人，是陳匱郭一跛一跛的走路進來，他用驚訝的表情與手勢指著羅廣奇，打斷了他的思緒。

「我是從台灣來接你們回去的。」羅廣奇用暗示性的話語打斷了陳匱郭的疑問。陳嶸嶔也適時的伸手搭在陳匱郭的肩膀上，用表情表達不用再問下去的意思，否則搞不好讓隊長知道羅廣奇原來也是在隊上服役的人，是不是也要叫羅廣奇回到集中營看管呢？

「你的腳受傷了？」

「他亂吃東西，染上了腳氣病？」

「大概是亂喝水吧！沒辦法，沒東西吃，每天餓得受不了。」陳匱郭看羅廣奇皺著眉頭，自己就回答。

後面接著走進葉松條，他打著赤膊。

「喔！葉松條，你身體真壯，今天天氣算是有點冷，不用穿衣服呀？」其實羅廣奇看他打著赤膊的身體卻是瘦很多了。

「唉！外套和上衣都拿去換吃的食物了。」

他們的回答使羅廣奇感覺到他們的食物應該是不夠吃，他們不是在集中營看管嗎？怎麼會落得食物不夠吃的窘境？羅廣奇用疑問的眼神瞄了一下隊長，隊長有如置身事外的看著窗戶外頭那片霧氣中的芒草花，根本懶得理睬他們。不過看到要找的人一個個的出現，使得羅廣奇帶著找到人的欣喜心情等待著。

接著又進來一位羅廣奇不熟悉的人，他有點慌的四處張望著。

「請問你叫什麼名字？」看得出來這應該也是託羅廣奇找的人之一，因此他用台灣話問他。

「賴旭洋。」他聽到台灣話，臉上的表情放鬆了許多。

「我想起來了，你是嘉義人，你父親打聽到我，專程從嘉義到新竹來拜託我找你回去的。」

此後等了一陣子，接著後面卻沒有人出現了。

「還有的人呢？」羅廣奇著急的問著。

陳嶸嶔說：「還有梁京晃還沒到。」

「不止吧！還有很多個人呢？」羅廣奇說。

「阿奇，我跟你說，已經沒有了啦！」葉松條說得有點無奈。

「那江禾埕呢？」

「誰叫他會修車技術，被調到中國軍隊的運輸單位了。」

「聰明仔呢？」

大家一陣默然之後，陳匱郭才悠悠的說：「你是說賴充茗嗎？他已經死了。」

「你是說我回去台灣以後的這段時間，他戰死了嗎？」羅廣奇非常震驚：「他太太在等著他回去呢！」

「不是，是在戰後，他酒醉時在街上和當地人吵架被追打，那群人將他打死了啊！」

「我們也沒辦法救他。」葉松條轉身讓打赤膊的背和手臂給羅廣奇看：「你看，我也被打得身上都是瘀青，幸好我逃得快。」

羅廣奇在台灣要過來時，在街坊聽說他們在海南島的大概遭遇。戰爭結束後，戰敗的日本兵由日本政府或米國軍方遣送回去了；屬於戰勝國的台灣兵呢？被繳了械，沒有單位幫助他們回家，只能繼續滯留在海南島。戰爭期間被日本兵欺負的當地居民，把怒氣發洩在當時屬於日本兵，現在還穿著日本軍服，但卻是屬於中國的台灣兵身上；而原來效忠日本的台灣兵，一時之間也很難適應角色的轉換，聽說產生了很多衝突，消息傳回台灣，鄉親們都很著急。

「怎麼會這樣？這叫我怎麼對他太太交代？」雖然聽說了，但是羅廣奇還是很難接受這種情況發生在弟兄們的身上：「還有沈雲城呀！」吳妮莉渴望與哀求的眼神浮現在他的腦海中。

頓時空氣中靜默的氣氛，讓羅廣奇感覺到事情的不妙，立刻後悔問出去的這句話。

「他也死了啦！」無法阻止的回答迴盪在空氣中，是葉松條無奈的說出這句話。

羅廣奇閉著眼睛用意志力抵抗這句話，但「他得了瘧疾，病死了。」這個聲音還是從腦子的隙縫中滲進去了，腦中接收了這個訊息，湧上來的是無法面對吳妮莉的絕望心情，癱軟了羅廣奇的身心。

這時候梁京晃進來了，打破了這尷尬的氛圍：「嗯！你們怎麼都來這裡，大家怎麼這麼安靜？」

隨後他又看到了羅廣奇：「阿奇，你不是回去了嗎？你怎麼又跑來這裡了？」

羅廣奇大聲的問：「聰明仔和沈雲城真的都死了嗎？」因為他要提高聲調來擾亂梁京晃的聲音，羅廣奇當然已經知道他們都不在人間了；雖然，大家都用台灣話語夾雜著日語交談，但還是怕隊長或衛兵聽得出他們交談的內容，如果得知羅廣奇原來也是巡查補的隊員，是不是也要將他關入集中營內？

在這個同時，衛兵也正在報告隊長關於找得到的人都已經到齊的事情。

「能找到的人都到齊了，不想回去了嗎？再不回去就留下來好了。」隊長聽完報告後站起來，一臉凶樣的看著他們，手中晃著那一疊沒有找到人的剩餘「路證」。

「再不回去連你也一起留下來！」隊長凶狠的指著羅廣奇。

「是！」大家慌忙同聲跟隊長敬個禮，但是回答的語言都是台灣話，台灣話的「是」和中國話「是」的聲音有點像，只有葉松條說出來的是日語的「嗨！」夾雜在大家的聲音中。

梁京晃、賴旭洋和陳匱郭正轉頭要回營內，羅廣奇說：「你們要回去做什麼？」

梁京晃說：「回去拿行李。」

「不要拿了，快走呀！」

羅廣奇說完連喘口氣都不停的跟著大夥兒急忙走出大門口外，大家也深怕回去拿行李時，隊長放行的心意又變卦。事實上，他們的行李內也沒什麼有價值的東西了，羅廣奇算一算，他們連阿水算起來總共只有七個人，有些失望。

太陽漸漸往西邊的天際移動，他們的腳步快速前進著，驚動了路邊芒草叢內的斑鳩，牠們拍著翅膀，往空中竄飛，在黃昏的天空裡顯得格外有逃離的感覺。

他們得趕在最後一班開往榆林港的客運車之前到達車站；不只是怕搭不上車的問題而已，最重要的是怕趕不上阿萊伯的船。他的船停泊在榆林港邊，當初羅廣奇拿了二枚金幣給他，要求他給羅廣奇留十個位置，阿萊伯說大概只能給六個位置左右。

他說：「有很多人拜託，大家都搶著要搭船，我還有許多貨物要載，所以位置十分有限。開船時間到的時候，你們得要趕回來，我是不會等太久的。」

會找上阿萊伯是因為那時候戰爭剛結束後的幾個月，隔壁的鳧湖村或本村的人，以及那些有親人滯留海南島未歸的人，紛紛經人介紹，或是親人自己跑來新竹州南寮地區的楝榔村，來找羅廣奇打探消息。

「聽說你是從海南島當兵回來的，我是來打聽看看，大戰已經結束半年了，我的囝仔到現在還沒回家？」

羅廣奇知道每個來打聽的人都是很著急，但是整個海南島那麼大，他也不是那麼神通廣大，他的能力也只能就他熟悉的人和單位去尋找而已。

可是羅廣奇卻無奈的只找到這幾個人，有些並不是沒找到人，而是再也帶不回家了；想到這裡，他停下腳步，不甘心的回頭往集中營的方向望望，想想也沒時間再回頭找了，只能選擇前進。

「砰！」正當他回頭往後方望的時候，前面卻傳來一聲：「打死你這個日本鬼仔！」

是一位當地村子裡的農夫，經過他們身邊時，這位農夫忽然拿起了挑在肩上的扁擔，冷不防的往陳匱郭的背部砸下去。這時候，大家已經又餓又累了，加上現在到底他們還算不算是日本鬼子？這個問題使得大家腦筋又轉不過來的愣在那裡。

羅廣奇立刻衝向陳匱郭那邊，對著那位農夫說：「我們是台灣同胞，不是日本人。」

「你們占領我們土地，又欺壓、殺害我們的人，你們就是！」

「你聽我說，我們是被徵調……」

那農夫根本不想聽，他又看到大夥兒都圍了過來，於是拿了扁擔挑起那兩個空籃子，立刻往村子裡跑，一面喊著：「有日本鬼仔打人呀！」

大家也被這位農夫的喊話驚醒了，本能的往車站的方向跑。跑了一段路後，羅廣奇忽然上氣接不下氣的大喊：「停！……停下來！」等大家停下來喘氣後，他說：「不要往車站的方向跑，村子裡的人一定會追過來，我們到旁邊的山坡上躲起來。」

他們躲在山坡上長得高高的芒草花叢裡，天色也只剩一點微光。過不了多久，農夫從村子裡帶來了一大群人，手上都拿著棍棒和扁擔。羅廣奇從芒草葉的隙縫中看過去，剛才那個農夫指著前方說：「他們就是往車站的方向跑走的。」這群人聽了後立刻往車站的方向追過去，留下一堆急驟的腳步聲和灰飛的煙塵。

他們躲在芒草叢中耐心的等待著，等到追他們的人跑到車站逛了一圈。再轉回來時，這群人一面走回村子一面咒罵著，發洩心中的怨氣。當他們的身影漸漸消逝在黑暗的路上時，大家才從芒草叢中小心的走出來。

天色已晚，顧不得每個人身上都被芒草葉割上了數條細細的傷痕，在黑暗中只能疾步的往前快走；所幸，陵水對他們來說已是非常熟悉的地區。

到達陵水車站時，最後一班客運車正在發動，羅廣奇趕快跑向前去攔住剛要開出車站的車子。

「我不載你們，你們就是剛才西武村的村民要追打的日本豬仔對不對？」司機搖下車窗大聲說著。

「不是的，他們誤會了，我們是台灣人，台灣已經回歸祖國了。」

「我是在榆林港賣水果的阿水，常常搭您的車啊！我保證他們都是台灣人，只是有些人還穿著日本的破軍服而已，拜託一下，我也要搭車回榆林港。」

司機靜默了一會兒，後來還是不大情願的打開車門給阿水上車，羅廣奇立刻跟在他後面上了車，拿出五元關金券給司機。那是他給阿萊伯兩枚金幣時，阿萊伯回饋一些關金券給他的，阿萊伯說：「現在島上流通這種關金券，你帶在身上可以使用。」

司機收了關金券後，其他的人也跟著上了車，寫在司機臉上的臭表情才漸漸的緩和下來，並且開始發動車子行駛。羅廣奇看看車窗外並沒有追來的人影，這才鬆了一口氣。

在深夜裡，他們悄悄的抵達榆林港車站，大夥兒只得在阿水房子內的地板上擠著睡了一個晚上。阿萊伯過來說：「明天清晨我們要趁早啟航，往南繞道，航程上會拉長一點。」阿萊伯經驗豐富，他知道避開海盜的航線。

2 軍醫的表演

隔天清晨，在阿萊伯的貨船甲板上，羅廣奇靠在欄杆前望著海面的天空，貨船急速的撥開浪花，浮雲隨著船身的前進而飄入天際，就像他第一次到達海南島的清晨一樣，天空一片蔚藍；不同的是這次回去台灣是心情輕鬆的搭著貨船，比起第一次來海南島的時候不一樣，當時搭的是軍艦，心情上蒙著一片面臨戰爭的陰影。

◇◇◇

軍艦往海南島航行的那一天，也就是羅廣奇第一次到海南島的航行，他站在軍艦的甲板上吹著海風，想起了卡桑[3]，也想起了何筑煙轉身哭著回家的身影，心中有如被撕裂般的傷痛。

「想家鄉吧！大家都是一樣的，看開一點吧！」甲板上走來了一位同僚。

---

3 日語的「母親」，台灣日治時期稱母親為「卡桑」。

「還好，謝謝你！」

「我叫賴充茗，從高雄州的美濃過來的，他們都叫我『聰明仔』，實際上我並沒有那麼聰明，學校畢業後本來要在家裡種田的……」聰明仔自我介紹一番，然後又談一下他的家鄉，又問一問羅廣奇的家鄉，羅廣奇也跟他談一談關於南寮、槺榔村的生活樣貌，談到了深夜。

「夜深了，趕快休息吧！最重要的是保持一些體力，萬一遇到狀況才能保住性命，而且逗留太久的話，四腳仔幹部會罵人的。」

「四腳仔？是什麼？」

「四腳仔就是四隻腳的，你想想看，就是指……」聰明仔往指揮艙的方向嘟嘟嘴。

「吒吒！」昏暗的甲板上傳來兩聲咳嗽聲，又一個人散步走過來。

「嗨，原來是雲城呀！」聽到咳嗽聲，羅廣奇就認出大概是他了。

「咦！廣奇，你在這兒。」沈雲城說：「我聽妮莉說你們都來考巡查補，所以也來考了呀！」

「我知道呀，是我叫她通知你的，所以我在兵東所那邊等待的時候，一直想到處走走，看看能不能遇到你，但是那邊管得太嚴，都不能亂跑。」

「是啊！還沒出發人就跑掉的話很難交代，所以會管得很嚴。這邊因為只能在船上的範圍內走動，管理上暫時可以稍微輕鬆一點，如果到了戰地可能就要小心注意了。」

「可是，我們這一出發，究竟要到哪個戰地？」羅廣奇好奇的問。

沈雲城說：「唉，這個是軍事機密，要是給米軍知道了，一定會來轟炸我們的，所以軍方不能給我們知道目的地，到達時我們自然就知道了。」

聰明仔說：「原來你們認識，到時候拜託大家要互相關照喔！」

「一定的，去睡覺吧！」

在不習慣船的搖晃中，大家總是醒了又睡了，然後又醒了。到了白天時安排到甲板上操練，或是分配工作、講解勤務、精神訓話、軍事基本常識等等。然後漸漸習慣了醒醒睡睡的夜晚，軍艦一直開往神祕的目的地，一個不能洩漏名稱的地方。

「午島丸號」在海面上搖晃了約三個晚上，白天的船艙內有時候悶熱得很，但是到了深夜還算滿涼快的，有時候，冷冽的北風有刺痛的感覺；但後面幾天在沒有風的午後，悶熱得像蓋在蒸鍋裡冒著蒸氣一樣。這時候，每個人都引頸期盼，盼望軍艦趕快到達巡查補的工作地點，管他是否在戰地，反正巡查補不用上前線作戰。

終於在第四天清晨，從甲板上看到了遠方陸地的影子。晨霧中，燦爛的陽光穿散了薄霧，照遍碼頭上的房舍與旁邊的樹林。當船頭漸漸駛近，要到達的目的地終於揭曉，原來是海南島的榆林港，碼頭上顯得有點閒靜，天空一片蔚藍，看來一點也不像正在戰爭的樣子。

一直忙到下午，大家聽從幹部的指揮，將行李安頓好後，還有約半小時的自由休息時間。這時候羅廣奇好奇的到四處看一看，走到一處樹林下的草地上稍作休息。忽然間，感覺到一股不尋常的氣息從前方瀰漫出來，大家都匆匆的往護理站前的大樹下跑去。羅廣奇正在狐疑的時候，聰明仔剛好從他的面前跑過，聰明仔一面跑一面轉頭過來對羅廣奇叫著。

「要不要去看啊！」

「看什麼？」

「四腳仔軍醫在表演啦！」

「表演？」

羅廣奇覺得奇怪，不過還是懷著一顆忐忑不安的心，好奇的跟著人群跑過去，想看看日本軍醫到底在表演什麼？

現場的周圍早已圍滿了人群，羅廣奇只好從人群推擠的隙縫中看過去，卻看到一幅令人毛骨悚然的畫面：一個日本軍醫正在解剖人體，旁邊圍著幾個看起來應該是在實習的醫生，負責解剖的醫生舉起那戴著手套的手，抓著一個血淋淋的人體內臟給實習的醫生們觀看，並用一根小小的指揮棒比著：「這就是人類的胃！」潺潺流動的血泊順著揮棒的尖端流下，滴到了扒開的腹腔內。

那個被解剖的人體竟然還是活著的，雖然打了麻醉藥，但是身體還微微的抽搐著，口中斷斷續續的發出了呻吟聲：「喔嗡……喔嗡……喔嗡……。」空氣中散布著撲鼻的血腥味。霎時間，滿天的金星從四面八方射進羅廣奇的腦中，扭曲的紅色血液像萬馬奔騰般的想要洩出了羅廣奇的身體，他的臉色一片慘白，暈眩得無法駐足自己的身體。

羅廣奇搖搖晃晃的衝到附近低矮的芒草叢裡，一股噁心的力道，從腹腔內無法抑制的溢出到芒草花叢內。雖然腸胃內的東西都吐光了，但還是一直作嘔，似乎要把腸胃從口中也一起掏出。

羅廣奇在草叢裡幾乎昏厥的趴著，不久之後，有兩隻堅強的手臂將他的肩膀扶起，那是王筌堃和陳嶸嶔，他們將昏昏沉沉的羅廣奇抬到寢室休息。

那種讓心靈震顫的畫面和噁心之血腥氣味，久久縈繞於羅廣奇的心裡，揮之不去；尤其是看到了餐桌上的肉類食品，就立刻想要嘔吐出來。但是他知道，在這個時候，如果想活下去的話就必須要將肚子塞點東西，喝點水，只好這樣子勉強吃些蔬菜和喝點水，撐過一段日子，噁心的感覺才漸漸淡掉。

3 恐血症

對羅廣奇來說解剖人體的震撼力是比別人還承受不起的，那是因為他對「血」有特別的恐懼心理。每次看到血或自己的身體割傷流血了，全身就因此而癱軟，面色慘白。其實早在讀公學校的時候，他就發現了原來自己有這種歇斯底里的怪癖。

那是一個苦楝花開的季節裡，三月的微風穿過滿樹粉紫色的花團間，吹落了幾許花瓣，一片粉紫色的花瓣飄到一間教室的窗前。透明玻璃映照出落在窗前的淡紫色花瓣，從映照的透明瓣影穿透玻璃，可看到教室內正在上課中的光景：羅廣奇正在上課中，坐在教室後面角落的座位上。一個不小心他的手指頭被刀子劃了一條細微的隙縫，一滴很微小的紅色血水從隙縫中滲出來，他趕緊用右手壓著左手受傷的手指頭，臉色顯得慘白。抬頭看看周圍，教室裡的同學都在忙著，其中也有幾位是日籍的同學。這時候陳嶸欽剛好走過他身邊，於是羅廣奇用求救的口吻跟陳嶸欽說：「我的手指頭割傷了！」

「哪裡受傷？」陳嶸欽抓起他的手：「沒有看到哩？你真愛開玩笑。」

這時候，教室外頭的工友剛好拿起搖鈴搖起來，響出了下課的鈴聲。

「好吧！我帶你去保健室。」

他們匆匆的沿著布滿了黑灰色的雨淋板牆邊，走到整排日式建築教室的盡頭，最後一間是保健室。
日籍的護士阿姨托起羅廣奇的手，皺著眉頭瞧著。
「哪裡受傷？」
「拜託您幫他擦一擦藥。」
陳嶸嶔向護士阿姨一鞠躬，羅廣奇則指著受傷的部位給她看。
手指頭擦個藥水後，回到教室一看，教室內鬧哄哄的，好像有點吵架的樣子，有幾個同學面容帶著怒氣。
「都你們占著用就好了，那我們呢？都不能畫了嗎？」
羅廣奇說：「是發生了什麼事嗎？」
「是那幾個日籍的同學一直占據著畫筆和顏料，所以我們都一直沒辦法畫飛機上的圖形，所剩時間不多了，我們都在等著他們畫完呀！」
這是距離畢業前一個月的一堂美術課，他們各自正在用廢紙板製作出一架模型戰鬥機，老師規定要在兩側機翼上各畫一個大日本帝國的「旭日光芒圖」。但是顏料和畫筆是全班共用的，如果在課堂上沒畫完，回家後家裡可能很難有畫筆和顏料可用；但是日籍的同學他們回家後應該都有畫具和顏料，反而他們卻持續的占據著使用。
「沒關係，等他們畫完後，我用最快的速度幫你們畫好，這不就解決了嗎？」羅廣奇跟大家說：「讓他們好好的畫完他們的作品，我相信他們一定會趕緊畫完的。」
伊木定由聽到羅廣奇的話，抬頭用感激的眼神看了羅廣奇一眼，羅廣奇也看到他有在加緊趕工的樣子。

雖然畫圖是羅廣奇拿手的項目，這麼簡單的圖形他是可以畫得很快的，而且他也是很願意幫這些同學畫模型飛機上的圖案，但是心裡卻又不太願意畫；羅廣奇自己揣測並不是厭煩拜託的同學，也不是厭惡畫旭日旗的圖案。心裡也說不上來，潛藏在內心深處的應該是旭日光芒圖的紅點，看來有點像是剛才手指頭滲出的那一滴血，旭日旗的光芒紅線就像那一滴血沿著傷口的邊緣滲出的樣子。想到這裡羅廣奇又開始後悔剛才說的話了，之前看到血從自己的皮膚上流出來，臉色就慘白得要暈過去，歇斯底里的莫名恐血心理，從身體裡壓抑不住的竄出來。

但不管感覺如何，羅廣奇總是鎮定的開玩笑回答：「阿彌陀佛，各方須由我幫忙畫的人，不嫌棄老衲的技術不怎麼樣的話，請把你的作品隨喜放下。」

他一邊說著，卻不好意思告訴大家看到紅色放射形狀會產生怕血的心理狀態。因為羅廣奇怕大家誤會他不願意幫大家畫，只好壓低著慘白的臉，勉強撐著幫同學畫旭日旗圖案。一直快速的畫到最後剩一件還沒畫，但是已經撐不下去了，眼前一片模糊，只好用雙手掩著臉撐在桌上休息，還沒畫的那一件是班長李滄舜的。

李滄舜正盯著他自己的作品，說：「你怎麼不畫了？拜託，行行好心幫我畫，放學時我請你吃東西。」

羅廣奇掩著面的點點頭，其實不是為了吃東西，而是希望李滄舜走開不要打擾，讓他自己靜一下。

「未做完的部分帶回家完成，下個火曜日[4]再帶來打成績，這件作品要併入畢業成績計算。」老師在講台上對班長比個手勢。

李滄舜立刻走上講台，在黑板的右側角落寫著：昭和十六年（一九四一）三月十一日火曜日，交美術作品「大日本帝國戰鬥機」。

放學了，學生們走出木匾上用毛筆寫著「新竹州立樹林頭公學校[5]榛榔分校」的校門口，羅廣奇也魚貫的跟大家走出校門。右轉經過一間用簡單木料搭蓋的屋簷底，牆面是使用灰水泥砌的，在矮牆角的旁邊，是一間有點舊的簡陋房子。這時候，他發現李滄舜在他後面著急的追著腳步，轉過一個街角。

「走進去！我請你吃東西。」

「不用，不用，不用啦！」

「沒關係！我說過要請你吃東西的。」李滄舜硬拉著羅廣奇進到這間房子內的椅子上坐下，然後進入內間找老闆。

「老闆，我這邊有一張『切符[6]』給你。」他小聲的跟老闆說：「有什麼可以吃的？」

4 日語星期二稱為「火曜日」。
5 日治時期學制，約等於現在的國小。
6 日治時期政府用票券管控戰時民生物資的分配，這種票券稱為「切符」。

一會兒，老闆送上兩碗番薯籤。

接著送上兩碗湯：「噓，再多給你們兩碗豬血湯，好不容易才有管道拿到的。」

「我們沒有要喝這個湯呀？」羅廣奇看到豬血塊，嚇得臉色開始慘白。

「噓！這是今天特別的湯，只有你們才有得喝。」

「我不用，我不吃豬血湯的。」

「不用客氣，我有特別的管道拿到的，放心，我不會虧本的。」

「豬血湯很好吃呢！你沒聽老闆說的嗎？好不容易才拿到的，我偷偷跟你說，他跟我們有親戚關係才有的，所以不要浪費掉。」

「這樣好了。」羅廣奇雙手掩著臉沉思了一下，想一想一定能贏的：「我們來猜拳，我猜贏的話，兩碗豬血湯都給你吃；你猜贏的話，我那碗豬血湯就只好自己解決了。」

「好呀！誰怕誰？」

但是，事與願違，沒想到羅廣奇的招數還是輸了，只好把那碗豬血湯推到遠遠的桌角邊，免得看了頭暈，然後他自顧吃著番薯籤。

羅廣奇暗自忖著：快快吃完，趁李滄舜還在吃的時候就溜了，拋下那碗豬血湯給他吧！所以羅廣奇認真吃著番薯籤。

「你幹嘛吃那麼快？」

等到快吃完的時候，又被李滄舜識破了招數，不過羅廣奇的眼尾似乎感覺有人站在外面看著他的樣子；猛一抬頭，門口果真站著一個乞食者，他正用乞憐的眼光盯著羅廣奇吃番薯籤。羅廣奇忽然靈機一閃，拋下了吃完番薯籤的碗筷，把那碗豬血湯端到屋簷下給乞食者。

「我沒什麼錢給你，但是我請你吃一碗豬血湯。」說著，他一溜煙的跑了。

「羅廣奇，你怎麼跑了？豬血湯有那麼難吃嗎？變態！」李滄舜追到門口。

「喂！今天我替你做一件善事哩，再見！」

4 木棉花仙女

交戰鬥機作品的日子終於到了，羅廣奇趕在清晨帶著作品出門，因為對喜愛繪畫的他來說，美術課是他最熱衷的一門課程。

通往學校的路除了那條固定的道路外，其實另有一條捷徑，路面鋪著煤炭渣混雜著小石頭，路的中途會經過舊市集邊，沿著市集旁邊穿出去就接到學校附近的大馬路了，如果不走捷徑，只走固定的道路就遠多了。

但是今天羅廣奇走到了捷徑的轉入口時猶豫了，因為市集後面的遠方有一個屠宰場，今天凌晨睡夢中的他似乎聽到遠方淒慘的豬叫聲，那代表什麼呢？就是今天是屠宰豬的日子，時間通常是在凌晨。到了早晨時豬肉就已經擺在肉攤販賣了，不久會有民眾拿購買豬肉的「切符」票券到攤位來購買。

有一次在這樣的日子裡，羅廣奇經過這條路，剛好看到工人們扛著一條屠宰好的豬要到市集，血淋淋的撥開著腹腔，那蒼白的豬皮上蓋滿了檢查合格的藍色印記，朝向他這邊一直移動過來。他驚嚇得腦內立刻被一陣暈眩襲擊，可怕的恐血症快要從心底竄出來，逼得羅廣奇只好想出一個辦法，那就是把頭腦的思緒和身體的動作分開管理，雖然頭腦暈著，腳卻能拔腿狂逃。

所以，今天只好走大馬路了，他呢喃著：「走大路也很好。」路的兩邊還有整排的木棉花[7]正盛開著，整排木棉花樹的中間夾雜著幾顆也是盛開的苦楝樹。但是路程較遠，倒是路又寬又沒有雜亂的市集景象，沿途種植著大片綠色的荷花田，木棉花大塊的橘紅和翠綠的荷葉形成強烈的色彩對比，而且在行進當中，時而會從木棉花群中跳躍出夾雜在中間的苦楝花。春天的景色真是太棒了！他閉起眼睛舉起手中的戰鬥機作品，一面走路一面迎著前方而來的涼風，用力做出飛翔的動作；幻想著駕駛戰鬥機，從天空向下望著筆直的木棉道和片片的荷花田所編織的美景，憧憬著繽紛的未來美夢。

一棵木棉花朵掉下來時，敲中了羅廣奇的額頭，他睜開眼睛一看，前方映入眼簾的是一位如詩般的女生，正走在前方不遠處，彷彿是從木棉花樹上飄下來的仙子，還帶著木棉花淡淡的香氣。

「仙女！好像木棉花仙子，我以前怎麼沒注意到她，大概以前都走捷徑吧？」

這時候，一陣大風冷不防的吹過來，前面的木棉花仙子手中拿著的一張考卷被風吹走了，飛飄到他的眼前。他在驚嚇中猛然伸手去抓那張考卷，而讓手鬆開了，手中的飛機作品則被風吹走。

---

7 日治時期的學制，畢業季節正是木棉花盛開的季節。

木棉花仙子慌張的跑過來拿她的考卷：「謝謝！」匆忙間羅廣奇瞥見了考卷上面名字的欄位寫著「何筑煙」。然後她就像一陣煙一樣的飄走了，留下他還愣在原地發呆，忘了撿掉在地上的飛機作品。

「嚇！嚇！」眼前閃過來兩個血紅色的旭日光芒旗圖案，原來是李滄舜跟在他後面撿起他掉在地上的戰鬥機作品，用機翼上的兩個旭日光芒旗圖案惡狠狠的瞪著他的眼睛，擋住了他的視線，也打斷了他正在幻想的那幅夢幻的詩畫。

「哈哈！在看女生被我抓到了喔！」

說也奇怪，之前羅廣奇是那個最討厭女生的毛頭小子，這下子怎麼打從心底升起一股讚歎木棉花仙子的意念？但他還是要矜持的隱藏他內心的心情。

「我哪有？我只是在看木棉花而已。」

「明明在看女生，看！前方那個走路的人不就是女生嗎？看得飛機掉了都忘記撿了。」李滄舜正好說中了羅廣奇心中浮起的漣漪，羅廣奇極力忍耐著不讓臉和耳朵紅起來，但還是覺得耳朵熱熱的，因此語塞得不知怎麼回答。

李滄舜見獵心喜，快步向前跟上了何筑煙的腳步，並肩跟她一面談話一面走路。看著他們在前面有說有笑，羅廣奇的心底升起一股莫名的焦慮，一方面又羨慕李滄舜這種可以自在跟女生交談的能力，一方面李滄舜的這個行動，好像瞬間占領了木棉花仙子一樣，而且能從前方不遠處，擒住走在後面的羅廣奇牽掛著的心情。

快到校門口時，李滄舜退了回來跟羅廣奇併排走路，讓何筑煙先進了校門。看到李滄舜退了回來時，羅廣奇的心又像繩子鬆綁一樣的鬆了一口氣，連他自己都感到莫名其妙。

「你知道她剛才跟我說了什麼嗎？你一定想知道對不對？」

「我管你們說什麼，我不想知道！」可是羅廣奇卻說得有點生氣。

「嘿嘿！你一定想知道，告訴你，她說她不喜歡畫圖畫得好的人。」

「為什麼？」

「她說因為會畫圖的人都自以為浪漫，自傲而放蕩不羈，狂妄又自大。」

「沒有哇！並沒有這樣好不好，又不是每個喜歡畫圖的人都這樣，你亂講。」

「看！還說不想知道，明明心裡就很在意好不好？」

這天早上，羅廣奇被木棉花仙子和李滄舜的捉弄搞得思緒都亂了。頭腦也變得遲鈍，整個人渾渾噩噩的進了教室，一整天痴呆的望著黑板，一直胡亂想著今天早上的這些事件，直到下課時有同學搖了他的肩膀。

「羅廣奇，你不去看看嗎？」

「——看什麼？」

「今天要貼出榜單，難道你不想升學了嗎？」

羅廣奇這才忽然驚醒似的跟著同學往公布欄的方向跑過去。

王筌堃對著他說：「不用去看了，你也已經考上了。」

對於訊息，人們總喜歡親自證實，羅廣奇還是跑到公布欄那邊看看。當初老師說得沒錯，因為拜總督府的「南進基地化政策」所賜，職業學校新增了很多錄取名額；尤其是工業方面的科系是政府政策的重點，以至於老師鼓勵大家的目標朝向「高雄州商工專修學校」。

雖然考試滿競爭的，而且學校遠在高雄州，路途相當遙遠。但是高雄州商工專修學校的錄取名額增加很多，加上老師為推行政府的政策，鼓勵與推薦同學們志願填這所學校，因而很多同學都考上高雄州商工專修學校，羅廣奇也不例外。

大家都要去高雄州念書了，而且要在高雄州商工專修學校繼續變成同學，羅廣奇看到江禾埕是汽車修復科的，陳匱郭、陳嶸嶔也都在榜單上。

「咦！那班長呢？」

「有呀，他成績比較好所以排在前面，你看，李滄舜的名字排在那裡。」

這時候上課的鐘聲響了，看到榜單的人都興高采烈的回教室，但羅廣奇不知道為了什麼，卻還好奇的看著其他學校的錄取榜單。

「上課了，快回教室。」王筌塑推著他走，他邊走邊看著，側眼一瞬間瞄到「何筑煙」的姓名寫在高雄州立高等女學校的榜單裡，這個訊息又像著了魔力似的，敲得羅廣奇更是心神不寧。

回到教室之後，這個浮動幻化的早晨，讓魂不守舍的羅廣奇痴望著黑板，就這樣，他悵然若失的過了這一天。

往後的日子裡，在校園內羅廣奇還遇到過三次那個如夢似幻的木棉花仙子。每次遇到她時，他都極力的壓抑著加速中的心跳，緊張的思考著是要對她點頭微笑，還是要招呼一聲「嗨」，或是問候一聲「妳好」；無奈，當經過她身邊的時候，這些思考都派不上用場。因為她就像在街上遇到陌生人一樣，面無表情的看著前方擦肩而過，羅廣奇的心跳也跟著失望的心情緩慢下來，想打招呼而微舉一半的手只好輕輕的放下。

這種悵然若失的感覺並沒有隨著時間的流逝而消失。一個月後的畢業典禮上，當畢業歌響起；「蛍の光、窓の雪，書読む月日、重ねつヽ，何時しか年も、すぎの戸を……[8]」藍色的憂鬱氣氛猶如漣漪般的散播到整個空氣中。別離的感傷竟然和悵然若失的氣氛混雜在一起，猶如化學一樣的變化著，彷彿未來的日子讓羅廣奇有一種走入灰飛煙滅的感覺。

8 螢火蟲的光、窗邊下著雪，一起讀書的日子，經年累月，不知何時，已將離別而去……

5 編輯社

高雄州商工專修學校是一所剛成立不久的新學校，大家畢業後等待了一個漫長的暑假，終於有些同學又在新的學校內相聚了，並且都住在學寮[9]內。羅廣奇和李滄舜是機械科的同班，當大家想不起新的班長人選的時候，在幾個熟悉的同學鼓動之下，又是推舉李滄舜出來當班長。

開學不久，學校也沿襲台北學校的做法，成立學生社團，有劍道部、園藝部、文藝編輯部、繪畫部、曲棍球部、圍棋部……等等，本來羅廣奇應該填表參加他最喜愛的繪畫部，但是他拿了填表單卻準備填上圍棋部。

那是因為在等待開學的漫長暑假裡，灰飛煙滅的感覺還是像影子樣的黏在羅廣奇的周圍纏繞著，多桑[10]看在眼裡以為他悶得發慌，所以常常找他下圍棋。因為下圍棋時必須集中精神思考，暫時可以忘了那種煩悶的心情，整個暑假也會覺得日子好過些。下完圍棋後，多桑常常對他說：「人生就像下圍棋一樣，前面下的一步，會影響到後面人生的走向與方式。」

羅廣奇印象最深的就是這段話：「歷史的演變就像下圍棋，下一盤棋的結果，就是一段歷史演變的結論。」還有這句：「仁者恆強，能留給別人的生存空間而還能贏者，才是真正的強者。」當時他對這句話雖然似懂非懂，但是因為常常和多桑下圍棋，從此培養出下圍棋的興趣，他的圍棋技術也進步很多。

羅廣奇填好了參加單，拿著單子交給班長。

「可是，你不參加文藝編輯部嗎？」李滄舜看了他填好的單子說：「不要參加圍棋部啦！來參加我們的文藝編輯部，我們正好缺一個畫插畫的人，你不來就不完整了。」

「我也喜歡下圍棋，我幹嘛不參加圍棋部？」

「我知道你圍棋很行，但是你要知道圍棋部裡可能沒有人是你的對手，這樣不是很掃興嗎？回家時再跟你多桑下圍棋不就好了嗎？」李滄舜知道他在多桑的調教之下，下圍棋的技術進步很多，所以他又說：「何況文藝編輯部因為要編輯班刊，所以繪畫用具和顏料都是班級提供的。」

「班上真的有提供畫具和顏料給我們使用嗎？」

於是羅廣奇把參加社團的單子拿回來，改填為文藝編輯部。

戰爭時期的物資是缺乏的，好久沒有太多的顏料可以使用了，羅廣奇大多只使用鉛

9 日治時期的學生宿舍。

10 日語的「父親」，台灣日治時期稱父親為「多桑」。

筆素描。不單是只為了免費的繪畫用具和顏料而參加了文藝編輯部，李滄舜說得也沒有錯，那些想參加圍棋部的同學大多數是才初步認識圍棋而已。如果他進了圍棋部，他的作用只能幫忙教同學的基本功，可能找不到他的對手可以下棋，所以會覺得很無趣；就如同他為什麼沒有參加他最喜愛的繪畫部是一樣的想法。

但是參加文藝編輯部是有附帶任務的，文藝編輯部必須在學期中代表班級出刊一張壁報，參加學校舉辦的全校壁報比賽。李滄舜和文藝編輯部的同學可是個個摩拳擦掌，躍躍欲試；羅廣奇則沒那麼興奮，他知道那些壁報上用到的圖畫，都是一些附帶宣傳用的八股圖騰，他想只要負責按照主編的想法，把圖案畫上就對了。

果然過些日子，老師說：「最近全校要辦一個壁報比賽，主題是『效忠天皇，大東亞共榮』，為了班級的榮譽，請文藝編輯部的同學加強編輯作業，需要協助的時候，請同學多給予協助。」

李滄舜當然是主編第一人選，其他人也都幫忙張羅文章，他來跟羅廣奇說：「能不能在壁報中央的主題位置畫一個旭日光芒圖？」

又來了，又要開始畫那個令他恐血症快要發作的圖案了，不過羅廣奇想一想，乾脆把旭日光芒圖轉畫成一幅美麗的晨曦寫生圖，早晨橘紅色的太陽從山邊升起，伴著美麗的雲彩，陽光照耀著一條蜿蜒的大道，大道的兩旁除了稻田外，長著片片的芒草，芒草花在逆光中顫動著金色的陽光，這景色一樣是旭日光芒圖的意境。

這個旭日東升的大景作為此張壁報的主題，出色的美景就可以隔開旭日光芒圖案對血滴的聯想，這樣想心中舒坦多了。這一大面的旭日東升景象，頗容易引起觀賞者的共鳴，遐想美好的未來願景，更讓人覺得這件壁報內容豐富。尤其是那幅旭日東升晨曦圖，讓正在陶醉於偷襲珍珠港與橫掃太平洋戰功滋味的日本老師大為讚賞，都一致給他們很高的分數。

「報告一個好消息，本班參加的『效忠天皇，大東亞共榮』壁報比賽得到全校冠軍。」

導師請編輯壁報的文藝編輯部同學到講台上接受大家熱烈鼓掌，同時又宣布：「主編李滄舜和插畫羅廣奇兩位同學等一下下課到校長室，校長要接見你們。」

下課時，羅廣奇和李滄舜心想著校長不曉得為了什麼事找他們，他們戰戰兢兢的在校長室門口大聲喊：「報告！」校長勝谷實行[11]嚴肅的坐在他的大辦公桌前，他看到他們淡淡的說：「兩位同學請進，在椅子上坐下。」

他們兩人懷著忐忑不安的心，慢慢的坐下來。

「兩位同學在編輯方面的表現非常優秀。事情是這樣的，皇民奉公會正在推動國語普及運動，提升大家的國語能力，這方面他們擬籌辦一個校際合作的刊物，那麼他們

11 日治時期高雄州商工專修學校校長。

要求本校提供兩位同學協助編輯。」校長說：「我看到你們的壁報編輯得非常好，尤其是插畫畫得很有振奮人心的力量，你們兩人一位是主編，一位是插畫，主編李滄舜是哪位？」

「嗨！」李滄舜趕緊舉手。

「那另一位當然就是插畫羅廣奇了。」

「嗨！」

「所以，本校推薦你們兩位參加這個團隊，希望你們能奮力發揮專長，為校爭光，等一下助教諭[12]岡田春見會再找你們安排相關事宜。」

本來以為有什麼重大的事情，聽了以後李滄舜和羅廣奇同時鬆了一口氣，內心裡面才漸漸的轉趨興奮，體會到這是一件可以到校外去溜一溜的好事情。

羅廣奇和李滄舜一面走回教室時，羅廣奇問他：「我們真的可以到校外去了嗎？」

「當初，我就叫你不要參加圍棋部，你看，參加文藝編輯部有好處吧！」

「下圍棋也不壞呀！不必到校外就可以在棋盤上神遊了。」

「你那什麼歪道理嘛！」

助教諭岡田春見是約在火曜日帶他們到校際合作編輯委員會。

「校長還派他的司機接我們去，好氣派喔！」他們跟著岡田春見坐進車內。

岡田春見說：「路程很近，這次我帶你們去，下次你們就得自己用走的過去了。」

車子從戲獅甲二五三番地出發，經過高雄街往前金町的方向。

「那不是高等女學校嗎？」當羅廣奇看到車子到達高雄州立高等女學校校門時非常訝異：「難道編輯委員會設在這邊？」說著，心中閃出那暫時忘了一陣子的木棉花仙子「何筑煙」的影像，記得她當時就是考上這個學校的。

「這是高等女學校呀，就是在這裡呢！」李滄舜也感到意外。

岡田春見下了車，逕自往校長室的方向走去，他們兩人緊跟在後面。校長室是在進入校門首棟中廊的二樓，牆上掛著一幅書法，寫著「敬神尊皇」四個字。校長小川七十二[13]的祕書請他們在校長室的會議桌稍候，不久負責指導編輯的教諭河內秀夫親自過來，帶他們到編輯教室報到。

編輯室的門口掛著一塊木牌寫著「國語推進隊」，各校代表紛紛進到編輯室報到，高雄中學校、高雄商業學校等的代表陸續抵達。羅廣奇的心中又逐漸浮著一個擾亂著他想法的思緒：何筑煙會不會是這高等女學校的代表？李滄舜會不會也想到這個問題？想到這裡，他偷偷的瞄了李滄舜一眼，李滄舜正認真的看著講台前方，不會吧！他對每件事都汲汲於收穫的人，不會在這個時候想到這些無關的問題。

12 約等於助教的職位。
13 日治時期高雄州立高等女學校校長。

高等女學校的幾位學生是扮演招待的角色，她們穿著藍色的水兵制服，背後脖子下方有一大塊正方形的方巾，沿著巾框鑲著三條白線，在人群中晃動著，猶如一群躍動著的幾何圖案。一直等到各校代表都坐下來，她們才在桌牌寫著「高雄州立高等女學校」的位置上坐下，原來這幾位就是她們學校的代表。

但是沒有看到何筑煙還算是有點失望，「這樣也好。」羅廣奇想著：「要是她來了，就會看到我是負責畫插圖的人，然而她又不喜歡會畫圖的人。」想著反而寬心了些，只是心中還是奇怪的期盼著，很想再看到心中的這位「木棉花仙子」。

講台上的指導員正在講述著一些推展國語的說明，他說：「刊物我們定名為『晨光』，關於內容，像是參拜神社、奉祀『神宮大麻』、全家使用日語者家門口可掛『國語家庭』的牌子等等，都可編輯在文章的內容裡，文藝性的散文也是很好發揮的作品。」有的人認真的聽講，有的人還做筆記，寫摘要重點。羅廣奇聽得很無聊，幾乎要打起瞌睡來，好不容易才挨到說明與分配工作結束。

在黃昏的街道上，羅廣奇和李滄舜從前金町往戲獅甲的方向走回學校。一路上，他的心真的有一份溜出校外混的興奮感，但李滄舜不一樣，羅廣奇看到李滄舜的表情還在思索著如何做好指導教諭交代的工作。

往後每個水曜日[14]下午，羅廣奇和李滄舜會步行到高雄州立高等女學校與各校的編輯代表會合，合作編輯《晨光》刊物。一整個下午，他們都待在高等女學校的編輯室內，羅廣奇和沈雲城討論著插畫的繪製和分配，沈雲城是高雄商業學校的代表，他的家鄉來自台南州的嘉義市郊區。

這時候，羅廣奇眼睛的餘光卻瞄到了一個熟悉的身影，那不是何筑煙嗎？他心中震了一下，心跳立即加速，一股熱氣漲到臉上。奇怪，那又怎樣？跟他又有什麼關係，幹麼緊張成這樣？他停頓了一下，吞了一口口水；連沈雲城都停下來看著羅廣奇莫名其妙的樣子。羅廣奇假裝沒事的拿起筆來繼續工作，但卻偷偷的豎起耳朵注意聽著。

「噎！何筑煙，妳怎麼也來了，上次好像沒看到妳。」這是李滄舜的聲音。

「因為學校派的一位編輯同學另外有重要任務，所以改換成我來頂替那位同學的工作。」

「那就表示我們這兩個月都會在此碰面了？」

「那當然，只要你不缺席。哈哈！」

看樣子「木棉花仙子」的個性是這麼開朗活潑的，不像在公學校遇到時，板著嚴肅的臉孔擦肩而過的樣子；反倒是羅廣奇覺得自己的個性，畏畏縮縮的，一點也不搭調，他還在想著：唉！她的樣子……想想，羅廣奇心中浮起一點挫敗感。

指導編輯的教諭規定他們也隨著高等女學校的下課鈴聲休息，但下課鈴聲搖起時，

14 日語星期三稱為「水曜日」。

羅廣奇看到何筑煙站起來，往他這邊的方向走過來。他趕緊把畫一半的畫稿蓋起來，急走向外面，沈雲城莫名其妙的看著他，羅廣奇丟下一句話：「到外面休息一下。」事實上是怕何筑煙知道他是負責畫插畫的人。何筑煙不喜歡會畫圖的人這件事，跟他是畫圖的人又有什麼關係？他幹麼逃避？他在走廊上自我疑問著。

何筑煙經常有意無意的邊逛邊看，一面往插畫桌子的這邊方向移動。有一次還帶了一個女同學一起過來，後來羅廣奇知道那個女同學叫做吳妮莉。從那個時候起，每當下課時，她們就常常過來，而且還坐了下來和沈雲城聊天，羅廣奇看到何筑煙經常在他的位子上坐下來，還動手去翻翻他蓋著的作品。

「怎麼會這樣？她是來確定我是負責插畫的人嗎？」羅廣奇在走廊上往編輯室內瞧，心裡驚呼連連的暗叫著，有點快被戳破負責插畫身分的感覺。但這又有什麼關係呢？為什麼怕成這個樣子，他回頭想時又把自己潑了一盆冷水。

往後她們常常這樣過來這邊坐，搞得羅廣奇心神不寧，無法專心畫插畫，所畫的這些作品他一點都不滿意。反而是沈雲城越是有勁，他樂於享受自己帶來的魅力。這點羅廣奇看得妒火中燒，暗叫著：「哼！人家是想掀我的底牌，你以為什麼呢？」

經常遭遇這樣的困擾，羅廣奇常籠罩在壓力的陰影下畫插畫，使得他畫出的作品越來越不如預期的好，結果進度嚴重的落後了。一直拖到後來時間只剩最後兩個水曜日可畫而已，再不加把勁恐怕會拖累了大家，所以只好在大夥兒回去之時，羅廣奇也叫李滄舜先回去，他自己則留下來繼續趕自己該負責的插畫部分。

天色已漸漸開始變暗了，羅廣奇趁天色變昏暗前趕工，聚精會神的修改著他的作品，忽然間聽見有人匆匆忙忙進了教室，並碰撞到桌椅發出響聲。

「對不起，我來拿一下我的筆，我忘了帶筆回去。咦！你怎麼還沒回去？」何筑煙發現羅廣奇還在編輯室裡面，她拿了筆後一面走近他的座位。

「嘿，是……是啊……」羅廣奇沒想到進來的是何筑煙，連忙站起來轉身面對她。他一面說話一面用身體遮住桌子上畫一半的插畫。當然，這樣是遮不住的，心中只是希望何筑煙拿了筆後就趕快回去。

「我覺得你好面熟，我認識你嗎？」

「我……們是樹林頭公學校榛槺分校的同學。」原來她是不太認識羅廣奇的。

「我想起來了，你是和李滄舜一起來的對不對，原來我們還是同學呀！」何筑煙一面說著一面繞到桌子的側面說：「哇！你畫得好漂亮，我常常來這裡坐時，看到這些作品心裡想說這是誰畫的呢？好羨慕會畫圖的人。」

羅廣奇心中驚了一下，心想：「李滄舜不是告訴過我，她是不喜歡會畫圖的人嗎？我應該沒有聽錯吧！」

那時候，羅廣奇只是幫她撿了一張考卷而已，原來她連羅廣奇都不認識。從前到現在，羅廣奇竟然在自己的心中演了一場空幻夢。他到底應該傷心才對吧！可是不知道為了什麼，在她說一聲：「莎喲娜啦！」消失在門後之後，他心裡卻有點喜孜孜的感覺。

後來羅廣奇才知道原來沈雲城洋洋自得的魅力是真的事情，正確的說法應該是他和吳妮莉談得很投機，所以何筑煙常常陪吳妮莉來插畫組聊天。

後來她們再過來時，羅廣奇也就不用匆匆忙忙的逃離他的座位了。看沈雲城和吳妮莉很談得來，他實在很羨慕，因此，羅廣奇也一直想趁機點燃他和何筑煙之間的話題；但並不是何筑煙不想和他談話，而是每次看到何筑煙過來，他就緊張得身體開始變得僵直，嘴巴不自然的語塞了。他一直想努力擺脫這種狀態，無奈，每當才找到話題開始寒暄時，上課的鈴聲又響了。

6 旗津町

最後一週，《晨光》刊物的編輯工作已經完成，編輯的這段時間大家也都混熟了，對於即將解散的編輯組都有依依不捨的感覺。

尤其是沈雲城，他最不想編輯組這樣就結束，他希望和吳妮莉有更多的機會相處，所以首先發難：「大家在這個日曜日[15]來一次出遊如何？」

也許大家正值青春年少，很想多認識彼此，因此擺脫了在公學校時對兩性的靦腆，大多支持沈雲城的出遊提議。連羅廣奇也在不知不覺中支持了他，他想至少能有一點機會和何筑煙自然的對話，擺脫那個尷尬的自己。

李滄舜說：「我研究過一個比較特別又容易到達的地方，地點就在我們這裡附近。從高等女學校門口走到附近的海口望出去，可見到遠方那一端的海面上有一些陸地，那個地方是旗津町島。聽說要到船哨町搭舢舨渡輪才能到島上，島上是典型的漁村生活景

15 日語的星期日稱為「日曜日」。

象，我建議我們到那個地方看看。」

吳秀聘說：「好呀！聽起來很吸引人，我也很想去那個地方看看。」

大家都舉手支持，於是決定了一起去旗津町郊遊。

日曜日的早晨，除了幾位同學因為回家所以沒有參加外，大部分的人都集合在高等女學校的門口。八時許由李滄舜領路，他們從高等女學校門口走出去，大夥兒走上高雄橋再經過塩埕町、榮町，到了人船町後左轉，然後再一直走下去就到達新濱町，沿著新濱町的海邊小路走，大夥兒一面找路一面趕路，不一會兒看到了船哨町的港口。

船哨町的早晨，港口內的人們已經熙來攘往的活動著，空氣中夾雜著海水味，腳踩在港口內的地上時，有時候會踏到濕濕的小水窪，不時的濺出帶著臭魚腥味的髒水。剛好往旗津町的渡輪快要開了，人們開始排隊等著要坐船。

李滄舜走在最前面，他對著後面較落後的同學喊著：「渡輪快要開了！快來排隊。」他已經收了大家繳給他的費用，所以大家排隊時他先跑去幫大家買票。

從渡船頭看出去，船面正在在海水上晃動著，在水泥地上往來的人很多，坐渡輪的人都是住在當地或是常在旗津町工作的人，他們魚貫的躍上了渡輪。李滄舜跟著別人一樣躍過去，後面跟著幾位同學也躍上了渡輪，接著羅廣奇也跟著躍上了渡輪。羅廣奇在甲板上站穩後，往右邊看到跟在隊伍後面的何筑煙，因渡輪一直晃動著，她害怕得拿不定主意而不敢跳過去，但是後面還有很多人等著要躍到渡輪的甲板上。

羅廣奇見狀後想著要伸手去拉她，但又陷入了那個緊張的死胡同裡，身體不聽指揮的開始變得僵直，手一直使不上力。當勉強要伸出手的時候，發現在稍遠處的李滄舜已經一個箭步衝過來，截住了何筑煙的手，很自然的把她拉上了甲板。

那時候羅廣奇的內心糾結在一塊，懊惱又羞愧，因此決定等一下一定要勇敢的靠近何筑煙，然後自然的放鬆身心找她聊天。

在工作人員關上了門閂後，渡輪隨著馬達的啟動聲漸漸加速，經過的海面捲起了排排的浪花，鹹水味在空氣中隨著海風迎面吹過來，飄竄在滿是油汙味和夾雜著吵雜人聲的船上。大家都沒有坐過船的經驗，所以不習慣搖晃，羅廣奇注意到何筑煙因此而緊抓著渡輪邊的欄杆，她的旁邊剛好有一些空間。於是他的身體隨著船身搖晃著，漸漸的往何筑煙的方向移動，自然的來到了那個空缺位置。

幾隻海鷗與渡輪前進的方向平行飛翔，為了引起話題，羅廣奇指著空中飛行的一對海鷗說：「妳看，一對海鷗比翼雙飛。」

何筑煙順著羅廣奇指的方向看過去，當他轉頭想繼續對她說話時，她卻說：「牠們分開了！」並也用手指著那對飛翔的海鷗。他再望向天空，看到其中一隻海鷗朝左方的天空遠飛而去，留下另一隻單獨的海鷗與渡輪平行而飛。

羅廣奇說：「唉！可惜，只剩一隻孤獨的海鷗。」

不久，何筑煙又拍拍手說：「又變成一雙了。」單獨飛翔的海鷗飛了一段時間後，遠方又有另一隻海鷗飛過來，與牠平行雙飛。

羅廣奇本想和何筑煙自然的談話，無奈海鷗也來捉弄，使得他們的談話猶如何筑煙跟羅廣奇唱反調，他只好又語塞的閉起嘴巴，純粹欣賞天空的海鷗。

「你喜歡畫海鷗嗎？」大概是何筑煙看羅廣奇靜默，反而先找話題。

「我們南寮海邊也有很多海鷗，我偶而會畫海鷗，但我比較常畫的是芒草花……」

這時候，隨著馬達聲漸漸趨緩，渡輪到達了旗津町港口，李滄舜喊著：「到了，準備下船囉！」打斷了他們的對話。

人們魚貫的下了渡輪，這次羅廣奇搶先下了渡輪後準備再伸手拉何筑煙，但何筑煙已經學會了上下渡輪，她沒有伸出手來，而是自己躍上了碼頭的地面。

李滄舜指著碼頭對面：「前方是有名的旗津天后宮，我們先到天后宮參觀。」

大夥兒走到碼頭對面的天后宮，宮內香火鼎盛，已經有很多民眾在香爐前祈拜，這時羅廣奇注意到沈雲城和吳妮莉兩人一路上都走在一起聊天，他們正一起向天后宮媽祖祈拜。也看到何筑煙上前虔誠的祈求，羅廣奇當然不敢唐突的上前去和她並排，只能在心裡默默祈求天后宮媽祖的保佑。

往北邊的方向是通往旗後砲台的小山徑，他們在逛完天后宮後，轉而往砲台的方向前進。經過一段段蜿蜒的山徑，山徑的兩旁長滿了芒草花，芒草花一直隨著層層的階梯彎彎曲曲的生長著，遠望一片白茫茫，在秋天裡蒼茫得醉人。

幾位同學三三兩兩的走在山徑的階梯上，沈雲城和吳妮莉總是黏在一起，另外李滄舜和何筑煙也經常有說有笑的走在一起，走一段山徑後終於到達最上層的砲台位置了。

李滄舜忙著跟大家介紹：「因為要防守進入打狗港的敵軍，所以砲台要放在能夠控制整個港口的地點。」

羅廣奇對那些關於戰爭的事沒有興趣，所以他到處逛逛，去看看港口與壯闊的海面，那裡讓人覺得心胸寬大，心曠神怡。

「你怎麼一個人在這裡看風景？」

他轉頭一看，是沈雲城和吳妮莉。

吳妮莉說：「去跟何筑煙聊天呀！」

「我為什麼要跟何筑煙聊天？」

「別假了，明明就很想跟她聊天好不好。」沈雲城搶著說。

吳妮莉沒想到羅廣奇會反問她，她也臉帶著疑問的看著羅廣奇。羅廣奇心想：我如果回答我不想跟何筑煙聊天，萬一她去跟何筑煙說我不喜歡和她說話，那可不行，他們也就不會站在我這邊幫忙我說些話了。

「唉！我可沒那個命吧！」這樣回答，暗示羅廣奇的窘境。

後來，大夥兒又轉向，沿著小山徑往下走，到了中途再往上爬高，經過層層階梯和陰涼的矮樹叢，終於爬到了對面最高層的旗後燈塔，燈塔前面望出去，可看到整個打狗港。

「哇！好漂亮的白色建築。」何筑煙舉起雙手，似乎要擁抱燈塔。

李滄舜又開始秀出他的知識淵博：「是啊！原本燈塔是紅色磚造的，現在白色的燈塔是二十多年前台灣總督府聘請英國技師建造的，這位英國技師將燈塔設計成巴洛克式的風格建築，真的很漂亮。」

沈雲城說：「這裡才是真正使人心曠神怡的地方。」

「你看，好多大大小小的船在港口進進出出。」何筑煙指著下方的打狗港。

羅廣奇看燈塔的周圍長滿了芒草花，白色的芒草花和白色的燈塔互相輝映，予人一種純淨的美感，於是他拿起隨身攜帶的鉛筆和紙，速寫這一片美景。

當他正聚精會神的畫他的速寫作品時，忽然聽到：「哇！這張畫得很有詩意，真的很美！」

羅廣奇聽得出來這是何筑煙的聲音，他想：她不是在看風景嗎？一定是吳妮莉雞婆鼓動她來的。

「是呀？」他轉頭笑笑，然後繼續認真的完成這張速寫。

想不到何筑煙竟也在旁邊靜靜的等著他畫完速寫，她小聲的對他說：「這一張畫得好漂亮，我好喜歡，能不能送我帶回去收藏？」

羅廣奇看了看這件速寫作品，他的作品真捨不得送人，可是這次手也是不聽使喚，竟然迅速的簽了名，然後遞給何筑煙。

何筑煙喜形於色的接下速寫作品說：「謝謝你！我一定會好好的收藏。」從她又羨慕又崇拜的表情上，可以看得出她並不是受到吳妮莉鼓動的影響，應該是真情的喜歡羅廣奇這件作品。

何筑煙說：「我比較喜歡燈塔這裡的風景。」

「所以我畫燈塔，砲台雖然是古蹟，可惜砲台給人一種沾染了戰爭氣息的影子，唉！我不喜歡戰爭。」

的確，戰爭的影子已經漸漸蔓延開來，雖然大家都在歡慶太平洋戰爭的勝利；但從物資漸漸短缺，政府要求節約的跡象來看，戰爭不可能很快的結束。也許，大家再也沒有多少這種快樂閒遊的時機了。

羅廣奇和何筑煙漸漸有自然聊開來的跡象，而他們這群年輕人整個下午倘佯在這如詩篇的燈塔景色裡，心中擁抱著海洋，追逐著白雲，夢想於未來就像燈塔一樣的充滿希望之光。一直到夕陽的餘暉，將整個海面染成了點點的金黃色，他們才依依不捨的走下小山徑，來到了旗津町港口。

回程時，當渡輪靠近船哨町的港口，已經是繁星點點的夜色了。大夥兒到達榮町的高雄橋後各自解散，羅廣奇和李滄舜在夜色中回到學寮。

一進到學寮內，陳嶸嶔就問：「嗨！你們終於回來了，說！你們今天去哪裡了？」

「我們只是出去逛逛。」

「嘿！沒有說出實情喲！」

「那你要我們怎麼說？」

江禾埕插話進來說：「有人有看到呵！從實招來別假裝了。」

「有好康的也不來招呼一下，自己偷偷享受喔！」王筌堃揶揄的說著。

李滄舜又回說：「今天是日曜日呀，你們不是都回家了嗎？」

王筌堃說：「老子今天特別早來，就是要等你的邀請呢，哈哈！」

江禾埕也說：「別轉移焦點了。」

「呵！我想起來了。」李滄舜說：「那是編輯校際合作的刊物，就是『晨光』編輯小組出遊啦！」

「那怎麼沒有找我們去？」

「他們都是編輯小組的成員，何況你們又不認識，我怎麼好意思自作主張的安插你們參加。」

「去了不就認識了？」

「這樣好啦！哪天假日我們回南寮的時候，我邀她們幾個女生來辦一次焢窯如何？她們其中有幾位同學也是南寮地區的人。」大家當然說好，李滄舜又說：「到時候你們可都要來捧場，不能食言喔！」

7 空襲

本來連羅廣奇也在期待那個焢窯日子的到來，但是大家都忙著課業，街道上戰爭來臨的氣息越來越濃。經過了兩個學期，大家都忘了「焢窯」這件事情，所以也沒人提起。

「班長老兄，我記得你說過要辦一次有女孩子參加的焢窯，你忘記了嗎？」陳嶸崟不曉得那根筋碰觸了，忽然記起了這件事。

那時候剛好「都民の日[16]」是月曜日[17]，接連著日曜日，有連兩天半的假期，他們在放假的第一天下午就先趕車回家，大家約好隔天要辦焢窯活動，因為到了第三天下午又得再趕車回學寮，時間上比較緊湊一點。

羅廣奇和其他的同學帶著行李，匆匆的坐客運車回到新竹州新竹市區。當客運車抵

---

16 日本的地區的中小學校在特別的紀念日放假一天，這一天稱為「都民の日」。
17 日語的星期一稱為「月曜日」，星期日稱為「日曜日」。

達新竹州車站時，剛好停在圍牆看板寫著「奢侈就是敵人！」的街邊。一下了車，他的眼睛就被這大大的標語字撼動了心思，街道上的三輪車、腳踏車、協力車與人們都匆匆忙忙的快速移動著，每個人的臉上都掛著有點驚惶的表情。這表象顯示了戰爭氣氛的接近，但是羅廣奇的心情卻是很興奮，他們趕緊再轉搭開往南寮的客運車。

「明天見，記得在苦苓腳集合！」大夥兒各自回家時約好明天集合的時間和地點。

羅廣奇一回到家裡放下行李，大聲叫著：「多桑，卡桑！我回來了！」

羅廣奇的卡桑從另一個房間走到客廳，但是她看到羅廣奇時的表情並沒有很高興，反而有點嚴肅。

卡桑走到羅廣奇面前，用很沉重的聲調對他說：「今年二月總督府已經開始實施徵兵制度了，徵收台灣人加入戰爭的行列，聽說日本閣議將在明年通過『海軍特別志願兵令』。市街上已經開始傳了一些傳聞，也聽說總督府在四月開始，半強迫的要求各個家庭裡至少要出一位青年的成員，徵調到南洋作戰。」

「是這樣嗎？要開始徵收台灣人加入戰爭的行列嗎？」羅廣奇覺得徵兵的事還離他很遠，不可能輪到他們這些青年去參加作戰吧！

卡桑順著他的話再強調說：「是啊，聽說前年日本政府也開始著手計畫，要在台灣實施正式的徵兵，大家都說明年台灣總督府一定會開始實施正式的徵兵制度。如果現在保甲書記來通知徵兵，就必須要參加，不參加的家庭會被做記號，並且百般刁難。」

羅廣奇只關心明天的焢窯活動，還有明天何筑煙也會參加，他要帶寫生用具去現場寫生，戰爭？那還是時間上再很久以後才會發生的事吧！

多桑也走過來強調：「大部分的徵兵都前往南洋作戰！」

「喔！」羅廣奇心想：南洋！那麼遠的地方更是與他不相關，所以他聽聽就算了，多桑和卡桑也許只是擔心的提醒和關心。他都有聽到了，所以他們說這件事後，也就沒有再多說什麼了。

十一月末已經是晚秋，田野真的是美極了，自然界的色塊揮灑在天地之間。有些稻田都已經收割，只剩少部分成熟的黃金稻田還未收成，零散的覆蓋在空曠的田野中；這塊寬廣的大地隨散的穿插著一塊塊綠色的花生和番薯田；另外有幾片是深綠色的區塊，這幾片深綠色的區塊中間，零散的灑著一些橘色的小點，這些區塊就是柑仔園。

在苦苓腳已經收割完農作物的乾旱田地間，大家準備焢窯，趁著空檔時間，羅廣奇迅速的拿出寫生用具和紙，這次他帶有珍藏的幾塊乾澀的水彩顏料，可以捕捉這片充滿了詩情畫意的田園風光。

準備焢窯的同學在收割後的稻田地上挖起一塊塊的乾土，用乾土砌成一個窯，並開始生火。焢窯的主角「番薯」就是這裡的特產，早有人從家裡帶了一大袋來。

其他的男生有的在小溪裡捉魚和青蛙，有的人爬到樹上摘野生芭樂，或是登上樹枝幹的高處遠望以及找鳥窩，站在樹枝上隨著風搖曳著。

「真神奇！把田園的自然感覺都表現出來了，羨慕啊！可惜我沒那個才能。」何筑煙跑來看羅廣奇寫生。

「這張寫生畫好後，能不能再送我？」

「喔，上次不是送你一張了嗎？」

「上次是素描，可是這次是彩色的呀！我想要完整的擁有。」

「好吧！可是不能讓他們知道，否則的話大家也都會向我要一張，我會被大家扒皮的。」事實上，她開口要羅廣奇送她畫作，是羅廣奇心中求之不得的企望。

「一言為定，駟馬難追！」她竟然伸出手指頭偷偷跟羅廣奇打勾勾，羅廣奇的拇指跟她的拇指接觸的時候，那種猶如電光火石的感覺，使得羅廣奇心臟都快跳出來了。

這時候，不喜歡太有活躍力、活動力的女生，像吳秀娉、許姹貞、簡縵晨等，她們也都跟著過來看羅廣奇寫生。

在他附近的土窯上，正開始裊裊的冒煙。

「炸彈來了！接住！」李滄舜爬到一棵芭樂樹上，採了幾顆芭樂丟給陳嶸嶔，並大聲嚷著。

一群年輕人就在這裡享受著白雲、陽光、野草和野花等大自然的饗宴。

晚秋是芒草花盛開的季節，一方面與芒草花相似的蘆葦花也順著河邊延展出優美的舞姿，白色的花海隨著微風搖曳的舞動。有時候，風中會帶著迷濛的花絮飛揚，它們展現給世人一種飄逸、柔軟、節奏、純潔與朦朧之美。羅廣奇在紙上畫出芒草花和蘆葦花交織著的一首詩，沿著河流蜿蜒到遠方，背景是大自然的塊面田野。

趁著休息的空檔，羅廣奇把畫一半的寫生的作品放好，何筑煙她們幾個人隨即拿起他的寫生作品來檢視。羅廣奇則跑到前面的河邊，索性撿了幾個圓扁的石頭，斜抛到河面，漂起了陣陣的漣漪，漣漪一波一波的擴散著，一時之間，陳嶸嶔、王筌堃也都跑過來抛漣漪。

「看我的厲害！」李滄舜不服輸的個性又發作了，硬是要抛出長長的一波波漣漪，他不斷的撿著圓扁的小石頭抛到河面。連那些不喜歡活動的女生也感染了這活躍的氛圍，吳秀娉、許姹貞、簡縵晨都跑過來試試身手。

水面上，一圈圈的漣漪不斷的朝遠方擴散出去，配合著一波波漣漪的節奏，從漣漪傳到的遠方那端，回傳來了陣陣的水螺聲。

「那是什麼聲音？」李滄舜警覺的豎起耳朵。

「那不就是空襲警報的水螺聲嗎？快跑去躲起來啊！」王筌堃立刻大叫。

其他的人這才從漣漪波的夢幻中驚醒過來。

「那是什麼？那是什麼！」簡縵晨看男生驚慌的表情也開始緊張起來。

「你們在說什麼嘛？」何筑煙卻是一頭霧水。

天際的另外一邊，一群飛機低沉的引擎聲伴隨著水螺聲，由遠處漸漸壓境而來。

「這附近沒有防空壕，趕快跑到樹叢下躲！」李滄舜喊著，並帶頭往樹叢下跑，大家趕緊跟過去。

羅廣奇跑了一半，發現他的寫生作品還擺放在地上，那作品是答應要送給何筑煙的，他趕緊轉頭回去拿那張畫了一半的作品。

「來不及了，趕快躲起來！」躲在樹叢下的同學紛紛都對羅廣奇大聲喊著。

數十架米國戰機很快的就飛臨到新竹南寮的上空了[18]，飛在前頭的P-38米國戰鬥機與迎上空中的日軍戰機開始駁火，一時之間槍聲此起彼落；後面接著飛來數架米國P-25轟炸機往機場投下炸彈，新竹機場內爆炸聲四起，地面四處竄起了陣陣的黑煙，後來P-38戰鬥機也開始對著地面掃射。

危急中，羅廣奇只好不顧一切的跳進旁邊的一大片芒草花叢裡躲藏，還聽到陣陣的螺旋槳聲音劃過天際，從芒草花與葉的隙縫中望向天空，可以看到數十架米軍的戰機，一群群的飛越南寮機場的上空。大家從沒有想過，也沒有看過戰爭的真正場面，畫面非常的壯觀而震懾人心。

顯然，米國戰機空襲的主要目標是新竹南寮機場，「轟！轟！」的炸彈爆炸聲從機場的方向漸漸擴散到邊緣，並夾雜著「砰！砰！砰！」的機關槍連續掃射聲。

忽然間「砰！砰！砰！」一陣機槍就掃射到他們焢窯的範圍了，大家嚇得肌肉緊繃著不敢出聲，好幾顆子彈都打在窯上，應該是焢窯所冒起的煙引起了米國軍機的注意，才會引來掃射。

直到米國戰機群飛過機場的另一端，螺旋槳的聲音才漸漸消失。

「這是真正的空襲。」陳嶸嶔首先跑出樹叢，他的手還指著天空。

「炸了，炸了！真的炸了！」李滄舜也指著遠方的陣陣黑煙：「這是真正的戰爭。」

當大家望著天空看黑煙的時候，羅廣奇卻看到放在地面上的寫生作品被機槍掃破了一個角落，這時候他趕忙從芒草花叢中衝出來，拿起那張破了一個角落還帶點硝煙味的作品。

「我會把它黏好。」他嘴巴念著，心中帶著失落感。

正當這驚險的一幕過去，大家正愣在那裡的時候，從遠處有一個人氣喘吁吁的一直跑過來，那個人是梁京晃，他是榛榔分校時候的同學，這次沒來參加他們的焢窯。

「喂！梁京晃，村裡發生什麼事，有沒有被轟炸？你怎麼跑得那麼喘？」

「沒有，炸彈都是打在機場上的，但是大家要趕快回家呀！」梁京晃上氣不接下氣。

「怎麼了？」

「保甲書記正輪流到你們各人的家裡，一個一個的通知，每一個男生都要到『勤行奉公青年隊』接受訓練。」

「要訓練什麼？要訓練多久？」

「我也不知道，趕快回去看就知道了。」

18　一九四三年十一月二十五日，中、美混合團首次空襲台灣新竹南寮機場。

「大家回去吧！真掃興，訓練完大家再繼續來活動。」李滄舜對大家喊著。

大家一面準備回家一面議論紛紛，有的說是米軍已經攻占台灣本島了，有的說那只是偷襲，就像日本偷襲米國珍珠港一樣。

李滄舜說：「不對！日軍已經攻占了南洋群島還有東南亞各國，並向太平洋進攻，這是我昨天才從廣播中聽到的消息，怎麼可能台灣本島反而被攻擊？」

然而，羅廣奇卻站在原地望著他自己的寫生作品發呆。何筑煙走過來跟他說：「結束了，大家都開始回去了。」

他仍然有點自言自語的念著：「我會把它黏好。」

「啊！」何筑煙忽然叫著：「你的身上流血了。」

羅廣奇已經忘記了身上的癢痛，被何筑煙這麼一叫，驟然清醒許多。這才看到他的手腳因為剛才躲空襲時，被芒草葉割了幾條細紋，其中左手臂有一條較深的割痕流了一點血。

不看還好，一看到身上流血了，羅廣奇的臉色開始變得慘白，冷汗從額頭和兩頰流下來，恐血症從身體裡歇斯底里的竄出來。

「你怎麼了？」何筑煙看他不對勁，扶著他到一棵大樹的樹蔭下，然而他已經虛弱得無法去感應那種與她接觸時，自我感覺到的電光石火。其他的人都只顧著趕快回家探個究竟，並不知道他們還落後在原地。

何筑煙扶羅廣奇斜躺在樹幹上，慢慢的做了幾次深呼吸，拜血小板之故，傷口漸漸凝固而止血。

休息一陣子，在羅廣奇喝了一口水之後，恐血的感覺才漸漸離去，終於平穩到可以站起來了。何筑煙才忍不住說：「你是被米國戰鬥機掃射嚇到了嗎？不然身體怎麼會忽然不舒服？」

羅廣奇笑了笑搖搖頭，雖然他討厭戰爭，但是不能說是害怕戰爭呀！而且羅廣奇又不願讓她知道他的恐血症狀，因此再以沉默代替回答，她看羅廣奇不願意回答，也就不再追問了。

一路上，他們聽到機場傳來消防車與救護車的狂飆聲。

「要是這些黑煙不是轟炸的話，夕陽就會變得很美。」

「是啊！」羅廣奇說：「加上這些鳴笛聲作為配樂，黃昏的美景畫面真是一幅怪異的組合。」

8 水螺聲

當他們回到村子裡的時候，看到景象已經變成一片混亂的狀態，有的人無厘頭的亂跑，有的人忙著收拾東西，有的人大吼大叫著，有的小孩哆嗦的躲在屋簷下。

「敵軍已經對台灣採取轟炸行動，勇敢的日本子民不怕敵軍的來襲……」保甲書記辦公室的擴音器不斷的廣播著。

羅廣奇剛跨入門口，看見多桑和卡桑又一次嚴肅的站在客廳裡面，一副就是急著等他回來的樣子。

卡桑一方面是安撫一下羅廣奇的心，一方面讓他不要太緊張，所以她說：「沒什麼啦！只是接到『勤行奉公青年隊』通知，訓練一個月而已。」

其實羅廣奇聽說了，自從日本閣議準備通過徵兵會議，日本總督府頒定敕令準備徵收台灣青年加入戰爭的行列，所以他判斷這些訓練就是作為預備徵兵的開始，多桑和卡桑應該也有感受到這一點，所以他們才會那麼緊張。

「勤行奉公青年隊」受訓，每天清晨起床，集合點完名後，立刻跑操場五圈，然後做操，這些是體能訓練。早餐後，升旗典禮加上一段長時間的精神訓話。

課程上有一些公民、史地、數理和職業訓練的內容，這些和學校課程差不多，感覺上比較注重勞動生活、身心的鍛鍊和團結精神。所以常常加入了一些除草和整理環境的勞動，這些訓練好像跟戰爭沒有多大關係，倒像是來認識與體驗日本精神的學習活動。

結訓後剛踏進家門，本以為大家可以回去學校上課了，但是保甲書記卻早已將徵調「防衛團員」訓練的通知單送到家裡來，所以過了兩天又要去接受訓練了。

「防衛團員」的訓練就和「勤行奉公青年隊」不同了，所謂「防衛團員」就是要在戰爭時出面守衛家園，訓練的內容很多，大多要實際操作，不像「勤行奉公青年隊」那麼沉悶。包含如何辨識敵機，空襲時的水螺聲，空襲時如何避難，還有滅火訓練、傷患包紮、防止毒氣等等。這些訓練不像是上戰場，像是要告訴大家，敵軍真的馬上要打過來的樣子。

「勤行奉公青年隊」和「防衛團員」的訓練聯合起來看，卻可以很明顯的顯示出這些都是徵兵前的訓練，這些訓練和米國戰機的轟炸，才真正的使羅廣奇感受到戰爭正在急迫接近的事實。

訓練完後，緊接著是學校冬休[19]的日子，剛好這時候傳來總督府已公布「戰爭時期學校教育臨時縮短修業年限」的規定。這麼一來，忽然間，大家都變成畢業生了，所以

---

19 日本學制，等於現行的寒假。

不用再到學校上課。

在這樣的戰爭氛圍下，居民生活的景象與往常更是不同了，除了行人走路很快外，街上的樣貌總是顯得來去匆匆的氣氛；郊區的路上，可看到附近有幾個地點都有工人挖著防空壕；政府對糧食的管控比以前更嚴格，使得日常生活的糧食、物資等非常缺乏；並且規定每家每戶門口的一邊放置垃圾筒，另一邊必須放水及沙，以便及時滅火之用；門窗必須把玻璃換成用紙糊貼，避免被轟炸的震波震碎；每個人都得戴棉織帽，以避免被炸彈的碎片傷害頭部。

這些受訓過的學生們都已被編為鄰里間的「防衛團員」，負責敵機來襲時的防護協助、滅火、傷患包紮、防止毒氣和躲避防空等工作。

羅廣奇想一想，都已經畢業了，不用到學校上課很是無聊，不如到隔鄰的鳧湖村找一些同學，看看能不能出來玩，鳧湖村裡還有李滄舜、王筌堃等同學，說不定還能遇到何筑煙。

剛走進了鳧湖村內，羅廣奇一邊走路一邊四處瞧著，他看到村子的郊外有一些人積極的挖著防空壕，有些防空洞已經蓋好。再進入更後面的村子內，許多人家門口都按照規定，放置垃圾筒、水以及沙，似乎整個村子的人都動員起來了。

「嗡吽！嗡吽！」忽然聽到好熟悉的聲音，從遠處漸漸傳開來，那是和上次煙窯時，從漣漪那一方傳來的水螺聲一樣的聲音，是空襲警報的聲音又響起了！

「快！快！往這邊，趕快躲到防空洞。」

「玉華！玉華！你在哪裡？」

「阿明啊！死囝仔！走去哪裡？」

「好了啦！卡緊。」

村子裡起了一陣此起彼落的喊叫聲和腳步聲，在一陣混亂當中，羅廣奇看見在他前方的王筌堃扶著一位老人，往防空壕的方向走去，他趕忙跑過去幫忙。

不久，數架米國戰機已經飛臨上空，看來這次並非只攻擊南寮機場，連周圍這些房舍村落也都遭殃。羅廣奇大喊：「快！」王筌堃乾脆舉起他強壯的雙臂，把那位老人抱進蓋得快好了的防空壕裡。

「歐吉桑[20]！歐吉桑怎麼沒有出來？」李滄舜已經跑出房門外面，一面喊著一面又要轉回屋子裡。

「不要再進去了，歐吉桑在這裡。」王筌堃從防空壕中對他喊著。

「轟！」李滄舜正在遲疑的瞬間，一顆炸彈朝村裡的穀倉轟炸下來。霎時間，火光四射，煙霧瀰漫，李滄舜的身影蒙蔽在煙霧中。

羅廣奇看到這場景愣了一下，之前米軍飛機並沒有這麼快就飛到的，這次速度怎麼

20 日語，爺爺的稱呼。

會這麼快？

「李滄舜！李滄舜！」羅廣奇極力嘶喊著，並衝了出去要救他。

「不要出去！出去穩死的！」村裡的年輕人看到了，極力拉住羅廣奇。

「噠！噠！噠！」一排機槍掃射過前面的廣場，短短幾分鐘，飛機就走遠了。不等解除警報響起，王筌堃比羅廣奇更快的衝出去，其他的年輕人也跟著快步衝出來，有的跑到保甲書記辦公室拿擔架，有的拿醫藥箱，他們都有受過防衛訓練。

「好痛啊！」李滄舜還活著，但是他試圖從地上爬起來，卻爬不起來。

羅廣奇聽到李滄舜的喊叫聲也看到他在動，知道他還活著也就放心多了。可是當羅廣奇靠近要扶他起來的時候，發現血泊從他的左小腿上流出來。這時的羅廣奇腦內瞬間被一陣暈眩襲擊，臉色立刻變得蒼白，他知道可怕的恐血症又要竄出來了，只好再使出頭腦和身體分開管理的絕招，頭暈暈的看著別的地方，手仍然可以壓著李滄舜的傷口，汗水從他的額頭和脖子上流竄下來。

等一陣子，羅廣奇已經軟弱得快虛脫時，剛好醫藥箱也送到，有人接手幫李滄舜包紮止血，羅廣奇終於偷偷的癱軟在屋簷下休息。

「不能亂動，等擔架來！」這是訓練上說的常識。

他們一面將李滄舜的腳用一根木棍固定並包紮好，李滄舜一面喊著痛的時候，擔架也剛好抬到了，他們迅速將李滄舜放到擔架上，並立刻啟程前往醫院。

新竹醫院離這裡約五、六公里的路程，幾個年輕人分成兩組輪流抬著擔架，一組累了就換另一組抬。羅廣奇只怕恐血症再發作起來，自己都無法自保，更別說幫忙抬擔架，何況等一下到醫院不曉得會不會再看到血，所以羅廣奇的方法還是老套，然後，腳跟著擔架隊伍的後面往前奔走。

大家輪流抬著，終於到達新竹醫院。雖然醫院也是亂成一團，各地因為米軍空襲而受傷送來的傷患很多，加上原本就醫的人，使得醫院裡顯得兵荒馬亂。這時候李滄舜的多桑、卡桑也跟著趕過來，他們找了醫生，也安頓了治療。

隔天，羅廣奇和陳嶸嶔約了何筑煙、吳秀娉、王筌堃、江禾埕等人一起到醫院探視李滄舜，醫生幫李滄舜開了刀後說：「以後走路都會瘸瘸的，痊癒時間至少會達半年以上，復原狀況只有看老天爺的造化了。」

「住院一星期後要回家休養六個月以上，因為他不是一般的骨折，他被炸傷的時候，骨頭有碎裂的裂痕，我們已經接好並固定了，等骨頭長好的時間要比較長。」

9 巡查補

一天，羅廣奇到新竹醫院去探望李滄舜，回程時已經是燈火初上的昏暗夜色，他走在籠罩著戰爭氣氛下的市街，經過一間警察所時，瞄到門口貼著一張公告，他好奇的上前看看，看到上面的字似乎寫著「徵集海外巡查補」之類的話語。

回到家一踏進屋內，這次又看見多桑、卡桑兩人嚴肅的站在客廳中等他回來，他知道一定又是什麼受訓的單子吧！但是卡桑一看見羅廣奇進來，忍不住跑到窗邊啜泣，使得他心裡也開始緊張起來。

「發生了什麼事嗎？我只是去醫院看受傷的同學呀！」

多桑拿了一張紅色的通知單給他看，上面寫著「實徵志願兵體檢通知單」。

「徵兵不是明年才要實施嗎？我可以不去呀！」

「剛才保甲書記來過了，他說：『雖然說是志願的，但總督府規定一定都要參加，不可以不去。』」卡桑語帶哽咽。

「原來縮短修業年限，讓我們一下子變成畢業了，目的就是要徵集我們去當志願兵嘛！」

多桑說：「而且志願兵年齡規定也提早為十八歲以上，所以你後天必須要到『街役場[21]』蓋章並檢查身體。我問過了，保甲書記說：『附近幾個村子的所有年輕人都被通知了。』所有被通知的人都要去報到。」

羅廣奇拿了單子靠到窗邊跟卡桑說：「卡桑，妳不要難過了，這沒有什麼，我沒問題的。」

「你知道嗎？最近附近的村子裡有幾個是之前志願到南洋作戰的人，有些都被通知戰死的消息了。」

卡桑憂傷的心理羅廣奇可以體會，可是他人好好的在這裡，也沒訓練過作戰的技術，根本不會作戰，一下子就會忽然到遙遠的國度裡去作戰，他無法將遙遠國度的作戰和現在的自己連結起來。

「聽說最近日本在中途島也敗得很慘。」多桑靠過來小聲說。

「不是說橫掃太平洋獲得大勝利嗎？我在廣播聽到的。」羅廣奇覺得奇怪。

「噓！廣播都是心理的宣傳而已，從國外傳回來的消息才比較正確，據說日本在中途島的戰爭損失很多戰艦和飛機。」

卡桑靠過來說：「廣奇，我擔心的不只是戰爭而已；你想想你自己，從小就怕血，

21 日治時期的官方辦公所。

看到血就快要昏過去了，你要怎麼上戰場？」
「卡桑，你怎麼知道我怕血呢？」
「你是我兒子，我怎麼會不知道呢！」
說實在的，當徵兵的影子漸漸浮現的時候，羅廣奇的心裡也開始惶恐起來，除了討厭戰爭外，隱藏在內心深處的應該是「恐血」這個問題了。
但羅廣奇還是虛心對卡桑回答：「這個已經沒什麼困擾，這幾年我已經漸漸克服這個問題了。」
忽然羅廣奇又想起了傍晚經過警察所的時候，瞄到的「徵集海外巡查補」的海報，他想明天到街役場的時候，再去仔細看個清楚。
第二天，羅廣奇到街役場報到，當然遇到很多熟識的同學，大家都被通知來報到了。街役場的入口處掛著一張大字條寫著：「學徒出陣」四個大字，那是政府招募學生投筆從戎的口號。
報到以及檢查身體完後，羅廣奇找到了王筌塑、江禾埕、陳嶸嶔等三個人一起回家，這樣大家可以一面走一面聊天。
「嘿！我們真的要到戰場作戰了。」王筌塑說著。
陳嶸嶔說：「是啊！訓練一個月後就要出發了。」
羅廣奇說：「實際上我是很惶恐的。」
「怕什麼！來了就跟他們大幹一番。」王筌塑比較不害怕。

「他說的是真的，實際上我心裡也是一樣害怕。」江禾埕附和著羅廣奇。

「昨天我經過警察所的時候，看到牆上貼著『徵集海外巡查補』的海報，我想過去看看。」羅廣奇指著往警察所的路。

陳嶸嶔問：「海外巡查補，那是什麼？是說到海外做巡查補的工作嗎？」

「海外？應該是指占領區吧！好，我們一起過去看看好了。」王筌堃回答後，羅廣奇帶他們一起去警察所。

「是的，是在占領區做治安管理與行政、防護等工作，歡迎你們參加，並且有優厚的薪資可領。」一位警察跟他們介紹，並鼓勵大家參加。

「那我們又接到『實徵志願兵』的通知單怎麼辦？」

「一樣都是為大日本天皇效力，所以如果重疊的話，你們可以自己選擇一項參加。」

「考試的書籍可以參考這些：各期巡查養成講義錄、國語作文講義，還有日本歷史、日本地理、支那本部和滿洲國歷史、地理等，你們可以到街上的書局購買。」

「還有薪資可領呀！」江禾埕說：「我要回去找我多桑商量。」

陳嶸嶔接著說：「是啊！反正一樣要到海外作戰，不如去當巡查補。」

王筌堃說：「要去就大家一起去！」

最重要的是：這個選擇可以使羅廣奇盡量避開恐血症的發作機會。

所以他們都領了報名表，並且約定回家跟家人商量後，第二天就來報名，然後一起到書局找一些考試用書籍。

回程經過槺榔村的時候，羅廣奇遇到吳妮莉在她家門口，她問：「嗨！廣奇，你去城市了嗎？」

羅廣奇才想起了沈雲城，他說：「我們都去街役場報到與檢查身體，都要被徵調到南洋作戰呀！」

「喔！那雲城是不是也會被徵調去作戰？」

「應該都會，我聽保甲書記說全台灣地區都在進行，不過我跟王筌堃、江禾埕等幾個人準備要報名考『海外巡查補』。」羅廣奇說：「這樣可以跳過到南洋作戰的徵調，你要不要通知沈雲城，問他看看台南州有沒有徵集『海外巡查補』？」

「好，我等一下去保甲書記的辦公室借電話打給他，我會叫他跟你們一樣去考『海外巡查補』。」

果然第二天，各人的家人聽到這個消息，都同意大家來應徵巡查補的工作，聽到消息的其他同學，包含梁京晃等人也都參加考試的報名，畢竟常常聽到志願的人去南洋作戰殉國的消息，總是會擔心的。

多桑也這麼說：「總比到南洋前線去作戰好，巡查補雖然也是在戰場，其實是在占領區做巡查的工作，比較安全。」

報名完後，承辦的警察對大家說：「記得五天後就要考試了，祝你們考試順利。」

「但是都還沒考試，不曉得能不能考上？」陳嶸崁反而擔心起來。

有些書籍在學校其實都已經念過了，但有些書籍從來沒有看過，例如各期的「巡查養成講義錄」就是必須購買的，所以他們順便到街上的書局買了一些書再回家。

多桑說：「放心，一定都考得上，因為現在占領區正是缺人的時候，只要符合資格，不要考得太差一定都會錄取的。」

果然考完後三天就放榜了，放榜的那天，羅廣奇和王筌塱、江禾埕、陳嶸嶔等人邀請了何筑煙、吳秀娉、許姹貞、吳妮莉還有簡縵晨一起到警察所前面看榜單，當然他們全部都錄取了，連梁京晃也在錄取名單內。

吳妮莉說：「早上沈雲城也來電話聯絡說他也考上了呢！」

「再過一星期後就要啟程了，好快！」羅廣奇感覺到世事的變化太快了，記得才在學校上課，還在田野間煢窯，怎麼幾天後忽然間會變成又要到海外的作戰地區呢？

看完榜單後，大家順便在警察所直接報到。

「趕快回家準備，他們徵調到南洋的人還要受訓一個月才會出發，我們卻只剩幾天的時間了。」陳嶸嶔說後，大家分別趕回家準備行李。

10 千人針

這幾天，除了在家準備帶到海外的攜帶物品外，羅廣奇總覺得這一切變化實在太快了，一時無法接受這種意外的人生規畫，徬徨得心裡都沒來得及調適過來。然而，這一去海外不知何年何日才能再回來？他想多看一下家鄉的景色，將家鄉的景物記在腦子裡，也許在海外思鄉時可以回味，逛街這樣做可以消解現在心中些微的徬徨吧！便自己一個人到街上漫無目的的隨意逛逛，戰爭來臨的畫面繼續在街道上演出中，他往熱鬧的市場方向走。

「千人針！千人針！拜託一下。」

「有沒有屬虎的婦女朋友，拜託，拜託！」

市街上變得比平時熱鬧許多，到處的街角都是幾個女人一小撮一小撮的站在一起，女人們喊叫著的聲音此起彼落，到底是在叫賣什麼東西呢？

「老闆請問一下，那些人都在賣什麼東西？」羅廣奇好奇的問一家雜貨店的老闆。

「前幾天不是大部分的青年都被通知要徵調到南洋作戰嗎？難道你沒有被通知到街役場報到？」

羅廣奇說：「有。」

「你們這些要被徵調到海外作戰的人，他們的卡桑、姊妹、親朋好友帶著長棉布條到街上，請求生肖屬虎的路過女性路人幫忙縫一針，布條集合了很多人縫起來的字或圖案就成了『千人針』。」老闆一面說一面指著近街角的婦女，又說：「有的上面繡著『武運長久』四個字，有的繡著老虎圖案。縫成之後，把『千人針』送給即將出征的青年，帶著『千人針』使他們在戰場上能保佑平安。」

羅廣奇頓時被這一幕驚呆了，原來大家都對徵調作戰這一件事是這麼徬徨，這麼需要精神支撐，用心的祈求親人能夠平安。他再往前走，到了一家日用品店門口，看到一位屬虎的婦女正上前為一對母女縫製「千人針」。

「你孩子要被徵調到南洋了嗎？」

「是啊，哥哥馬上要去受訓了。」

「為什麼你們的棉布上有縫一個五錢的錢幣？」

「因為五錢表示超越過四錢的意思，也就是超越了『死線』，大家都這麼傳說。」女孩子這麼說。

「也有人縫的是十錢。」

「喔！那是跨越九錢的意思，在日語的發音，『九錢』跟『苦戰』是一樣的聲音，所以十錢就是跨過九錢，也就是跨過苦戰的意思。」

屬虎的婦人聽了很感動，趕快在她們「千人針」的棉布條上縫上一針。在一旁的羅廣奇看了心中很震撼，心想：原來他只是在逃避恐血的心理而已，想不到有那麼多人都在擔心生命，這些被徵調到南洋作戰的家屬們，心裡處在「戰爭」與「死亡」的陰影中掙扎著。

他繼續閒逛，穿梭在人群間，經過街邊一小撮、一小撮叫喊著縫千人針的婦女們，到了一處街角。

聽到陣陣吵雜的人聲中，傳來了一句熟悉的聲音：「千人針，千人針！請屬虎的婦女朋友幫忙一下。」

羅廣奇好奇的視線從人群的空檔間穿出，停留在遠處的街角，原來是兩位熟悉的女生站在那裡喊叫著，她們是何筑煙和吳秀娉。

他沒有靠近她們，但他心想：她們是為誰縫「千人針」呢？她們有兄弟被徵調了嗎？無論是為誰，這一幕對羅廣奇來說都是很令人感動的事，所以他決定不去打擾她們，讓她們好好的做這件事。

11 榮譽的軍伕

船身在黑漆漆的海面上搖晃得厲害，船艙裡充滿了汽油味，大多數的人是第一次坐這種軍艦，所以無法適應。有一些人被搖晃得嘔吐，煩雜的心情，加上汽油味、嘔吐味、搖晃等種種干擾，使得羅廣奇無法入睡。他走到甲板上吹吹海風，因此才會在這個甲板上認識了聰明仔，並遇到沈雲城。

二月中的亞熱帶，從西伯利亞仍然吹來冷冽的北風，夜晚的公海上，海風冷得令人皮膚上起了雞皮疙瘩。

此時此刻，羅廣奇已經搭上這艘軍艦離開台灣本島，再過兩天，到南洋作戰的那張「實徵志願兵訓練通知單」才須要去訓練所報到，但已來不及徵調了。

◇　◇　◇

猶記得出發就職巡查補的前一夜，羅廣奇想一想：隔天他就要到海外作戰區做巡查補的工作了，這一去不曉得要多久才能回來。不管何筑煙對他的觀感如何？至少他要跟她辭別。

於是羅廣奇拿出上次煙窯時被子彈射破了一角的寫生作品，再找一張紙將破的地方黏貼好。然後拿出僅剩的一點顏料和兩枝禿筆，開始將這張尚未完成的作品修好。

前景以芒草花為主，大片盛開著的白色芒草花和蘆葦花從前方延伸至河邊，白白茫茫的花絮，在風中、在空氣裡飛揚，飄逸、柔軟、迷濛的吟唱著詩歌，這交織的詩歌沿著河流蜿蜒到遠方，就像他的思念即將遠飄。

畫好後已經是傍晚時刻，羅廣奇跟卡桑說要出去散心一下，然後鼓足了勇氣，走到梟湖村裡的何筑煙家門口。

「請問要找誰？」何筑煙的卡桑和妹妹出來開門。

忽然間羅廣奇覺得很尷尬，又來了，身體變得僵直，不自然的語塞了。

「他是我同學，明天就要被徵調到海外去作巡查補了，卡桑，我跟他出去一下。」羅廣奇正在不知道要怎麼說的時候，何筑煙從後面出聲了。

他們兩人彼此默默無語的走到院子外不遠處的樹下，然後相對的沉默一陣子。因為他們都知道，彼此不知何年何月何日才能夠再見面，或許從此以後一輩子就永遠無法再見面了。然而，羅廣奇也不確定何筑煙是否喜歡他，在她的心中他是否占有分量？說實在，她肯出來見他，他已經是很高興了。

「上次熓窯時遇到空襲，畫一半的寫生作品我已經完成了，說好這一張作品要送給妳的。」羅廣奇拿出那張畫滿了芒草花的寫生作品。

「希望這塊『千人針』能隨時隨地保護你。」何筑煙也拿出了那塊她們在市場上求得的千人針，上面繡著「武運長久」四個字。

霎時間，羅廣奇終於明白了她的心意，原來她和吳秀娉上街求千人針，都是為了祈求羅廣奇到海外戰區能夠平安。他很感動的收起了這塊千人針，同時何筑煙也收了羅廣奇送給她的寫生作品，兩人都知道彼此的心意，不用說半句話，卻互相感受到彼此的禮物充滿了豐富的意境。

他們默默的並肩坐在一顆大石頭上望著夜空，天色漸暗，星星一批一批的漸漸呈現在穹蒼上。總覺得這樣一直坐下去是很幸福的，但直到夜深了，總不能一直坐在這裡。

羅廣奇站了起來，何筑煙也同時跟著站起來，一起站起來的動作使得羅廣奇的右手不小心碰到何筑煙的左手臂，她大概以為羅廣奇的手去扶著她的手臂，所以她的右手臂也伸過來扶羅廣奇的左手臂，此時他衝動的順勢抱住她。

突然間兩人都激動得潸然淚下，在飄渺的夜色中，他們的雙唇自然的接觸在一起，卻沒有甜蜜的感覺。隨之而起的卻是苦澀的痛，交織的痴淚在臉龐上浸潤著，在淚滴的軌道中竄流著無奈與不捨，離別的嘆息在一吋吋的夜色中漸漸湮滅。

「你要隨時保護好你自己，並用仁慈的心去看待這場戰爭，我會等你活著回來——」

羅廣奇永遠忘不了何筑煙轉身哭著回家的身影。

第二天一早，在晨曦的照耀中，這些要到海外當巡查補的人各自帶著行李到街役場前的廣場報到。廣場中早已擠滿了人潮，雖然他們是到占領區去當巡查補，但是官方當局也是以徵調南洋作戰的規格來歡送他們。

總督府派來不知名的長官，在冗長的講詞中不斷的褒揚出征的家屬與勇敢的軍人。稀稀落落的氣球和彩帶在空中漫飄著。樂隊演奏著鄧雨賢[22]作曲的〈雨夜花〉這首歌，這首歌是用〈雨夜花〉的曲調，但配上的歌詞更改為日文的鼓舞軍人詞句，變成了〈榮譽的軍伕〉，前頭有一位帶頭演唱的音樂老師正在指揮著。

「披著紅色的肩帶，榮譽的軍伕，興高采烈的我們，是日本男兒，為天皇奉獻，男兒的性命，有什麼不捨呢……」在歌聲中，羅廣奇看到卡桑和許多在旁邊歡送的婦女們頻頻拭著眼淚。

接下來，又唱了一首〈月夜愁〉的曲調所改編成日文歌詞的歌〈軍伕之妻〉：「為國，受徵召遠赴，東支那海，長路迢迢，啊！越過多少浪濤，綠色山丘上，別離時的身影，死後方歸……」在這首淒涼的歌聲中，羅廣奇同樣瞄到了何筑煙、簡縵晨、許姹貞和吳秀娉等，還有許多女同學們也都來到現場。何筑煙雖然沒有在拭淚，但她和吳秀娉等人的臉龐都流了兩行淚水，只是沒有看到吳妮莉，她應該是專程到台南州嘉義市去歡送沈雲城了。

歌聲唱完後，長官在即將出任的青年肩上掛了一條繡著「武運長久」的紅色斜背帶。接著婦女們把各自求來的「千人針」掛到各個即將赴戰場的親人身上。卡桑也帶來了一條「千人針」，羅廣奇這時才知道原來卡桑也到街上去求千人針，那是一條縫著五錢硬幣的棉布條，她把它綁在羅廣奇的手臂上。

在樂隊的演奏聲中，在婦女與親人的喊叫聲中，他們跳上了軍車，往高雄打狗港的方向疾駛而去，喊叫聲漸漸隨著車子的遠離，慢慢的縮小到聽不見聲音了，影子也消失了。

一直到了傍晚時分，軍車終於抵達碼頭，碼頭上「午島丸號」五千噸級的軍艦已經矗立在港口等待著。

各地徵集來的海外巡查補與所謂「志願兵」都陸陸續續集結在「兵東所」等待上船，黑壓壓的人潮裡，顯現一幅惶惶不安的氛圍畫面。

在兵東所等待幾天後，終於到了登艦準備離開台灣的日子，各個人聽從幹部的講解與說明，然後在幹部的指揮下魚貫的登上軍艦。因為要躲避米國軍機的轟炸，所以必須等待晚上來臨時才能摸黑出發。大家僅靠著幾個幹部的手電筒，在微弱的燈光下，秩序而安靜的進駐到船艙裡，軍艦也在這種詭譎的氣氛下，關閉所有的外漏燈光，在黑壓壓的海中前進著。

22 日治時期台灣名音樂家。

12 日式姓名

剛到榆林港被解剖人體所震撼到後，第二天開始接受一週的訓練，訓練完後的那天下午開始整隊，隨後以梯次的方式分發，他們整梯次包含羅廣奇和陳嶸嶔、江禾埕、王筌塑、梁京晃、沈雲城以及聰明仔等都被分發到「三亞海軍第十六警備隊」。

不久，一輛軍車載他們經過三亞港的碼頭。三亞港是一個軍港，從前方的碼頭看出去，可以看到兩層港灣，很多艘大型的軍艦都停靠在這兩層港灣的碼頭上。中央凸出的半島上矗立著一塊牌子，寫著「海南警備府」，旁邊有兩根長旗桿，一根上面掛著一面「第五艦隊」的隊旗，另一根更高一點的旗桿上掛著旭日光芒旗，看起來很壯觀。

下了車，他們在一排建築物前的廣場上整隊集合，從辦公室裡走出了幾位類似長官或幹部的人，其中一人走到隊伍的前方訓話。

「歡迎你們加入大日本帝國巡查補的行列，首先由我來自我介紹。我的名字叫河野太郎，這裡是隸屬於海南警備府司令部的第十六警備隊，我是第十六警備隊大隊長。」這位軍官一臉嚴肅，眼睛炯炯有神的樣子：「在作戰地區不能再用你們原來的本名稱謂，因為這樣會和海南島當地的中國人混淆，所以你們都必須改用日本名字，我現在念出你們更改成的日本名字，你們要記好。」

「羅廣奇！」

「嗨！」

「松島田口！」

一位日本兵隨即遞上一張名牌，並大聲重複一遍：「松島田口！」，姓名已經都幫大家改好了，沒得選擇。

王筌堃被改名為「佐木拓全」，聰明仔改為「西岡茗見」，陳嶸嶔則被改為「成東山金」，江禾埕改為「江元禾口」，沈雲城改為「水杉雨宮」，梁京晃改為「木川小光」等等，每個人胸口上立刻被掛上了名牌。

接下來河野太郎向屋內比個手勢，然後對大家說：「現在請你們的小隊長出來，他將為你們蒐集一項很重要而且特別有意義的紀念物。」

幾位年紀稍大的軍曹[23]各自帶著兩位日本兵立刻走出來，這兩位日本兵的其中一位端著一個盤子，盤子內放著一把剪刀；另一位拿著一疊信封袋。走到大家前方的軍曹是田代彥三，他是第十六警備隊第七小隊隊長，皮膚黝黑，人雖有點瘦，但結實的肌肉布滿了臉頰，配合上銳利的眼睛，猶如鋼鐵人的樣子；只是短頭髮上布了一些白髮，減了

23 日治時期日本軍銜之一，相對於其他國家的中士。

不少銳氣。

「現在這裡是作戰地區，你們到這裡來就是為天皇而戰，隨時都可能在作戰中陣亡。各位巡查補將你們的頭髮剪一撮下來，並且剪下指甲，放在寫著你名字的信封中。」

這時大隊長河野太郎在前方大聲補充說明：「這是準備要寄回家鄉的紀念物，以備萬一在激烈的作戰中犧牲了生命，作戰地區是沒辦法將玉體運回家鄉的，所以這些頭髮和指甲將送回台灣給犧牲者的眷屬作為紀念。」

「偉大的日本戰士們，如果你們為日本皇國犧牲了，這份紀念物同時也將送到東京九段阪的靖國神社奉祀！」

羅廣奇是聽不懂河野太郎所說的靖國神社是什麼，但從他激昂高亢的語調和似乎要肅然起敬的表情上，可以感受到靖國神社一定是一個偉大的、令人尊敬的地方。

田代彥三領著兩位士兵在大家成排的列隊前面中緩慢移動著，輪到的人把頭髮和指甲剪一撮下來，放入已經寫上自己中文名字和日文名字的信封中。

但是羅廣奇比較在意的是剛才河野太郎說的：「這裡是作戰地區，我們來這裡就是為天皇而戰。」這句話讓他心中忐忑不安起來，本來他是因為恐血心態才選擇考巡查補的，而且還邀了大家一起來考巡查補，為的就是要大家避開赴南洋作戰的徵召。現在又是剪頭髮，又是剪指甲，又談到作戰，又談到為日本皇國犧牲。跟他們預期的到占領區做巡查補的工作好像不同？如果真的來這裡也是要加入作戰的話，那麼羅廣奇邀約大家來考巡查補豈不是對不起大家了嗎？又如何面對他們的家屬？

等大家都輪完剪頭髮和指甲後，河野太郎這時往他的辦公室走回去。但是羅廣奇已經忍不住這種被欺騙的感覺，他要問清楚大家來這裡的目的究竟是什麼，這個動力使他鼓足了勇氣舉手：「報告，我們應徵巡查補不是不用在前線作戰嗎？」

就這樣吐槽了剛才河野太郎和田代彥三所說的話，田代彥三立刻回答：「誰說的！巡查補就是隨時隨地為日皇效忠，無論前線或後防始終保衛皇國。」

「你叫什麼名字？」田代彥三的太陽穴爆出青絲，看得出來緊咬著牙齒，使得後腮臉皮上顯現了微凸的皺褶，但他表面上還是裝出一副若無其事的樣子，臉皮上的微笑暗藏著可怕的陰險。

「嗨！羅廣奇。」

「ばか（笨蛋）！現在你已經改名叫松島田口了還不知道嗎？」田代彥三看一看名單表。

這時候聰明仔瞄了田代彥三一眼，田代彥三抬頭時正好與他對上眼睛。

「你們兩位給我進來辦公室。」田代彥三手指著羅廣奇和聰明仔，這時候陳嶸嶔和王筌堃本想聲援，江禾埕和沈雲城看情況不對勁，所以拉住他們的手肘，他們只好作罷。還好，做這個動作時田代彥三正好轉頭準備走進在他們對面的辦公室，所以沒有看到。聰明仔則感到莫名其妙，他的手搔著頭呈現一副無辜的表情。

他們兩人跟著田代彥三進入了小隊長室，在外面的其他人只得驚恐的往室內瞧著。

只聽得室內傳來「叭！」一聲，那是羅廣奇腳步還未站穩，沒來得及反應過來的時候，田代彥三忽然回馬槍式的賞了他一記巴掌，使得他眼冒金星，身體搖晃得差一點跌倒。

「報告隊長，我們始終聽從上級指示，為皇國效忠。」聰明仔一看田代彥三接下來準備修理他，馬上搬出奉承式的報告。也因為聰明仔只是看一眼，並沒有做錯什麼事；也許這一巴掌有消了一點田代彥三的氣，他怒瞪了聰明仔之後也就住手了。

羅廣奇又害怕又後悔著為什麼剛才那麼衝動，連腳都還在發抖著，根本沒有餘力去氣聰明仔沒膽量。何況這是他自己惹出來的禍，聰明仔根本就是無辜的陪他進去受罪而已。

罰站一陣子後，羅廣奇帶著一邊紅紅的臉頰和聰明仔悻悻的回到隊伍裡，而且臉上還要裝出一副順從的表情，否則可能再激怒長官而遭到修理。田代彥三表面上藉著忘記修改名字的事修理羅廣奇，其實大家都知道他骨子裡就是要下馬威，不是針對他的提問而已，實際上就是要大家服從，不得提出意見和問題，當然也不願意回答羅廣奇提出的問題。

13 刺槍術

自從編入「三亞海軍第十六警備隊第七小隊」之後，他們在三亞港這裡經過兩天短期的戰地基本生活認知，之後又被帶到榆亞路靠近山邊的駐點，這個駐點控制著由陸地進入三亞港的入口，隨即進入教室開始正式的巡查補與作戰訓練課程。

「首先我來介紹我們這個部隊配備的步槍，我們配備的步槍叫做『村田式步槍』，是明治時代生產的……」一位軍曹在講台擔任講師，他手上拿著一枝步槍。

明治時代？羅廣奇剛好有看過村田式步槍的資料，大概記得是三十多年以前的老步槍了，真的要作戰嗎？他想：奇怪，既然是作戰地區，難道這裡是使用這種老步槍作戰嗎？

「村田式步槍的特點是速度快，彈道旋轉均勻，因此，打到人之後容易貫穿人體，雖然殺傷範圍不大；但是，貫穿第一個人之後，會再打中站在其後面的第二個人，第二個人會受傷更嚴重。因為在貫穿第一個人之後，彈道旋轉範圍擴大，所以在肉搏戰時，可能在打中敵人之後，會有貫穿到敵人後面那位己方人員的情況發生，而且後面那位己方的人受傷會更嚴重，用槍時要隨時根據當時的狀況注意使用。」軍曹繼續講解。

講解完後，每個人發了一枝村田式步槍，並到外面場地做實地射擊，但是沒有裝填子彈，作戰地區必須要節約子彈，所以只能用虛發的方式射擊。

一刻也不能閒，到了晚上每個人拿出分配給自己的槍枝，開始分解教學。

「保養這種槍枝非常重要，如果沒有保養好，這種槍枝很容易卡彈或出問題，產生不能擊發的狀況，這時候很可能你就被敵人擊斃了。」

還好羅廣奇當時念的是機械科，這點功夫還難不倒他。

不只這一點嚇人，實地射擊與槍枝保養學了一陣子之後，槍頂就裝上刺刀，然後練習使用刺刀肉搏戰。當然，刺刀上先裝著刺刀套操作，這樣才不會不小心互相刺到。

在外面寬廣的場地上綁了幾個稻草人，每個受訓的巡查補學員得往稻草人衝過去，揮舞了幾個招數之後刺向稻草人的心臟、手臂、肚子等數刀後再回到隊伍，教官站在旁邊炯炯有神的盯著大家練習。羅廣奇想到練習時要往人肉的身上刺下去，然後血液噴濺出來，還是挺嚇人的，還好的是刺下去的只是一堆稻草；否則，即使刺中敵人時，他可能被自己的恐血症暈倒了。

有一天，午後一節課的下課休息中。

「ばか！のろま！（笨蛋！慢吞吞！）」一陣罵人的吆喝聲打斷了大家的閒談，大夥兒都同時轉頭往聲音的方向看過去。

三位日本兵押著一位類似被逮捕的敵人走進來，被逮捕的人雙手背在後方被繩子綁住，雙腳也被一小段距離的繩子互綁著，只能小步的走著。衣服已經扯得破破的，破衣處顯示出塊塊的瘀血，他垂頭喪氣的低著頭。

頭一次見到被逮捕的敵人，羅廣奇的心裡竟是會產生同情他的意念，他自己也感到奇怪，是不是受到何筑煙所說的「用仁慈的心看待這場戰爭」的心思所牽引？他想著：一個被徵召去作戰的人，離開了家鄉到了一個陌生的地方，然後被敵人逮捕了，窘境真是難以想像，然而這種現象竟活生生的出現在眼前。

「啊！嚇！呼、呼！呼……啊……」上課時不時從辦公室裡傳出來淒厲的哀嚎聲，那肯定是在對剛剛逮捕到的那個敵人用刑吧！羅廣奇聽得心惶惶的，但是在台上講課的軍曹卻一點感覺也沒有，繼續講他的課，好像這是稀鬆平常的事一樣。

「膽小鬼！這種事以後還多著咧。」下了課要去吃晚餐的時候，王筌堃看到羅廣奇臉色發白，拍了一下他的頭。

晚飯後不久，小隊長田代彥三下令全部隊伍集合整隊，大家按照慣例有秩序的排成隊伍。

「上刺刀！解開刀套！」田代彥三大聲喝令。

隊伍整隊好後被帶到了樹林邊空曠的草地上，田代彥三命令他們全隊排成一列。羅廣奇覺得納悶，幹嘛要上刺刀而且解開刺刀套？抬頭望望樹林那邊，卻看到了一幕令人驚悚的畫面。

一棵筆直的樹幹綁著下午被逮捕的那個敵人，雖然是晚上，但些微的光線還看得到那個人眼睛被布條蒙起來，嘴巴也塞著布塊，在破衣服裹著的身體上還有一些被揍的傷口流著血，他還在掙扎蠕動著。

羅廣奇大概猜到等一下會發生什麼事了，排在隊伍中的他，身體因害怕而發抖著。

「殺！」忽然間田代彥三大聲下令，他們頓時成了對這個敵人行刑的劊子手，羅廣奇的臉色發白，手腳在寒冷的空氣中更是顫抖得嚴重。

如果不敢下手的話，可能會被田代彥三毒打、處罰，嚴重者甚至可能會被槍斃，所以排第一個的人往前衝了過去，大膽的刺下第一刀。

羅廣奇撇過頭不敢往前看，雙腳幾乎癱軟。只聽到「噁！」的一聲，再轉頭看時，摀住口的布塊已染了整塊的鮮血，胸部被刺到的傷口正潺潺的流著血泊，那個敵人的頭已經垂下。這一幕讓他的恐血症迅速竄起，身體已經癱軟，只得用手抓著槍柄支撐著。他眼睛往別的地方看，大口深呼吸來穩定自己的情緒，用袖子擦拭額頭和脖子的冷汗。

雖然那個人已經死了，但還是得一個接著一個的往前刺下一刀，刺完的人必須排隊到一位軍曹那邊檢查刺刀，刺刀上有血跡才算通過。

羅廣奇拖著軟弱的步伐跟著隊伍前進著，那個人已經被刺得千瘡百孔了，他心中念著「南無阿彌陀佛」。面色慘白的他怕還沒走到時，可能自己就先昏倒了，怎麼辦？

但是隊伍裡仍然一個接一個的前進著，已經快要輪到羅廣奇了。他趕緊從列隊中閃出來，假裝整理一下衣服時暗暗的後退了幾步，然後再重新排在隊伍的後面幾個人中。

最後終究還是會輪到羅廣奇的，怎麼辦？夜晚的天氣冷得他有一點想上小號，想想不如還是尿遁好了，於是羅廣奇衝到廁所。萬一被抓到沒有去刺敵人的話，下場很可能會被罰得很慘，連生命都會有危險。

「你也檢查好了嗎？」陳嶸崁剛好檢查完了進來如廁，他進來時先把槍靠在廁所的牆角邊，然後站到尿道台上。

羅廣奇上完小號，看到陳嶸崁的槍靠在角落，刺刀上正流著血淋淋的血液，忽然心生一計。雖然顫抖著身體，大坨的紅血使得他快要昏迷，但他必須硬撐著，拿出把頭腦的思緒和身體的動作分開管理的絕招，趕緊趁四下無人，只有陳嶸崁在之時把握住機會，將他的刺刀和陳嶸崁的刺刀左右邊互相抹一抹，果然沾到血跡了。

「噓！」陳嶸崁轉頭過來看時，羅廣奇手指在嘴巴上比個手勢。

陳嶸崁配合著假裝沒看到，上完小號後一面吹口哨哼著歌，一面拿起自己的槍走出去。

經過如此炮製，羅廣奇的元氣恢復許多了，拿著已沾有血跡的刀槍，趁人來人往的混亂場合中，混到軍曹的前面排隊，等著給軍曹檢查刺刀上的血跡。那軍曹因為檢查太多人了，又因為晚上燈光太暗，看一下就揮揮手通過了。

14 三亞大轟炸

命運似乎最愛捉弄羅廣奇的恐血症，自從登上海南島後，先用解剖活人來引出他的恐血症，然後再用刺殺真的敵人的身軀來恫嚇他，讓羅廣奇心中一直恐懼著，未來還不知道有多少血腥的畫面會擺在他的面前，所以每當深夜，他一次又一次的被惡夢嚇醒。有一夜，驚醒中的他揉揉眼睛，忽然聽到天空上有很多飛機飛過的聲音，一群群的聲音由遠漸漸飛近，這些聲音好像他在新竹的家鄉焢窯時，那一次遭遇空襲同樣的聲音。

羅廣奇想著：「並沒有聽說有搭配飛機的演習呀！」正覺得奇怪時，接著聽到「轟！轟！」特別大的聲音；從窗戶望出去可看見在三亞港口那邊的熊熊火光，不斷的閃爍與爆炸著。

「有戰事了，空襲了！大家快起來！」羅廣奇警覺到是怎麼一回事了，立刻跳下床大叫著，並迅速穿好衣服。同時站哨的衛兵也吹起了哨子，大家都被哨聲與爆炸聲嚇醒，跳下床後，拿起槍枝與鋼盔往外面跑出去，小隊長指示大家跳入戰壕守住。

夜空上可看到米軍的B29轟炸機一群一群的橫越三亞港，並投下炸彈。一時之間，整個三亞港火光四射，地面上竄起陣陣濃煙。不久之後，地面的防空砲開始反擊，在連續「啪！啪！」的聲音中，只見一排一排的砲彈射向夜空，點點的火光沿著一條弧線的路徑往空中飛去。
但是因為他們是警備隊，駐守位置在控制三亞港陸地的入口處，處於轟炸目標的邊緣，所以沒有被轟炸到。
一架米軍的轟炸機飛過他們的上空，聰明仔舉起春田式步槍瞄準飛機準備射擊。
「停，不要射擊！我們這邊沒有防空砲，你用步槍射擊是打不到飛機的，這樣反而暴露了我們的位置，他們會往我們這邊丟下炸彈。」班長趕緊制止，所以他們只能守在戰壕裡望著港口備戰，防止有敵軍從港口攻上來。
「轟！」又一架飛機投下炸彈，落在三亞港中，只見地面上接連著「轟！轟！」聲夾雜著「劈啪！」的聲音，大面積的炸火向四周擴散。
「啊！」大家從山邊看過去，不約而同的大叫一聲。
「那是我們航空廠的彈藥庫。」田代彥三驚覺的站起來說著。
接著看到航空隊的黃硫機場那邊也被炸了，就連三亞海軍醫院這種地方也都被轟了炸彈。轟炸一直持續到黎明前，在天色漸白之際米軍的轟炸機才沒有再飛過來。第十六警備隊守了一陣子後，只見到米軍派飛機轟炸三亞港，並沒有見到敵人的軍隊登陸，所以確認沒有敵軍攻上來。
「集合！」田代彥三立刻跳到前方的空地上吹哨子。
各單位警備隊的巡查補，紛紛用跑步的方式從港口的邊緣往三亞港廣場集合。第七小隊加上幾個小隊的工作都分配到港口軍艦區，有的小隊是分配到海軍醫院或是機場，另一些小隊是配合滅火隊伍趕往航空廠的彈藥庫區。

「一、二、三班的人搬運受傷同志到辦公大樓樓下或海軍醫院接受救治；四、五班負責搬運過世者的屍體到第二港灣的海邊與樹林間空地；六、七班負責滅火、搶救武器、物資並整理損害物品；第八班控管管制口與港邊守衛。」田代彥三下了命令。

「報告隊長，松島田口比較會滅火，他的工作可以換到第六班那邊嗎？」王筌堃大概知道了羅廣奇會怕血的心理狀態，偏偏他們第五班被分配到搬運屍體的工作，於是向田代彥三發問請求，事實上他也不知道羅廣奇會不會滅火。

「都什麼時候了，你再囉嗦就把你斃掉！」

王筌堃和羅廣奇只好摸著鼻子默默的跟大家一起去工作，王筌堃和聰明仔等人盡量找一些血淋淋的屍體搬運，免得羅廣奇被察覺到挑選屍體搬運；陳嶸欽和羅廣奇抬著擔架，由陳嶸欽探查躺著的人是否還有生命跡象，如果有生命跡象的話就由羅廣奇喊一、二、三班的人過來抬走，一方面偷瞄一些比較沒有血跡的屍體搬運。

到處都是血淋淋的屍體，有時候還夾雜著燒肉的味道，這種味道並不覺得香，光聞到和想到這是人肉的燒焦味，人就已經快昏迷了。羅廣奇知道大家都是咬著牙工作著，只好再搬出絕招，把頭腦的思緒和身體的動作分開管理，頭腦和眼睛盡量不要去想和看，要做的事情都由手、腳去工作。

「嘿！這人還活著。」陳嶸欽叫一聲，羅廣奇對其他人喊著：「這邊有人有生命跡象！請過來搬運。」這樣喊著終於使羅廣奇轉移注意力，一方面找到有生命跡象的人似乎會使人有一股蘇活與振奮的力量，他精神也會比較好過些。

雖然是這樣，在羅廣奇搬了幾具屍體之後，還是忍不住使得臉色蒼白且噁心起來。趁搬運屍體到樹林邊的廣場之際，看一看四周都沒有人注意，他趕快跑到樹林下的芒草花叢裡嘔吐。吐完後再躲進芒草叢中閉目養神一陣子，還好穿著長袖衣，手臂不會被芒草葉割傷，喘了一口氣後再從芒草花叢中溜出來。之後他和陳嶸欽一起爬上被炸得有一點傾斜的軍艦上，又找到一具屍體抬下來放置空地上，他實在受不了又要嘔吐了。

「羅廣奇，等一下。」陳嶸欽對他喊著。

羅廣奇正半閉著眼睛跑了幾步，轉頭看到田代彥三正從後面過來，勉強的打起精神蹲下來拉一拉屍體的腳，假裝整理屍體。

「松島田口！你在幹什麼？」

「嗨！報告隊長，我把屍體整理好。」

「不必整理屍體，那些屍體根本就沒用了，直接丟下就好，快去工作別浪費時間！」田代彥三吼著。

「嗨！」羅廣奇立刻站起來和陳嶸欽往軍艦的方向跑去。說也奇怪，勉強打起了精神之後，精神竟然好多了；看到血水沒像以前那麼嚴重的噁心，也沒有那麼令他暈眩。越來越奇怪，他想著：處在戰爭的環境待久了後，是不是會漸漸失去人性？

「軍艦上已經沒有傷患了，不須要再去軍艦上面，第一班至第五班的同志，現在趕往航空廠協助。」田代彥三吹起了哨子，並用擴音器廣播。

爆彈炸中了火藥庫，緊鄰的黃硫機場死傷情形嚴重，三亞海軍醫院也被炸中了一部分，許多受傷的人被抬到未被炸到的走廊與屋簷下救治。

然而，堆在海邊與樹林間空地上的屍體卻越堆越多，最後被堆成一座小山。

第六小隊的士兵在樹林裡找了些枯木材和乾枯的芒草，丟到屍體堆內，圍在這座小山的士兵們向小山內灑了汽油，灑汽油的士兵退出後，小隊長拿了一個小火把，往這座小山丟下。

「轟！」的一聲，這座屍體堆成的小山，像燒垃圾山一樣的燒起來，就如田代彥三所說的：這些屍體根本就沒用了。

熊熊的黑煙往空中竄起，到處飄散著焦肉味，這味道比起剛才空襲場上的味道更濃，是聞起來令人感覺頭暈暈的噁心味道。

屍體在熊熊的烈火中燃燒著，「劈！拍！」的火焰聲似乎拍打著悲歌的節奏，幻化成了黑煙，不情願的消失在人世間的煙塵中。

15 巷戰

在這個駐守地受訓約一個月，羅廣奇他們這一批人被分發到陵水派遣隊巡查部，位在五指山區的邊緣，是更接近戰區的駐點，聽說這個地方各黨派的游擊隊很多。有一些共產黨、革命黨、維持會、保安團、守備隊和中國國軍游擊隊的駐藏點。各黨派之間是互相敵對衝突的，而且還常常會從五指山裡出來偷襲靠海邊的日軍，只有維持會與日軍較有聯繫，對日軍比較友善。

「叭叭！」王筌堃衝進一間民宅內，槍枝對準著四周檢查一下，確定無人之後，隨手撿起一枝掉在地上的玩具喇叭按兩下，鬆懈一下緊張的心情；當然，這是在確定敵人已經被前方的士兵追遠了以後，才敢如此的玩一下。

「阿堃，快走啊！」聽到屋內傳來玩具喇叭聲，羅廣奇本能的將槍枝轉向屋內，發現在屋內的人是王筌堃。

「不必了，已經跑遠了！」

分發到陵水派遣隊還來不及回神時，他就發現這裡已經是實際戰鬥的地區了，日本陵水派遣隊占領並管轄這個區域。街頭小巷不時還會有一些零星的騷擾戰、突擊戰的狀況，陵水派遣隊巡查補的任務是要在這個地區巡查，巡查時常會遇到零星的襲擊和街頭的巷戰。

王筌塑從屋內走出來後，他們兩人拿著槍枝跑步前進，要跟上前面部隊的隊伍，因為不能太落單，否則會招來躲在街角或屋內的敵人襲擊。但是，現在即使有躲著的敵人也不至於對他們開槍，因為開了槍馬上就會曝光，立刻會被包圍在屋子內，穩死無疑。

戰爭！在這個信念下那就是不管如何，全殺了再說！是「你死我活」的作戰，如果不殺對方，對方就會立刻殺死你！

「砰！砰！」忽然前面又傳來槍聲。

「啊……」一位同伴應聲倒地，大家立刻散開臥地並找掩蔽物，然後一陣槍彈聲，朝傳來槍聲的地方射過去。

槍聲沉寂之後，對方不是被擊斃就是逃遠了。羅廣奇立刻隨著王筌塑的腳步跑到前面支援。還好，那位同伴只是被打到右手臂，痛得哼哼叫，已有同伴幫他的手臂包紮止血，王筌塑和另一位同伴攙扶他回部隊醫療，羅廣奇只得幫他拿槍。從台灣來到異鄉，遇到生命交關的戰地，大家都會自然的緊密團結，像一家人一樣互相照應。

剛回到隊上，才休息一下而已，接著一個士兵馬上緊急回報：前面街頭有狀況。

小隊長立刻站起來下令：「第一班到第五班前往狀況區，第六班跟在後面支援戒備。」

大家又忙著拿起槍應變，第一、二班班長帶領，由右邊散開往東邊方向前進，第三、四班由左邊往西側方向包抄，第五班從中線到達狀況區，第六班跟在後面，到達狀況區時已有幾位士兵在戒備中了。

原來是游擊隊與維持會起衝突，實際上，島內是很混亂的，因為維持會保持與日本政府關係較為良好，派遣隊因此上前支援維持會。

原先只是戒備觀察中的狀況，維持會與游擊隊不知發生了什麼摩擦，忽然互相開槍。雖然都只是少數幾個人，但是維持會正在節節敗退中，日軍的隊員到達現場後都各找掩蔽物待命，第一班班長比手勢下令支援維持會，然後一陣槍響，幾個游擊隊員一看不對勁，趕忙跑走了。

這一天，陵水派遣隊輪到羅廣奇所屬的第五班巡視與戒護。

當羅廣奇正在街上行走時，忽然聽到一聲槍響，他的頭殼震了一下，似乎被撞擊的樣子。大家立刻散開找附近的掩蔽物遮掩，並將槍頭轉向射出槍聲的房屋。羅廣奇這才恍神回來：「我們遭到突擊了！」敵人是瞄準他的頭部的，還好子彈只是劃過鋼盔轉了一圈，鋼盔上留了一道子彈的痕跡。

「砰！砰！砰！」幾個同伴已經朝屋內射了幾槍，然後又經過一陣沉寂。王筌堃很生氣，因為這槍差一點要了羅廣奇的命，他不願讓這個偷襲的人逃走，率先撞開門衝進屋內。

「不是我，不是我！從後面走了！」一個婦人跪在地上，雙手合十磕頭，手指並比著後面的門，哭喪著的臉流滿了眼淚，一個稚嫩的小孩驚慌的瞪大眼睛看著衝進來的士兵。

王筌堃立刻衝到後門時，偷襲者已經跑遠了，王筌堃還是對他瞄準，打了幾槍沒有打中，後面跟上來的同伴立刻舉槍對著跪著發抖的婦人，準備射殺她。

「不要！不是她！」羅廣奇跟進了屋內看到這種狀況立刻大叫。

除了不願看到血光外，羅廣奇還想起了筑煙說的「要用『仁慈』的心看待這場戰爭」這句話；在這裡，敵對之間互相利用平民來做掩護與襲擊，所以穿著綠色軍服的人，遇到稍有不順從或是猜疑事件，因為無法辨別平民百姓是不是隱藏的敵人，往往為了活命會立刻殺了平民百姓，這樣的事件一而再的發生。

「誰知道？不能有婦人之仁！」

「算了，很明顯不是她，回去吧！」江禾埕附和著。

有時候的狀況會不管三七二十一，先斃了再說。

「孬種！牽連無辜的百姓，自己卻溜走了。」王筌堃對後門吼叫著。

羅廣奇摘下鋼盔，走回去時一面撫摸著被子彈劃了一條線痕的鋼盔。的確，時時刻刻掛在心上的唯一目標，都只為了保命。

雖然都有值勤衛兵守衛著，但是戰地的氣氛使得大家連晚上睡覺也不安寧。黎明時分，在一陣急促的哨音中羅廣奇又驚醒了，到處充滿了慌亂的腳步聲，他飛快的穿好了衣服，緊抓著保命的槍枝，集合到廣場。快速集合後，保留數個分隊留守基地，其餘的大批分隊，分別往北邊的街頭前進。

接近北邊的郊區時已經聽到槍聲大作，在微暗中火光四射，不時的會遇到幾個傷兵被抬往醫療部的方向。原來前方站哨的部隊發現了狀況，中國游擊隊趁著黑夜的掩護中大力的襲擊日軍。站哨的部隊一面駁火抵抗，一面通知各單位支援，陵水派遣隊自然也不例外。

看來這次規模可不小，除了上次空襲外，這是頭一次遭遇到這種較大的戰況，不像巡邏的時候遇到的都是巷戰之類的小規模槍擊，游擊隊是衝著日軍占領區展開大規模的反擊。

最先趕到現場的幾個小隊，趕忙跳進戰壕中，敵對雙方已經形成了兩道戰線對峙著。羅廣奇利用戰壕的掩飾，胡亂的往人頭攢動的前方射擊了幾槍，也不曉得有沒有射中。

一直到東方漸漸發白，在日光的照耀之下，景物漸漸清晰，這時候所剩的零星槍聲才漸漸平息。游擊隊一定不知道這裡的日軍有這麼龐大，火力也比他們強，所以才偷偷的策動了這次大規模的突襲，想要收回被日軍占領的地區，後來他們發覺日軍隊伍龐大，這場反擊勝算不大就臨時決定撤退了。

16 白衣天使

自從日軍登陸海南島後，萬寧市一直是中國游擊隊盤據的範圍，日軍並未前進攻占萬寧市。經過了這一次的中國游擊隊襲擊事件，海南警備司令府覺得萬寧市如果沒有攻占起來，會讓中國游擊隊坐大，而且會經常像這樣的往南方襲擊，於是下令取回萬寧市。

指揮部決定未來要主動出擊，部隊必須往萬寧市的方向挺進。所以在這個前提之下，忙了一陣作戰物資、彈藥與支援調配品的捆包。準備好後，在隊長的指揮下，大家帶著彈藥、物資、食物等戰略所需資源往北方挺進。

往萬寧的方向大約要三、四天的行軍路程，每當部隊前進時，這些台灣來的巡查補總是被派為先遣探查班的任務，萬一有狀況時，處境當然也是最危險的。

先遣探查班輪流由各小隊派出一個班，探查前方路況與敵情。

羅廣奇所屬的這一班這次被派為先遣探查的任務，離開小村落後又往前線走了一段路，到了郊區的樹林中。走著走著，忽然間聞到了血腥味四起，雖然沒有戰況，但路邊的樹林上血淋淋的掛滿了屍塊，一個頭顱或是肚腸流出的胸塊腹肉，一條腿或是一隻手；頭顱的表情猙獰而痛苦，潺潺的滴著血水，眼睛瞪著路過的人，似乎要跳出來咬人的張著嘴咬著牙。

大家都知道這是敵方故意使出的招術，目的是要對方的軍人心裡害怕，失去信心而減低了戰力。雖然經過這些日子來，大家看多了殺戮行為，心臟也變得強多了，但還是覺得挺噁心的，這次每個人的心臟似乎又再次被麻痺了一些。

經過了這片噁心的樹林，可看到前方不遠處的小鄉村有些許房屋，房屋也可能藏著敵人，所以大家還是小心的在戒備中前進，不敢發出聲音。

羅廣奇的恐血分子還是被這些血腥的陷阱動搖了，撐不住而陷入半昏迷的狀態，陳嶸嶔和江禾埕扶著他前進。不能放棄，否則如果成了廢物或累贅，難保回去之後田代彥三會不會把他斃了？使他成了田代彥三口中的「根本就沒有用的東西。」

「砰！」陳匱郭走在最前面執著槍戒備著，忽然看見一個人走出來，是中國游擊隊，還好高砂義勇軍的班長反應滿快的，二話不說就從陳匱郭旁邊往敵人的方向開了槍。

這一槍聲劃破了長空，驚醒了大家。原來，中國游擊隊的後防班前幾天作戰太累了，他們以為日軍固守在占領區，沒有想到這麼快日軍就到了。這些後衛的小班正在輕鬆的休憩，大家趕忙探頭出來查看；這時候台灣來的巡查補不明就裡的，也剛好踏進了這個地盤。

「短兵相接」的狀況，大家全都愣了一下，槍都來不及舉起瞄準，就陷入了「肉搏戰」。敵對雙方都沒料到會發生這種狀況，必須拿起刺刀砍向敵人的肉體，刺到對方的心臟，這是從來沒有的經驗。但是，中國游擊隊比較吃虧一點，因為他們有的人還來不及上刺刀，而日方這些巡查補早有準備，紛紛舉起刺刀砍向對方。

陳嶸嶔和江禾埕趕忙把扶著的羅廣奇丟在一旁的芒草花叢裡，拿著已上刺刀的槍衝向前去支援。

羅廣奇半昏沉的狀態躺在芒草花叢的遮蔽中，感覺到跑步聲、廝殺聲夾雜著刀槍碰撞聲，在他的周圍此起彼落。經過他旁邊的敵人，總是以為他死了，混亂中無暇去理會他。

羅廣奇被這些吵雜聲吵得甦醒了，掙扎的爬起來的時候，剛好看到一個敵人從王筌堃的背後舉著槍，準備朝他射擊。這下子不得了，羅廣奇拚命的舉起槍，無奈手卻不聽控制的一直抖著；就像第一次跟何筑煙說話一樣，緊張得身體變得僵直，但是不擊發不行，否則王筌堃會有生命危險。

「砰！」在抖動中，他硬是擊發了這一槍，這一槍當然不準，子彈從這個敵人的側面滑過去。這個敵人被這一槍嚇了一跳，他轉過頭來舉槍瞄準羅廣奇，在這個同時，王筌堃也被這一槍嚇一跳，他也同時轉頭看到這一幕，立刻扣下扳機。當子彈擊中敵人的身體時，羅廣奇已經嚇得腿軟，又倒到芒草叢裡，因此，剛好閃過了穿過敵人身上的這顆村田式步槍的子彈。

隊裡後援的巡查補已接到了訊息，立刻派兵前來增援，對方只有少數幾個人，一看苗頭不對勁時有人大喊：「撤退！」然後從山林間逃走了。在逃走的當中又被擊斃了一個人，小隊裡也有幾個人被砍傷，但是對方除了被槍擊斃的三個人外，現場一個被砍傷的敵人還在抽搐當中，隨後趕到的田代彥三對他的心臟補了一槍。

自此之後，輪到被派為先遣探查班的人都格外的小心，也就是因為如此，大家格外注意班表的輪替。羅廣奇發現每次要輪到第八班時，都直接跳到第九班，第八班並沒有加入輪值的行列。

「那麼，第八班都不用輪到先遣探查班？」羅廣奇不敢再直接問田代彥三，於是問江禾埕、王筌堃或同一班的陳匱郭。

陳匱郭回答：「要不然你去問班長好了。」

班長巴蘇亞．優路拿納[24]是最近調過來任職的，也是台灣來的高砂義勇軍，身材高大魁梧，他說：「傍晚有空時，我再和大家聊聊。」

晚飯後，巴蘇亞．優路拿納在大家保養與擦拭槍枝的場合中，一面保養槍枝一面與大家聊天，免得被人以為太散漫或是有什麼意圖。

「我四年前從台灣參加高砂義勇軍，被分配到第二十一戰鬥軍。後來二十一軍和日本的陸軍飯田支隊合併，成為『台灣混成旅』，我們和海軍第五艦隊海陸協同作戰，攻

---

24 台灣原住民的鄒族，鄒族有固定的命名方式。

入三亞港。」

「那班長作戰經驗很豐富吧！」

「對付山區游擊隊的襲擊反而比登陸作戰難搞。」巴蘇亞・優路拿納說：「登陸後，我在這邊圍剿游擊隊，他們大都藏匿在五指山區的邊緣，分成很多派別，包含革命黨、共產黨、維持會、保安團、中國國軍游擊隊等，互相的關係和恩怨也很複雜。後來等占領區比較穩定後，海南警備司令府設立了派遣隊，所以，從台灣招攬你們巡查補來協助，我是從台灣混成旅被轉派來帶領你們的。」

「我們巡查補不是在後方協助維持秩序的嗎？」羅廣奇知道了班長是台灣人後再舊事重提：「為什麼屢次要派我們做先遣探查班的工作？」

「噓！小聲一點，在外地戰爭時是很現實的，生命變得很沒有保障，如果你不聽話，生命就會不保，所以要看開一點。你看我是班長，作戰很多年了，都還得順從命令。」巴蘇亞・優路拿納又說：「第八班班長是當初飯田支隊編過來的，他是日本的陸軍軍人，而且派他來當班長應該是有監控的意思，所以大家要注意一點，這是我今天要告訴你們的重點。」

羅廣奇聽後知道再爭取也沒有用，反而置自己與大家於危險之中，只好勉強接受要參與前線作戰的現實。

日軍的部隊持續前進著，先遣探查班的工作仍然由第四至第十小隊派班輪流替換。自從上次遇到的短兵相接肉搏戰之後，每當要輪值的那一班，大家的神經就開始緊繃起來，直到下了防線才會輕鬆一陣子。

陵水往萬寧的方向，要沿著南海的海邊行進，一邊是五指山的樹林，另一邊是南海的日月灣，經過這條狹長的地帶，雖然風景美極了，但是先遣探查班的成員都沒心情欣賞。大家緊握著槍枝，眼睛必須敏銳的掃描前方與四周動靜，一發現有狀況立刻散開來，邊找遮蔽的樹木或草叢邊前進著，一有疏忽深怕會危及性命。

「噓！」走在最前面的陳匱郭轉頭向大家比著手勢，表示前面有狀況。大家神經都緊繃起來，緊盯著陳匱郭所比著的地方，只見前方樹林中有一大片芒草花，芒草花叢遮蔽了一個山洞口。巡邏的人似乎對細微的狀況特別敏銳，從芒草葉的隙縫中，看到洞內似乎有一點點白色的影子竄動著。

「應該不是游擊隊，游擊隊不會笨到使用白色來暴露自己的行蹤，除非有詐。」巴蘇亞．優路拿納比較有經驗，他判斷沒有險詐的伏擊，大膽的沿著芒草叢與樹木的掩護中匍匐前進，他竟然有辦法使得經過的草木，自然得沒有一絲晃動的感覺而到達山洞邊。

「過來！」巴蘇亞．優路拿納看了狀況後站起來，比個手勢叫大家可以過來了，其他人終於鬆了一口氣，但還是戰戰兢兢的往山洞口的方向，靠過去看看是怎麼一回事。

撥開芒草花叢，原來是一群中國游擊隊的隨隊護士，她們剛才看到日本兵往這裡前進時來不及跑掉，嚇得往旁邊的山洞裡躲避。這群護士捲曲著身體擠在山洞內，每個人都驚嚇得身體不停的抖動著，有些人已經在啜泣中。

陳匱郭和聰明仔舉起槍來，準備射殺她們，因為軍隊一向的做法都是如此，寧願殺她們以免有後患。

「停止，不要濫殺無辜，何況她們是救人的護士，又手無寸鐵。」羅廣奇毫不遲疑的立刻阻止。

「可是不殺她們的話，回去被日本軍方知道了，我們都會被槍斃呢！」聰明仔回答。

陳匱郭：「不殺她們？萬一她們是偽裝的話就會有後患，也會害了我們自己。」

陳嶸嶔聲援羅廣奇說：「我們這裡都沒有日本人，只要我們都不說出去，大家當做沒有這回事就好，還可以救了別人的性命。」

羅廣奇說：「對呀，嚴格說來她們不是軍人，也不是敵人，誰都有兄弟姊妹或親人，想想看她們如果是你的姊妹或親人呢？」

「這樣好了，我們請班長決定看看。」王筌堃說著。

於是巴蘇亞．優路拿納說：「好吧！看得出來她們不是偽裝的，如果是偽裝的話我們現在就會遭受攻擊了。就放她們一條生路吧！這件事情是大家的決定，記住！每個人都必須要保守祕密，說了大家都有生命危險。」

陳匱郭用日語對她們說：「妳們可以走了。」

她們仍然持續抖著、啜泣著，所以聰明仔再大聲用台語說一次：「妳們現在可以走了呀！」

她們嚇得是更嚴重的顫抖、啜泣著，只有一位年紀稍長，看起來像是領班的護士停止了抖動，稍微轉頭瞄了一下，但是還不敢亂動。

羅廣奇說：「她們應該是聽不懂我們的語言啦！我用中國話說說看。」記得念公學校時羅廣奇曾經學過漢文科，雖然已經忘了許多，有些聲音有點像台語。但是他還是用生硬的中國話說：「我們也是台灣來的人，不會殺妳們，妳們趕快逃走吧！」

那位領班的護士先是愣了一下，然後似乎聽懂了羅廣奇講的意思，她轉頭站起來，其他的女孩們也慢慢的體會了他們講話的意思，都停止了啜泣。

「謝謝你們救命之恩！」領班的護士對大家敬禮，然後轉頭對她們說：「大家趕快走了。」

她們共有七個人，紛紛站起來點頭敬禮，但是因為有些人已經驚嚇得腳都軟了，看得出來走路的樣子是腳捲曲的拖著前行，還有一人必須由兩人幫她扶著才走得動。

其中一個眼睛大大的年輕護士停止了哭泣，微笑的抬頭看了羅廣奇一下，用水汪汪的眼睛瞄了一下他胸前的名牌，點頭表達著很感激的意思。

她們從山洞口撥開了芒草花叢，跌跌撞撞的經過樹木和草叢來到路邊，並且漸漸恢復了元氣，軟腳的人也漸漸可以正常走路了，在交叉路口時她們往其中一個方向前行而去。

「妳們不要往那個方向，從這邊走。」羅廣奇趕忙再用生硬的國語叫她們改變離去的方向。因為日本軍隊行進的方向就是從這條路前進的，如果走同方向，恐怕會被追上了，又會陷入危險之中；但羅廣奇不能跟她們透露這個重點，只能指示她們安全的方向。

「好了，我們得趕快離開這裡以免被發現，快走吧！」巴蘇亞．優路拿納催著大家繼續前進。

17 金幣

靠著先遣探查班的探路，日軍挺進到距離萬寧市二公里多的地方，指揮官下令紮營，等到第二天上午一早再進攻萬寧市。

隔天上午，三亞海軍第十六警備隊隊長河野太郎對著隊員訓話：「我們海南警備府司令太田奉湯喊出『三光』政策，就是要『殺光、搶光、燒光』，所以大家勇猛的前進吧！」

由第十至十六小隊先行進攻，數架日本支援的戰機由海上出動飛過上空。但是讓大家覺得有點奇怪，因為日軍長驅直入市區，卻沒有遭遇到任何反抗，也沒有埋伏。判斷可能是前一陣子曾經戰況激烈，造成他們傷亡慘重。這次他們事先已探查日軍火力強大，所以在守備人員不足之下，索性就先撤走，免得做無謂的犧牲。

日軍部隊來到萬寧市政府的門口，團團包圍住市政廳辦公大樓。第十六警備隊隊長河野太郎帶了兩個日本兵，用很跩的步伐爬上了幾個階梯，到了大廳正門口。

「ばか（蠢蛋）！快開門！」警備隊隊長河野太郎擺出傲人的姿態，吼叫著，然後示意兩個日本士兵，兩個士兵立刻上前用腳踹門。

「砰啪！砰啪！」

門並沒有被踹開，接著，河野太郎示意士兵停止踹門，然後輕輕的從腰間掏起了手槍，擺了一個優美的姿勢，然後朝著大門的鎖頭開槍。

「砰！砰！砰……砰！砰！」鎖頭爆開了，隊長親自用腳踹開大門，擺出一副得意洋洋的樣子，慢慢的舉起手一揮。

「嘿！」大夥兒大聲齊吼一聲，舉起槍衝進去。

羅廣奇當然也跟著大家的行列衝進去，可是要做什麼呢？不是已經勝利了嗎？他正狐疑的時候，忽然聽到「啊！唉呀！呼！」四處傳來女人尖銳的叫聲，有些士兵揪到躲藏在四處的女傭時，一夥人在那邊拍手叫好。

這個時候，在這裡可以公然犯罪而不會被追究；從窗外望出去別的房間，有一些士兵已經開始扒開女生的衣服，伸出狼爪摸乳或者是抱住女生親吻。那些已經累積緊張、壓力和飢渴許久的士兵，一個個忽然解開了枷鎖，在這個變成可以肆無忌憚淫威的地獄；或者從士兵們的角度來看或許也可稱為天堂？一時之間，很多士兵已化成一群群的「瘋野獸」了，唉！一群年輕力壯的男子，哪能禁得起撒旦的誘惑？

「都瘋了……都瘋了……」看到這景象羅廣奇呆住了，到底進來要做什麼呢？他看看緊連著市政府邊的宿舍區裡面，也傳來唉唉的女人尖叫聲，男人則發出陣陣的哈哈大笑聲；透過透明的窗櫺，可以看到一間間的宿舍裡，那是個什麼樣的畫面呢？

「ばか（蠢蛋）！松島田口，你在做什麼，還不快去！」當羅廣奇正在發呆時，剛好田代彥三走進大廳看到他，田代彥三舉起手杖作勢要打人，羅廣奇本能的後退了一下。

還不快去，快去做什麼？到底田代彥三要他做什麼呢？羅廣奇想唯一的理由就是：在這個時候如果不跟他們一樣勇猛的燒、殺、擄、掠，實行司令太田奉湯「殺光、搶光、燒光」的三光政策，那就是沒有跟他們站在同一邊的意思，也就是思想有問題了，不就是這個意思嗎？羅廣奇知道田代彥三作勢要打他應該就是這個意思，然而田代彥三也說不出個所以然來，因而對羅廣奇惱羞成怒。

「殺！」羅廣奇想一想忽然大喊一聲，舉起槍往前衝進前面的房間，還掃到桌上的瓷器，那件名貴的瓷器摔破了一地。

「你瘋啦！那是市長的房間，喂！你這個小子，難道你是想強暴萬寧市長夫人嗎？告訴你早跑了，別做夢了吧！」田代彥三在後面對他吼叫著。

「砰！」羅廣奇迅速關上了門，假裝沒聽到田代彥三的叫囂，然後碎碎念著：「你們才是真正的『瘋了』吧！」

喘口氣定神看一看，這是一間裝潢得很漂亮的臥房，中間擺放著一張豪華的大床。羅廣奇隨意抓起一把椅子坐下，想著要在這裡度過一段時間，等事件平息了再出去吧！

他看著靠在牆壁的衣櫃，想一想，會不會有人躲在衣櫥裡？於是上前翻開衣櫥的門檢查，還好沒有人躲在裡面，要是有人躲在裡面的話就麻煩了。

之後他又瞪著大床發呆，想著想著也覺得怪怪的，因為床下有一小撮水泥灰塊，會不會床下躲著人？掀開床罩，低頭一看沒有躲人，但床底下的水泥灰塊覆蓋著被挖開再填回的痕跡。再走到窗邊，沿著窗戶往外面看看，外面有花園、草地和樹木，靠窗這邊的牆壁擺著一枝圓鍬。

羅廣奇打開窗戶，順手將圓鍬拿進來，然後將床推開到靠牆壁的另一邊，拿起圓鍬順著挖過回填的痕跡挖下去。不久，終於看到露出了小木箱的一角。羅廣奇挖開土塊，用力抬起小木箱，小小的木箱抬起來卻覺得滿重的。打開木箱發現裡面有塊布包著方形的東西，再翻開布包，原來是一塊黃金製的小硯台，旁邊還有一塊黃金製的小墨條和兩枝小黃金毛筆，另外有三枚金幣。哇！他的眼睛一亮，難怪這東西這麼重，這是怎麼一回事？應該是黃金太重，不方便帶著逃難嗎？還是另有原因？所以要藏在這裡。

他在房間裡抱著這些寶物走來走去，這些東西體積雖然小小的，卻重得很難移動，走起路來像企鵝走路一樣左右搖晃著。這樣走出去一定會引起大家注意的，尤其是日本軍曹或田代彥三，寶物被他們看到的話一定會落入他們的手中，搞不好還會被他們隨便用個罪名殺害奪財。

後來羅廣奇將臥房後面的窗戶打開，窗外那一片花園有幾棵大樹。三枚金幣比較好攜帶，所以放到他的褲袋裡，另外他再打開衣櫥，隨便拿了一件衣服和布條，將黃金材質的硯台、墨條和毛筆包裹住，然後用一條布條綁住包裹，從窗戶緩降到花園裡，圓鍬也一起丟下去，再從窗戶跳到花園。

他偷偷的一拐一拐的抬著寶物，像企鵝走路一樣，把這些黃金寶物抬到一棵大樹下。在芒草花叢的掩飾下，用圓鍬將鬆土地挖了約一尺半深的洞，這些寶物就埋進去了，再回撥土塊掩蓋好，將圓鍬放回窗下，從窗戶爬進臥房。

隨後又在臥房裡巡了一回，找了一瓶洋酒和杯子，他喝了點洋酒，然後得意洋洋的提著喝剩的半瓶洋酒，假裝醉意醺醺的走出去。路過大廳的時候，只看到地上已是杯盤狼藉，聽到四處傳來許多女人的哭泣聲；一些辦完事的士兵，在女人的哭聲中，頹喪的踩著疲憊的步伐，倦怠的拖著沉重的槍，踉踉蹌蹌的走回去，樣子像極了打了敗戰的軍隊。羅廣奇頓時也入境隨俗，學著他們走路的姿態，拿著洋酒晃回了派遣隊集合的地方。

第二天清晨，和煦的陽光依舊照著萬寧市的市政大樓，萬寧市是個安靜的城市，建築物的輪廓有點像熟悉的高雄，還有一些古城的遺跡。這天的早上正在舉行升旗典禮，悠揚的日本國歌聲中，大家舉手向旗桿的方向敬禮，緩緩升上去的是一面大日本旭日光芒旗。

市政廳已經清理乾淨了，警備隊指揮官早搬進去據為作戰指揮大樓，門口外面一塊大木板用黑色的毛筆寫著「大日本帝國東亞區海南島萬寧市臨時政府」。

為了營造和善的統治氣氛，除了將錢幣改為日幣並發行軍票外，在禮堂發放賑恤白米，宣布市內恢復一切原有的正常生活，還可開店做生意。警備隊的巡查補開始巡邏，呈現一幅開始治理占領區的畫面，剛進城之燒殺擄掠的事情都已經睜一隻眼閉一隻眼的在沉默中度過了；就像是一場夢，在實際生活中夢過了後，化成虛幻的泡影。

18 滅村

在萬寧市巡查補的工作變成了街上的巡邏時，氣氛漸漸的變鬆，已沒有之前那麼的緊張了。不過，還是要隨時注意偷襲、暗算的狀況，因為還有隱藏的保安團、守備隊、游擊隊、共產黨等等，隨時可能偷襲。

此時，巡查補一個月還可休假兩次，他們這一行人再次輪到休假，先到萬寧市區逛逛，在咖啡廳喝個咖啡。正當他們聊得起勁的時候，在遠處民宅的巷子裡，忽然間傳出了一陣槍響。一夥人趕緊找掩蔽物，並一面往槍響的方向看過去，一面注意情況。

一群日本兵衝進了一間民宅，隨後趕到的醫護隊也進了這間民宅，用擔架抬起受傷的一位日本兵。

「不要！不要！不是我們！不是我們！求求你！」接著民宅裡面一位婦人被幾位士兵拖拉出來，她用求救聲哭嚷著；之後，一位士兵用腳踹婦人背後的膝蓋，婦人被踹跪到屋前的空地上。

「砰！」才一跪地，還來不及看清楚狀況的時候，那位士兵已經迅速的舉起槍朝婦人的背部發射出去，婦人中槍之後就像物體一樣的摔落地面。接著，從屋裡再拖出的小孩也是一樣，只是因為哭嚷著喊媽媽，就一聲槍響而熄滅了哭聲，土地與雜草間染紅了一片血跡。想必又是游擊隊躲進屋裡埋伏，襲擊日本兵後逃之夭夭，抓不到游擊隊的士兵大概是自卑感作祟，拿手無寸鐵的民眾開刀，發洩失敗的憤怒並滿足殺人的快感。

從萬寧市的街頭上可以看得出來，一般人民的生活相當辛苦，由於兵荒馬亂，田園荒廢，農作物疏於管理。除了港口地區少數居民有點東西吃外，海南島上的居民沒有米飯可食，大部分吃的是醃製西瓜皮、老鼠和一種當地棲樹的四腳動物，居民稱為「山狗太」。

日軍臨時政府會發餉招令當地人製造材料、補充物資與構築工事，例如：製造磚塊、木料和鋪路、造橋等。在當地游擊隊、抗日組織不斷的騷擾與挑釁之下，日軍決定築構防禦工事，減少游擊組織的威脅。但是築構防禦工事會耗損日本兵的軍力，於是下令發餉招募工人，在當地生活困苦的情況之下，為了生活製造業都配合行事。當時號召招募工人，很多婦女都來排隊工作，以維持生活，當天工作完畢立即發餉。

北寮村是接近五指山下靠北方的一個小村落，位置處在萬寧市的外圍，從這個村落裡來了很多應徵築構防禦工事的工人，大多是婦女或是年紀稍大的人，他們為了討生活而工作。因為年輕的男人不是被抓去充軍，就是逃掉了。

當大家出來應徵工作的時候，這個靠北方的村落常常變得空空蕩蕩的，剩下少數婦女、老人和小孩在村子裡。但這個地方因此形成了防禦漏洞，日軍怕這裡被游擊隊占據利用，所以規定巡查補巡邏時，一定要經過這個路線。

羅廣奇在工地認真的監督防禦工事，有些婦女或是年紀稍大的人比較沒有體力，所以進度緩慢，忽然聽到從遠處傳來大聲臭罵的聲音。

「狗娘養的！滾回去死！」一個大約七十多歲，皮膚黝黑，滿臉白鬍子與白頭髮的老人邊罵邊走過來，他往第十六警備隊辦公室的方向走，被衛兵擋在入口處。

衛兵喝令停住，並予以搜身，然後通報隊長河野太郎，河野太郎聽不懂中國話，他的辦公室周圍又都是日籍軍人。

「台灣來的士兵，有沒有聽懂一點中國話的人，來幫忙翻譯一下。」一位在警備隊辦公室的日籍士兵跑到附近，剛好是羅廣奇的監工區域。

羅廣奇回答：「會一點點可以嗎？」

大家都好奇的看著羅廣奇遠遠的走進第十六警備隊辦公室，不久之後羅廣奇又回來工作，直到下了班回到宿舍，這個中間，他並沒有提起那時在辦公室裡翻譯的講話內容。

「喂！你到現在還不告訴我們，那個傢伙進了辦公室後到底發生什麼事？」陳嶸嶔忍不住好奇的問。

「就是巡邏隊巡邏北寮村時發生了一件事，我翻譯中國話比較生硬一點，但是聽方面應該還算聽得懂。」

在宿舍的幾個人都圍過來聽。

「你們聽聽就好，不要張揚出去，因為隊長警告我不能張揚出去。」羅廣奇用台語說：「他說我們巡邏隊巡邏的時候，有人在村子裡強暴了單獨在家的女人。」

陳匱郭說：「這哪叫不能張揚？我早就聽說了，哪有什麼祕密？」

江禾埕問：「咽，是怎樣？我怎麼沒有聽說。」

陳匱郭說：「就是別的小隊的軍曹，聽說巡邏到北寮村時，他叫小隊的士兵在外面站立等候。然後，自己跑進了屋子裡過了很久的時間，站在外面的士兵們都聽到女人的求饒聲與哭泣聲；他出來後對士兵們說他懷疑這裡有問題，叫大家不准洩漏半點風聲出去，大家當然知道是怎麼一回事。」

羅廣奇說：「那老人是村子裡的長老，他很生氣的要求要交出那個強暴者。」

「結果隊長怎麼說？」

「隊長本來說要優厚的錢賠給他們，但是那長老不肯，他要求要讓他們村子裡的人親自處分那個強暴者。」

「隊長當然一直不肯處理，而且對那個長老的要求非常生氣，後來隊長答應要調查，兩個週間日調查完後再通知他來協商。」

這件事情約過了一個月，北寮村的長老又來找隊長了。

「你給我出來，做什麼隊長，講話都沒有信用。」北寮村的長老氣沖沖的指著辦公室：「根本都沒有調查處理，那個人又在村子裡強暴女人了，你知道嗎？你們都在縱容他，把我們的話當放屁！」

衛兵趕他回去，他不肯回去，從辦公室出來兩個彪形大漢的士兵，把他拖去旁邊揍了一頓。

他被打倒在地，爬起來時嘴角流血：「好，你們打我，你們看著辦好了，不必再到我們村子來了，我們也不需要做你們的工作來乞憐！」

第二天，北寮村子裡果真都沒有人來工作，築構防禦工事的工人少了大半，工作進度就延宕下來。巡邏過當地的巡查補過來報告：通往北寮村的路被圍籬圍起來，村人不准巡查補通過。

第七小隊長田代彥三聽到巡查補的報告後，帶兩個班到村前圍籬處，要北寮村的村民說明為何將道路圍起來。

「從現在開始我們自給自足，我不犯你，你不犯我，我們互不相干。」北寮村的那位長老出來回應。

於是田代彥三回到部隊，將此事報告隊長河野太郎。

「小小一個村竟敢這樣對抗我們，他們封閉起來要靠什麼生活？叫線民查查看是怎麼一回事？」河野太郎拍桌大罵，他不在意或者是根本忘了強暴的這件事情。

過幾天，線民回報：北寮村和抗日組織等游擊隊單位掛勾，游擊隊偷偷的搬運糧食供應北寮村的村民。隊長河野太郎聽了臉色鐵青，憤怒的說：「辦他們。」

此事件過了幾天。

「噓噓！」凌晨一陣哨音吵醒了大家，陳嶸嶔、王筌堃和羅廣奇紛紛從床上跳起來，過慣了較安逸的生活，好久沒有這種緊張的狀況了。

「第三至第十六小隊攜帶武器到廣場集合！」

「是怎麼一回事？又有游擊隊來襲了嗎？」

「我也不知道，趕快先集合才知道。」聽明仔小聲的回答，他們匆匆的拿了武器集合在廣場上。

「今天我們要實行海南警備府司令太田奉湯的『三光』政策，『殺光、搶光、燒光』，開始行動！」隊長河野太郎大聲咆哮。

微光飄散在迷濛的晨霧中，第三、四、五小隊由右方的山徑先行進入，繞到北寮村的後方；第六、七、八小隊由左側的田地行進，第九至第十一小隊沿著河岸往北寮村的右側前進，第十二至第十四小隊由村子的前頭前進，第十五小隊掌著旭日光芒旗守住路口，第十六小隊為後勤支援，共約一千多位巡查補將北寮村團團圍住。

「砰！」河野太郎從村前開了第一槍，在微暗的天色中，槍聲劃破了北寮村寂靜的夜空，引起村子裡一陣騷動。

「倭寇來襲了，快逃呀！」居民們紛紛往四周逃竄。

「砰！砰！砰！」各路口已架設了機關槍，村民一逃出就被擊斃。然後，各小隊由村子的四周往村內開始圍剿。

羅廣奇夾在隊伍中間，他們第七小隊是從左側進行的，在槍聲大作當中，他只得往樹林或屋頂亂射一些槍彈。

隊伍持續前進著，踩過了種著雜糧的旱田和草叢，越接近村子的時候，橫躺的屍體越來越多。有的未死的人痛苦的呻吟著，一位士兵跑過去，往未死者的心臟刺了一刀，血液噴濺滿地，止住了呻吟聲。

前進中的羅廣奇盡量閃過躺在血泊中的屍體，腦海中漸漸浮起了可怕的恐血心態。臉色一陣蒼白，步履蹣跚的經過一戶農舍，找到一個暗暗的，可以遮掩的牆角停靠著，不去看到那些血水，在牆角偷偷休息一陣子，這才漸漸恢復了一點精神。

不久，聽到雞舍和鴨寮裡傳出雞飛狗跳的吵雜聲，其中夾雜著人聲，一群士兵已經開始捕捉雞舍和鴨寮裡的雞鴨。

「快過來幫忙。」有人看到羅廣奇在這邊休息於是跟他招手，他想這個工作總比殺人好多了，趕忙跑過去幫忙，一方面也可以逃掉面對殺人的局面。他們在雞舍裡面抓到幾隻雞後，用繩子捆綁雞腳，然後一綑一綑的丟到卡車上，當雞舍、鴨寮清空後，還是得繼續前進，搜尋房舍內躲著的人。

後來羅廣奇跟在別人的後面闖了幾間房舍，都空蕩蕩的。其實他都知道早被搜過了，只不過怕萬一搜到村人該怎麼辦？這會逼得他必須開槍殺人，所以只能跟在別人後面裝出正在搜尋的樣子。

經過一家四合院的大廳，羅廣奇正要踏出大門時，看到院子外面的樹下，一群士兵在那裡圍著六個女人，那六個女人一字排開，全部被迫脫光了衣服。她們嚇得發抖與哭泣，其中一個班長拉了第一個女人過去，壓倒在地上強暴。

「走，過來一起玩。」冷不防，一個士兵從羅廣奇的後面走出來，順手推著他。

「不，不用，我們那班在後面那邊也在玩，我等一下要過去跟他們會合。」所以羅廣奇推開了他的手，急中生智的如此回答，因為這種場面不能說不要，否則會被發現自己沒有聽命。

趁那士兵前往樹下時，羅廣奇轉頭繞到廚房的後門，經過雞舍鴨寮，再經過一道芒草花桿編成的棚架，長長的廊架是堆放雜物與走路用的空間，走出了棚架外面是一片夾雜著芒草花的草地，附屬於破舊老房舍的院子。

在此又聽到淒厲的慘叫聲，從棚架下望出去，看到另一群士兵圍著約七、八位女人，士兵一樣拿著刀逼她們脫光全身的衣服。首先抓了一位年約十多歲的幼女，按壓在草地上強暴，幼女不斷痛苦的掙扎著，聽到的淒厲慘叫聲就是從她口中叫出來的。一個士兵強暴完後，再一個接替一個的士兵輪暴，輪暴完後接下來換輪暴第二個女人，一直輪到約第五、六個女人後，士兵已經因精力用盡而腿軟了。

羅廣奇躲在棚架下的雜物堆中看著，場景使他驚嚇到腿軟。在驚慌中他又聽到了更淒厲的慘叫聲，原來那些士兵全部輪暴完後，竟拿起刺刀刺向女人的陰部，血液隨著慘叫聲中噴灑出來，然後用刺刀活生生的割下乳房；不管被割的女人在血泊中翻滾著，他們用刺刀頂起割下來的乳房，舉起插著乳房的槍，在空中揮搖著，並哈哈大笑，回頭再一刀刺死她，把屍體丟到芒草叢裡。

看到這一幕幕比地獄還慘的畫面，羅廣奇歇斯底里的恐血症像爆炸一樣的炸開，閧住了整個頭腦。只得趕快再使出絕招，把頭腦的思緒和身體的動作分開管理，但是因為太聳動了，這個絕招的作用不大，只能用軟腿連爬帶滾的沿著長廊架下轉回頭滾出去。

翻滾到了棚架出口，看見小隊長田代彥三和幾個士兵正從前方走過來，其中還包含王筌堃、江禾埕和聰明仔等人。他驚慌得已經失神了，一時之間也不知道要往前還是往後走。

後來羅廣奇選擇再轉頭回去，但是因為太慌張了，而且「把頭腦的思緒和身體的動作分開管理」的絕招失去了作用，跌跌撞撞的沿著棚架下晃動，棚架走道的兩旁堆滿了曬乾的芒草堆。他晃動的身體撞翻了一個芒草花桿編成的大簍子，躲在簍子裡的一個小男孩順勢滾了出來，一時之間愣在那裡。

「殺掉他！」田代彥三剛好已經走到羅廣奇的旁邊。

羅廣奇只好舉起槍瞄準小男孩，但手抖個不停，緊張得身體開始變得僵直而按不下這個扳機。這時愣在那裡的小男孩見狀拔腿就跑，田代彥三憤怒的搶下了他的槍，瞄準正在跑的小男孩扣下扳機，小男孩應聲倒地。

「無用の長物（沒用礙眼的東西）！」田代彥三開完槍後把槍轉頭，指著羅廣奇的腦袋。

王筌堃、江禾埕、聰明仔和眾人看到這一幕，都擔心得不敢吭聲。羅廣奇閉起了眼睛想：死定了，如果殺掉了我能夠放過剛才那小男孩也好，可惜那小男孩已經死了。

這一幕來得太突然，使羅廣奇忘記面臨死亡的害怕，停滯數秒後，當他開始知道要害怕時；也許已經殺掉了那小男孩，讓田代彥三的氣消了一點；也許在眾目睽睽之下殺了自己的人，恐會減低士氣。田代彥三把槍丟在地上，狠狠的用右勾拳往羅廣奇的臉頰揍了一拳，再用左勾拳揍了一拳，並伸出腳從他的腰部把他踹倒在地，罵道：「對敵人仁慈就是對自己殘忍！」然後氣沖沖的揚長而去。

等田代彥三走遠後，江禾埕和聰明仔趕快扶起羅廣奇，羅廣奇一跛一跛的和大家從許多屍體的旁邊走出村莊，這時候的整個北寮村，已經橫屍遍野，有些房舍已經燃燒成一片火海，村子裡應該沒有生還者了。

在北寮村的入口處已經停著一輛載滿著白色旗子的卡車，田代彥三命令第六、七小隊在北寮村的四周插上白旗，第七小隊的成員陸續的將車上的白旗拿下來，往北寮村的周圍走過去。

羅廣奇顫抖著身體，一面拿著旗子一面走路，問路過旁邊的聰明仔：「老實說，你有沒有強暴女人？」

「我不可能跟你說沒有，但是都為了活命。」

「不是為了逞一時獸慾的藉口嗎？」

「就像你剛才，如果選擇一槍斃了那個小男孩，不就沒事了嗎？可是你不槍斃了那個小男孩呢？反而陷自己於危險中，差點沒了命，最後那小男孩還不是死了。這不是你的錯，也都不是我們的錯，只是選擇了仁慈卻不能達到目的，反而還增加了生命的危機。」

江禾埕聽了也說；「在你死我活的戰爭中，有時候只有活命可以選擇，想站在正義的一方都很難，因為這樣的選擇只能成為無謂的犧牲。」

羅廣奇說：「不能拚死命的維護正義嗎？這樣人類才會有希望。」

江禾埕回他說：「無謂的犧牲只是無智慧的正義，有一句話叫做『留得青山在』，留著青山維護大正義。」

羅廣奇把旗子插在路邊，再繼續往前走，遇到了王筌堃，羅廣奇又問了同樣的問題。

「唉，不要再問了，我們的心情也很不好，戰爭就是這樣，我們是被人操縱的傀儡，是逃不開的宿命。」

「我是問你有沒有強暴後殺人？」

「遠遠的開槍可能有殺到人，但在那時候我們只能跟在別人的後面。我沒有殺她們，卻只能站在那裡眼睜睜的看著她們被殺，無法救她們。那種心痛你知道嗎？當你違反軍令的勸他們，這些人都瘋成了惡魔，根本聽不下去。」

羅廣奇想著：我只是遠遠的看著，並且逃開了；但是像他們在殺人現場看著的人，那種無助的痛應該是無法形容的。

晨光已經灑滿了大地，他們繼續插著白旗。周圍四處躺滿著屍體，草地上滿是乾涸的暗紅血水，有些白色的芒草花染上的乾涸血紅似乎強烈的在控訴中，大頭蒼蠅在屍體和血水上飛得嗡嗡作響，讓羅廣奇的眼淚不禁偷偷的流下來。他轉頭偷偷看看正在插白旗的王筌堃，他們的眼眶也都紅紅的，眼角淌著淚水。

江禾埕突然跑過來問：「咦！你不是有恐血的症狀嗎？今天的場景連我都有點暈

了，怎麼你都沒有動靜。」

「對喔！我怎麼沒有反應了？」羅廣奇說：「剛才還在暈，難道被田代彥三嚇到了嗎？還是已經麻痺了，在殺人的環境中待久了，可能連人心都被侵蝕了。」

「可能是太殘暴了，連恐血症都嚇得不敢浮上來，等我回去之後，今天晚上才會慢慢的發作補回來。」羅廣奇又碎碎念著。

回營隊時羅廣奇轉頭遠遠的望向北寮村，繞著村子的周圍插滿了一根根的白旗，遠遠的看起來，好像村子已被旭日光芒旗占滿了，只是旗子中央那顆紅色的旭日光芒圖案全都掉落到村子裡，化成了紅色的血水竄流著，只剩下晃動著的白色旗面。

19 被俘

原以為封鎖了北寮村被滅村的消息，沒想到幾天後在香港的大公報刊登了斗大的標題：「海南島北寮村慘遭日本軍滅村」，附著一張周圍插滿了白旗的村景相片。在報紙上的消息傳播速度是很快的，尤其戰爭期間大家都很注意各地所發生的狀況。當然，像這樣的消息也傳到了抗日組織的游擊隊那裡，位在五指山區的保安團、共產黨、守備隊、革命黨、中國游擊隊等開始集結並進行騷擾與報復。但是築構防禦的工事仍然還未完成，因此，巡查補先遣探查班的工作只得擴展到比北寮村更遠的北方處巡邏。此時，因有游擊隊的騷擾活動而增加了更多的危險性，一次巡邏必須由兩個小隊各出一班一起巡邏。

班長巴蘇亞．優路拿納勇猛的帶領第七小隊第五班經過五指山下的道路，戰戰兢兢的前進著，並沒有發現異狀而安全的回來。晚上他們排到的工作是於未完成的防禦工事執行暗哨，所以第二天早上就鬆了一口氣，可以好好的休息一下了。

這天早上，大家好好的在小隊裡休息，卻看到第八小隊隊長來到小隊裡，他進到了第七小隊長田代彥三的辦公室。

「我們小隊裡有人反映，先遣探查班的輪值工作，你們小隊的第八班並沒有輪值，他們是不是騙了你，要不然就是混掉了輪值班次。」第八小隊隊長急著說：「而且，我們跟你們小隊的輪值班次本來是一致的，大家都已經熟識了。現在次序變亂了，我們配合的兩個班有時候變得不是很熟悉，這樣不太好配合吧！」

田代彥三說：「喔，大家都是為了大日本帝國效力，這樣的安排是因為我另有任務指派他們別的工作。沒關係，這樣好了，我會加派一班代替他們輪值，讓輪值順序正常化。」

晚飯後，田代彥三命令第五班的人在他辦公室前面集合。

「由於你們勤務表現優良，屢次都能守得住前方的敵人。所以，關於先遣探查班的輪值工作，現在付予你們替代第八班執行任務，再增加一次輪值的表現機會。」

怎麼變成由第五班替代呢？大家沒有意料到還要增加代替第八班執行巡邏任務，所以都愣在那裡；其實大家都已經知道第八班有暗藏特別的人，田代彥三應該也大略知道，所以一再替第八班掩護來討好這個暗樁，當然不按照規矩領導。如果不反映的話，好像第五班就是讓指揮的人隨意耍來耍去，而且又增添危險的機率，但這又是軍事命令，大家的表情都十分焦躁。

「報告隊長，那麼第八班就變成不用輪值先遣探查班的勤務了，我們反而負擔比較重。」王筌埅忍不住舉手報告。

「第八班我另有工作派遣給他們，由於輪值第八班時，第七班和第六班剛剛卸下任務不久，這樣會太累了，所以安排由你們替代。」田代彥三忍著怒氣，但由於不公平的命令希望大家能接受，所以表面還勉強裝出微笑著的表情。

「報告隊長，這樣的輪值似乎對我們不太公平。」羅廣奇對於巡查補跟士兵毫無差別的作戰感到失望透頂，現在又要增加代替別班出任務也覺得不滿，但是羅廣奇卻很白目的以為田代彥三這次不會生氣。

「又是你！為偉大的天皇而戰是神聖的任務，有什麼不公平？」田代彥三的太陽穴又爆出了青絲，緊咬著牙齒：「我問西岡茗見（聰明仔）這樣的安排可以接受嗎？以他說的為準。」

田代彥三走到聰明仔的面前，用圓滾的眼睛瞪著聰明仔：「你說可不可以勝任這個任務？」

聰明仔的汗從額頭上一直滑下來，嘴巴欲動又停止，田代彥三向他的胸前蹬了半步，身體和臉直矗在聰明仔的前面。聰明仔只能氣若游絲的細聲回答：「是的，可以勝任。」

大家都斜眼看著聰明仔，可是眼睜睜的看著他是被逼的，也不能因此而責怪他。

「好了，你們都聽到了，有人認為可以勝任這樣的工作，所以這件事就這樣決定了，解散！」

先遣探查班的巡邏雖然偶而會遇到少數的騷擾，但都用武力擊退了這種無謂的躁動。第五班自從增加了第八班的任務以後，巡邏的次數變頻繁了，但近來這段期間卻不曾遇到游擊隊的擾亂。

他們在替代第八班執行先遣探查班的巡邏時，同時是和第八小隊的第八班一起協同出任務的，當巡邏在狀況明朗而不會有游擊隊出沒的地方時，他們唱著海軍軍歌，偶而也插入在台灣歡送他們加入軍隊時的〈軍伕之妻〉這首歌：「為國，受徵召遠赴，東支那海，長路迢迢，啊！越過多少浪濤，綠色山丘上，別離時的身影，死後方歸……」歌聲邊呀邊的，邊在山嶺，邊在樹林、芒草間，邊出了生命的苦澀，戰亂中的鄉愁。

春寒料峭，整天天氣都霧濛濛的下著細雨，地面上除了草地的部分外，小石子旁的水窪都是泥濘，走起路來顯得有些綁手綁腳的，不是很順暢。

進入樹林區時，羅廣奇一面走一面問聰明仔：「你當初為什麼要答應田代彥三說我們可以勝任這個任務？」

「你沒有看到嗎？他一直逼我，我能不答應嗎？」

「如果那時你跟他說不行呢？你讓他下不了台，他以後就不敢再這樣對待我們了，每次都拿你來開刀。」

「這樣不行，他以後一定會報復，第五班以後就會常常被他整的，而且他一旦決定了就不可能改變。你想想看，一個日本軍官怎麼可能屈服於台灣一個小兵的意見？要不是因為這次要增加我們的負擔，你一定就被他修理了。反正只是多了一班任務，你看，我們不是平平安安的嗎？也沒……」

「砰！」忽然間從樹叢裡射出一顆子彈，擦傷了陳匱郭的左手臂，同時間大家迅速的分散開來，找樹叢、樹幹、芒草叢或岩石掩蔽。掩蔽好後的巡查補們也予以反擊，瞬間槍聲大作，游擊隊的子彈從第七小隊第五班和第八小隊的第八班中間橫掃過來，將第五班的隊伍切斷了。

陳匱郭、陳嶸嶔、沈雲城和羅廣奇以及另外幾個第五班的兄弟被切斷在前方，他們往山內的方向逃竄，陳匱郭的手臂淌著一點血。游擊隊看到他們被切斷在另一邊，人數又比較少，所以趁機追趕他們。王筌堃被切斷在後半段，看到此情形心中很著急，於是他舉起槍來猛打游擊隊。但由於下雨的關係使得地面濕滑，正當他舉槍猛擊時，一不小心滑了一跤，本能的伸手攀住一枝樹幹支撐。此時游擊隊見狀，一槍打中了他的身體，王筌堃跌倒在芒草叢裡。

巴蘇亞．優路拿納見狀，迅速的滾動在芒草叢、樹叢與岩石間。在快速滾動的同時，他一面迅雷的扣下扳機數次，擊斃與擊傷了游擊隊數人。

陳匱郭、陳嶸嶔和羅廣奇等幾個人趁著巴蘇亞．優路拿納的協助，快速的往山內鑽去。羅廣奇幾乎嚇得腿軟而跟得比較慢，落後了許多。當他用匆忙而緩慢的腳步前進時，忽然間從他右前方的芒草花叢裡舉出一枝槍。

「不要動！再跑我就斃了你。」

羅廣奇聽得懂中國話，敵人是不會對你有一點點仁慈心的，再跑的話絕對會被一槍擊斃。他只好丟下槍枝，舉起雙手。巴蘇亞．優路拿納在遠方看見了，他不敢再窮追，因為窮追的話，這個游擊隊員可能立刻擊斃羅廣奇，然後再跑掉。

「西岡茗見（聰明仔）、江元禾口（江禾埕），你們兩人扶佐木拓全（王筌堃）回去救治，我掩護你們，快！」他改為退回掩護王荃塑的位置。

巴蘇亞．優路拿納且戰且走，從游擊隊的方向望過去，只看得見一個迅速的影子在山林間躍動。所以他們不敢越雷池一步，因為只要前進一點，還沒來得及回神就被巴蘇亞．優路拿納掃過一排子彈，很可能會被擊斃。

江禾埕和聰明仔扶著呻吟著的王荃塑，一步一步的回到隊伍。先跑回營裡的巡查補已經報告了狀況，因此一輛軍車趕到山林的入口處等待，等到王荃塑連同三個受傷的人到達時，他們一同被軍車載往三亞海軍醫院救治。

「報告隊長，我方兩人被襲擊死亡，四位受傷者已經送往醫院，五人逃竄到山裡面，一人被俘。」巴蘇亞．優路拿納向田代彥三報告。

「是誰那麼差勁被俘？」

「報告隊長，是松島田口被俘。」

「松島田口被俘！被俘一定會死的，跟被擊斃是一樣的意思。」

聰明仔聽到了田代彥三的回答後，跑到宿舍後面的樹下，狠狠的用手搥著樹幹：「為什麼要逼我答應，為什麼？我為什麼那麼懦弱？」之後掩面痛哭了一陣子。

在前院的第十六警備隊隊長河野太郎，召集各小隊長布署軍力，外圍守兵已經加強警覺；因為線民報告：保安團、共產黨、守備隊、革命黨、中國游擊隊等已經為了滅村事件而開始合作集結，有大舉進犯的可能性。

20 槍決

在山林裡的羅廣高舉著雙手，一位游擊隊員拿繩子將他的雙手腕綁在一起，另一位游擊隊員從地上撿起他的槍枝，然後兩位游擊隊員用槍押著他，喝令他往前走。他們準備活捉敵人回去邀功，所以並沒有要置羅廣奇於死地。

羅廣奇惶恐的在濕漉漉的山徑走著，芒草、雜草、樹葉、樹枝滑過他的褲管，好像對於他被俘的遭遇不捨的拉扯，不時拉一下他的褲管，使得褲管的下段布面濕透了。雖然暫時沒有生命危險，但是他驚慌得不敢想像往後會發生什麼事，腦筋被一片空白痲痺著。只聽到：「走快一點！」然後屁股被踹一下，踹得雖然不是很大力，不過力道足以讓他稍微清醒一點。

走過一段下坡的山徑後，再穿過一大片芒草花叢，前方現出一個小村落，村落邊圍繞著一條清澈的小溪流。一個村婦背著小孩在溪邊洗衣服；另一邊，一位老伯伯正用鋤頭墾著菜園；村裡的幾個小孩看到游擊隊員押著一個人走進來，紛紛跑過來好奇的打量著，有些稚氣的臉龐還用同情與無辜的眼神看著羅廣奇。這時候他想起了北寮村被滅村的事情：北寮村的人不就跟他們一樣善良的生活著嗎？只不過為著生存，為著安心的生活，他們不知道犯什麼錯了？卻慘遭殘暴的殺戮。上天一定認為我沒有救他們，我只是逃避的躲藏起來，所以懲罰我被敵人綁起來。

走過了村落後面，再繞過兩片茂密的竹林間，如不仔細看，看不出竹林間掩藏著荷槍的游擊隊員守衛著。前方出現幾間看起來不起眼的房子，應該就是中國游擊隊的祕密基地吧！來迎接的游擊隊員一上來就揍了羅廣奇一頓，他覺得挨揍的手法跟被田代彥三揍時差不多，使得他眼冒金星，腦子裡一片空白。只感覺到手臂、背部、臀部、胸部和肚子被撞過來撞過去，根本不敢去想痛的問題。然後他們把他拖拉到大房子旁邊，踹進了一間窄小的柴房裡。接著他們把羅廣奇的腳也綑綁起來，很難動彈，其實他也虛弱得無力了，只聽得「咿呀！」的關門聲，再一陣鐵鍊聲之後，柴房終於在黑暗中歸於寂靜。

在這間窄小而悶熱的房間裡，羅廣奇又渴又餓，背部、手臂和屁股被揍了多處瘀青，當然不敢要點水喝，只能垂頭喪氣的斜躺在牆角。他想起了剛來海南島的那幾天，也曾看過日本士兵押著一位垂頭喪氣的敵人進來的慘狀，那個敵人應該就是共產黨或中國游擊隊吧！後來那個敵人被大家輪流刺死了，羅廣奇擔心驚慌的是：他們也會以這樣的方式刺死他嗎？或是槍斃他呢？他虛弱得無力去想像，內心也驚惶得不敢繼續想這個問題，只能待在這裡，過多少時間算多少時間。

不知過了多久，看守羅廣奇的衛兵開了柴房的門，進來後踢他一腳：「喂！吃飯了！」

他在半昏迷半睡中聽到了，還以為是太餓、太渴了，做夢夢到可以吃飯了。

衛兵丟了一個碗在他面前，一看就知道那半碗飯是眾人吃剩的飯渣混雜在碗裡集成的。想想這時候有得吃總比沒有好，他餓得趕緊用被綑綁著的雙手捧起碗來吃。

嘴巴湊到碗裡，又咬又吸這些看起來髒髒的飯渣，吃光後當然覺得還不夠；另外實在渴得很想喝一點水。於是他用乞求的眼神看著衛兵，他想起了以前念公學校的時候，在李滄舜的面前，把一碗豬血湯送給一位乞食者，現在的他比那個乞食者更能體會到飢渴的心情。

那衛兵本來假裝沒看見羅廣奇的眼神，因為他手腳都被綁起來，只能像一隻狗一樣，伸出舌頭在碗底撈一撈，再抬頭看看衛兵。經過數次的學狗表演後，衛兵這才很不情願的拿起碗裝了水，走過來後很不情願的把碗丟在他面前，那個碗濺出了一大滴水到地上，碗底只剩一點兒水。羅廣奇看了覺得濺出那一大滴水好浪費，好可惜，但也莫可奈何；只是一滴水而已，卻離他離得好遙遠。

羅廣奇惶惶恐恐的挨到了晚上，在疲憊中沉睡了，睡夢中他驚醒了兩次，一次夢見他被刺刀刺進肚子，血液從肚子裡噴了出來，他驚叫而醒來，發現滿身大汗，手腳還是被綑綁著。他高舉雙手臂，用袖子擦擦額頭上的汗水；另一次，夢見與游擊隊的槍戰中，忽然間發現他胸部中槍了，血液從胸部和五官像噴水管一樣的噴射出來。他再次驚醒，醒後還看了看他的胸部，胸部並沒有異樣；不久再睡著後，這次夢見他在芒草花盛開的河邊奔跑，他的身影在白色的花海中隨著微風搖曳著，迷濛的花絮在他身邊飛揚，片片綠色的芒草葉滑過他的身體，葉子的邊緣柔軟而圓潤，都已經變成不會割傷人的葉面了。

夢境中的前方，出現了何筑煙的身影，在花架中若隱若現，羅廣奇一直撥開芒草葉前進著，找尋她的身影。那像是真實的影像，影像顯現出到海南島來的種種遭遇，原來只是一場惡夢，這時他的心胸好舒暢，啊！原來這些戰爭只是一場夢。

第二天清晨醒來才驚覺回到現實的世界，好令人失望，原來他還是被綁在窄小的柴房裡。

好不容易挨到下午，忽然看守的衛兵進來柴房解開羅廣奇腳上的繩子，然後拉他起來，他氣若游絲的被押到他們隊長的辦公室裡。在隊長的辦公桌前，衛兵從他膝蓋後面踹下去，他的腳被這一踹自然的彎曲下跪，但由於雙手被綁住，無法往地面支撐下跪的力道，只能雙手往前趴到地面支撐，然後再挺起上半身。

游擊隊長立刻說：「我是瓊崖守備司令王毅的下屬，第三中隊第十一小隊長，你叫什麼名字？」

「我叫羅廣奇。」羅廣奇用生硬的中國話回答。

「唉呀！會說中國話啊！」

「是的，因為我是從台灣來的。」

「我問你，那你是隸屬於駐守在萬寧的日本部隊對不對？」

「是，我是台灣人，被日本總督府徵調到萬寧市做巡查補的工作。」

「既然是這樣，你一定有參與到北寮村的滅村這等事吧？」

「我只是小兵，只能聽命於上級的命令，北寮村滅村的事我很遺憾，但我也沒有能力可以救他們。」雖然說得有點語無倫次，不過羅廣奇還是用生硬的中國話表達了意思。

「好，帶他下去，給他一點水和食物吃。」

接著羅廣奇又被帶回到柴房，但游擊隊長的爽快問話與回答，使他心裡開始高興起來。他心想：還是隊長比較明理一些，一定是聽到我是台灣人，又會講中國話。而且我剛才應該是回答得很適當，所以給我水和食物吃，看這樣的情勢，往後游擊隊長應該會放我一馬吧！

不久，衛兵終於送食物和水來了，這次食物就正常多了，衛兵也沒有把碗盤亂丟。飽餐一頓後，終於可以寬心的休息一陣子了，他開始抱持著一些被釋放的希望。

餐後，他累得在休息中又睡著了，一直到衛兵叫他醒來的時候，已經是天色昏暗的夜間，他揉了一下眼睛，想想大概應該是要吃晚餐了吧！

三個士兵把羅廣奇帶離柴房，看樣子他們應該是要帶他去餐廳一起用餐的。到了房屋前面的草地，衛兵停了下來，站在他後面的衛兵拿出一塊布，忽然把他的眼睛蒙起來。

「你們要做什麼？你們到底要做什麼？」此時，羅廣奇驚覺不對勁，所以一直用生硬的中國話問著，但是衛兵們只顧做他們的事，並沒有回答他。

羅廣奇想起了他們到海南島的一次練習刺槍的事，就是刺那位被他們俘虜的敵人，他在被刺殺前也是被蒙住眼睛的，羅廣奇知道了，等一下他就要被刺殺或被槍斃。

來到海南島看了那麼多的殺戮，那麼多的流血，今天換成他要被殺了。等一下他的身體就要被刺刀或子彈穿過一個大洞，大量的血液將從他的身體裡噴了出來。想到此狀況，羅廣奇的恐血症立刻竄起，臉色變得慘白，身體冒著冷汗，四肢癱軟無力，只剩心臟在胸部中，正用力上下起伏的顫動著。

兩個衛兵攙扶著羅廣奇的左右手臂，拖著他癱軟的身軀前進，他的軀體冷硬而且顫抖，他們就像是攙扶著一隻已經宰殺好的豬體。拖行中的褲管又滑過草地，濕濕冷冷的草葉摩擦著小腿，草葉感覺起來，跟那天北寮村的婦女被殺害地點的草地一樣的濕冷。

她們多麼勇敢呀，全身被扒光了，看著前面一個個的鄰居婦女被強姦，然後被活生生的割掉乳房，割掉下體，在自己的面前慘叫，而且知道等一下就會輪到她們自己。那種無法言喻的恐懼，卻還能撐在那裡；反觀他自己，面臨被殺之時，卻已經驚嚇得魂飛魄散，四肢癱軟無力，心神全面喪失了。

此時，游擊隊的衛兵已經把他拖到一棵筆直的樹幹下，解開他手腕上的繩子。

羅廣奇想起了他的卡桑、多桑還有何筑煙。那年暑假，就是遇見何筑煙的那段時光，接著不久他們從樹林頭公學校畢業的那個暑假。那時候不知為何悶得發慌，已經感覺不到那種童年無憂的歡樂心態，多桑看在眼裡，於是開始教他下圍棋來排解煩悶的時光。

游擊隊員又開始將他的雙手往後抱住樹幹，再綁起來。

他又想起了後來升學到高雄商工學校時，在社團選組中本來想參加圍棋部，要不是李滄舜邀他參加壁報編輯部，就不會再度認識何筑煙。

但是因為他的雙腳已經癱軟，無法撐直，衛兵只好讓他的膝蓋跪地，腳踝貼著樹幹的兩側，腰部也因為癱軟了無法伸直，所以用繩子綑在樹幹上。

徵調巡查補出發的前一夜，他為什麼要再去找何筑煙？為什麼要畫完那張以芒草花為主題的寫生作品送她？為什麼她要送他繡著「武運長久」的千人針？如今用仁慈的心去看待這場戰爭，只能看到的盡是些殘暴殺害的畫面。

他的脖子軟得無法撐著頭，使得頭也下垂著，眼角淌著的淚水濕透在蒙著眼睛的布巾上。

何筑煙知道他即將要被殺了嗎？他呢喃著：「我們今生的緣分就到此為止了，忘了我吧！」就像芒草花絮，隨著微風飄散了。多桑、卡桑知道嗎？他們會多麼的傷心啊！他的生命就此到了終點。此時，只能揮別人生未來種種的夢想，等一下他就要被他最害怕的恐血症重重的一擊，然後，血液從他的身體裡狂奔出來，終止了生命。

「槍擊手就位！」

這個聲音聽了令他伴隨著毛骨悚然的震撼，羅廣奇緊張得握緊拳頭，心神全面喪失，已經來不及祈求上天的原諒了；呼吸急促使得胸部快速的上下起伏，心臟飛快的跳動，整個身體痙攣的抖動起來。

「射──」

「砰！」

羅廣奇身體本能的震一下，尿和屎拉濕了褲子，頭腦暈了過去，眼睛看出去一片漆黑：「我死了嗎？我死了嗎？我是鬼魂嗎？」他虛弱的不斷問著自己，他眼睛看不到東西，也感覺不到蒙著眼睛的布，這肯定就是死了的狀態吧！

四周在夜色中岑寂了一陣子。

聽說死的時候就沒有病痛了，所以沒有覺得身體有一個窟窿，也沒有血液流出的感覺，他想：對！我終於死了，我現在已經解脫了痛苦的人生，我已經是一縷靈魂。可以感應到四周很安靜，眾人都鴉雀無聲，耳邊只聽得風吹樹葉沙沙響著，眼前黑漆漆的一片，這應該是所謂陰間的所在地吧！我現在就是陰間的鬼了。

剛才聽到「射擊」的號令時羅廣奇已經心神渙散，但好像在射擊聲音的同時似乎也聽到另一個聲音喊著：「停止！不要射擊！」參雜在槍聲裡。

子彈還是射擊出來了，原來槍擊手在聽到「射擊」時已扣下了扳機，在扣扳機的那一剎那時間，槍擊手又意識到有人喊「停止」。已經來不及停止的瞬間裡，他只好下意識的快速歪了一下槍口，子彈往右上一點的方向，射擊到後面的另一棵樹幹。

過了一陣子的寂靜之後，才幽幽的聽到游擊隊長問：「為什麼要停止射擊？」

「報告隊長，這個人曾經救了我們。」幾個護士在一旁準備槍斃後收拾羅廣奇的屍體，就是那位眼睛大大的年輕護士喊的，她忽然認出了羅廣奇是當初阻止其他日本士兵殺害她們的人，她趕緊適時喊出停止射擊。她說：「他是台灣人，會說一點生硬的中國話對不對？他胸前的名牌寫著『松島田口』。」

「是的。」

「有一次我們幾個護士躲在山洞裡，被他們找到了，有其他的日本士兵舉槍要射殺我們，是他跳出來阻止他們，並指引我們一條安全的路逃走的。」

隊長說：「真有這回事？」

「對，對！就是他沒有錯。」護士長和其他的護士們也一起應和。

「我差一點殺了他，妳們先把他安頓好，給他水和食物吃，我再找一個時間放他走，最近外頭戰況激烈，他現在出去的話恐怕命也難保。」

羅廣奇這才明白自己真的沒有死；意識到自己的身上真的沒有破洞，血液真的沒有流出，而且自己並不是一縷靈魂。這時候放鬆了心情，衝到眼睛微血管裡的血液才慢慢的散去。擁上來的護士拆掉蒙著他眼睛的布條，眼睛漸漸轉為明亮，從模糊間慢慢看到一點點東西。但是剛才驚嚇得四肢癱軟，一時之間四肢還是無法馬上恢復體力。

漸漸想起來了，那是在執行先遣探查班的巡邏時，有一次遇到她們躲在山洞裡，當時救了她們後，大家的協議是要封閉起記憶，不能講出來的。他心中感謝他們先遣探查班的弟兄們，大家冒著生命的危險而同意放了她們，竟然神奇的回饋到他的身上。

解散後，槍擊手、士兵和游擊隊長已經離開現場，旁邊的那幾個護士從樹幹旁解開綁住羅廣奇身上的繩子。眼睛大大的那位年輕護士在他的鼻孔前和太陽穴抹上萬金油，並輕拍他的臉頰說：「先生，沒事了，醒醒吧！醒醒吧！」

羅廣奇模模糊糊的看得見她們的一點樣子，雖然還看不清那位護士的臉，但他有點記得她的樣貌，只是驚惶得說不出話來，開開的張著嘴巴。

本來護士們要扶著他走動的，無奈四肢痙攣著還無法走動。有勞幾個護士拉著他的手腳合力將他抬到屋簷下，沿途滴了些屎尿，使羅廣奇覺得有點不好意思，後來她們竟然又把他抬到浴室間。

在水泥地上放下羅廣奇後，留下那位眼睛大大的年輕護士和另一位年紀較大的護士，其餘的人都走出去了。

她們兩人竟然開始脫去羅廣奇的上衣和外褲，他軟弱得無力反抗，只好閉著眼睛假裝半昏睡，任其擺布。一股尿屎臭味撲鼻而來，她們竟然不以為意。

接下來竟順勢拉掉他的內褲，羅廣奇「呃！」的叫了半聲，來不及用手掩蓋私處，這才想起了他是假裝昏睡的狀態，差一點露了餡。

裸身的他躺在兩個女護士的面前，又要裝昏睡而不知道該怎麼辦？他羞愧得不知往哪裡鑽才好，不如剛才就被槍斃做鬼好了。

「雪兒！」羅廣奇聽見年紀較大的護士叫那位眼睛大大的年輕護士。

「妳把他的身體沖洗乾淨，我來洗衣服。」

這時羅廣奇的精神雖然好多了，但雪兒拿了一桶水來，往他的身體沖一沖，他只得繼續裝昏睡，沖了幾次，果然屎尿臭味隨著水流而漸漸消失了。接著雪兒拿了一塊乾的布擦乾他的身體，無奈下半身卻不爭氣的舉行升旗典禮，他更是尷尬得不敢睜開眼睛。

雪兒擦完後用那塊布輕拍一下旗桿，輕聲的說：「不乖！」

羅廣奇一直覺得奇怪，女孩子們一點都不害羞，羅廣奇自己反而羞愧得不敢睜開眼睛。後來想一想，原來她們都是護士，本來就已經見怪不怪了。

後來雪兒找來一件跟他不太合身的寬鬆衣服和褲子幫他套上，然後去幫忙晾衣服。

一會兒，另一位護士端著熱騰騰的飯菜進來。

「先生，您好點沒？醒醒啊！起來吃飯精神才能恢復。」她把飯菜放置地上後搖搖羅廣奇。

飢餓的羅廣奇聞到了飯菜的香味哪能耐得住？只得裝著慢慢的醒過來。她們把他扶著靠坐到牆角，雪兒見狀過來，拿起飯菜來餵他，羅廣奇想著：世間的變化實在太大了，曾幾何時差一點死了，現在又何德何能讓幾個女孩服侍。

一段時間後，衛兵過來浴室問：「妳們好了嗎？好的話可以回去，我要關柴房的門了。」

剛好羅廣奇也吃完了，她們紛紛起來收拾餐具。

「謝謝妳們救了我。」

「你才是我們的恩人，一次救了我們這麼多條人命。」

之後，衛兵和雪兒帶他到柴房，雪兒回去時轉頭對羅廣奇微笑的看了一下，她真美，羅廣奇這次終於看清楚她的面目了。衛兵把門閂上，並沒有聽到鐵鍊的聲音，這一夜他可以真正的睡一覺了。

夜晚，羅廣奇睡甜了，夢見他和雪兒在充滿芒草花絮飛舞的曠野中奔跑，他們追逐到一條蜿蜒的溪流邊，一起坐在岸邊看著芒草花絮，沿著溪流漫天飛舞。雪兒的臉在芒草花絮的飛舞中顯得漸漸模糊，再慢慢的清晰轉成了何筑煙，原來她是何筑煙的化身，那感覺像記憶中的一段詞「眾裡尋她千百度，驀然回首，那人卻在燈火闌珊處」的那種重逢感。

21 河邊春夢

清晨，一道陽光出現在柴房牆壁上方的小窗框，穿過鐵條的隙縫間射進來，陽光止住了羅曼蒂克的美夢，羅廣奇醒來時，感覺就像旗津町的旗後燈塔一樣，讓他人生又重新燃起無限的光明。

「咿呀！」門開了，雪兒送早餐來，是一碗稀飯，一塊醃製醬瓜，兩塊醃製西瓜皮，是很豐盛的早餐，她拿起碗要餵食羅廣奇。

「謝謝妳！不用了，我可以自己用餐。」

趁著羅廣奇用餐時，雪兒去收拾晾乾的衣服並摺好，放在羅廣奇身邊。等羅廣奇用完餐，她說：「你把衣服換好，我在外面等你。」然後走出門外時順便把門帶上。

羅廣奇正納悶：我要換衣服，她看都看過我裸身了，怎麼還要害羞的在外面等呢？畢竟，專業與平時的生活觀感是不同的。

羅廣奇走出門外，雪兒帶著他穿過一片竹林，走出了竹林外，他的眼前出現芒草花正盛開著，滿山滿谷都是芒草花的詩意景象。在芒草花叢的中間有一條下坡的小徑，穿過小徑，可看到一條大河流延伸至遠方的大湖裡。大河流的岸邊與芒草花和蘆葦花叢中間隔著一片沙石地，在這片地上的小草從芒草花叢下生長到河邊的沙地，沙地上布滿著一些大塊岩石和片片的碎石子。看似平靜的河水，可以感覺到很緩慢的流動著。

「哇！好美的河邊。」

「是啊！這是我們村子裡的私藏密境。」

「如果有畫紙和筆就好了。」

「你要做什麼？」

「我要把這麼美的風景畫下來。」

「你會畫圖喔！那我們明天再過來一次，你畫一張送給我。」

「好呀！」無形中羅廣奇竟然一口就答應了，好像受到昨夜夢境的影響，雪兒和何筑煙的影像重疊了，混淆了。

果然第二天雪兒帶了一張白紙和一枝鉛筆，再次帶羅廣奇到這個私藏密境。羅廣奇找了一塊比較平面的岩石當做畫板，畫出河邊長滿了芒草花和蘆葦花，白色的花海延伸到大湖，河岸布著一些大大小小的岩塊以及一片鋪滿鵝卵石的沙岸。

雪兒靜靜的在旁邊看著他用素描寫生這片景色，她問：「聽說你是從台灣來的？」

「是，我是被日本總督府徵調來海南島做巡查補的工作。」

「說說看你家鄉的一些事，家鄉裡有沒有妻子？」

這麼敏感的問題，羅廣奇似乎嗅到了她的心意，但他還是老實的回答：「喔，沒有。」

寫生完成了，羅廣奇答應這張作品要送給她的，所以他在右下角的末端簽了名。

「要是我們這幾位護士給你選，你比較喜歡誰？」

「當然是妳呀！」說老實話，羅廣奇不是為了奉承她，真的抗拒不了那對水汪汪的大眼睛，他把作品遞給她：「說好要送給妳的。」

「謝謝你！好厲害，畫得好美，我好喜歡這件作品。」她接過作品一面看著一面說著：「我們黎族有一個傳說『一位青年叫阿勇，他追逐一頭梅花鹿，翻山越嶺。梅花鹿逃到了茫茫的大海邊無路可走，這時梅花鹿轉過頭來深情的看了阿勇一眼，阿勇動了慈心，放了梅花鹿一條生路。後來梅花鹿化成美麗的姑娘，和阿勇結為幸福的夫妻。』」

羅廣奇聽完說：「真是一個感人的民間故事。」

「所以，你放了我們幾個人一條生路，按照我們這裡的習俗，你可以選擇我們其中一人作為你的情人。」

接著她轉頭用梅花鹿一樣深情款款的眼神看著羅廣奇，剎那間，像是飄來一首醉人的詩篇，四周的大地沉浸在春天的氛圍裡；迷濛的蘆葦花、芒草花絮飄過他們兩人的臉龐。那難以抵擋的詩篇描繪著兩人的身影，在花絮的飛舞中漸漸靠近，羅廣奇已分不清伊人是雪兒或何筑煙，苦澀的唇印在芒草和蘆葦花叢下，轉化成甜蜜的香吻。

「你願意留下來嗎？」

這句話像悶棍一樣，一下子把羅廣奇從夢中敲醒了，不行他不能留下來，何筑煙還在等著他回去，所以他搖搖頭。

「為什麼？」

羅廣奇默默無語。

「是不是在家鄉已有了情人？」

羅廣奇點點頭。

她看來有點失望，但是並不生氣，反而微笑著：「你很想回去嗎？」

他點點頭，但是對於她的心意，心中滿是歉疚。

「我會找一天幫你跟隊長說說。」

他們在河邊珍惜短暫的時光，互相說說家鄉的故事，或是痴望著緩慢流動著的河流，讓飄過的芒草或蘆葦花絮沾染在頭髮和臉龐上，直到夕陽西下，在湖面映出了紅紅的雲彩。

每天雪兒一樣開門，送來一份早餐，偶而會帶羅廣奇去私藏密境走走，消磨一些時光。

一天，雪兒說：「吃完後，我們一起到隊長辦公室。」

飽餐後，雪兒帶著羅廣奇進了游擊隊長的辦公室，只是他心中想著：游擊隊長真的願意放我走嗎？

「是這樣，既然你之前有救了我們的護士，我當然答應放你一馬以示報答。不過今天你走出去以後，咱們就互不相欠人情了。往後再迎頭遭遇，或不幸再被俘虜，咱們已成不相識的敵人，那時彼此的對待就毫不客氣了。」游擊隊長站起來講：「等一下為了不讓你熟悉我們內部的管道，你必須蒙著眼睛走出去。不過你放心，我會請衛兵和雪兒帶領你走到出口處時再解開布巾。我也一樣回報你一條生路：往萬寧方向的路途正在激戰中，你過去的話，穿這一身日本軍服不被斃了才怪。你只能往西邊山區的方向走上山腰，再左轉從無人的小徑走比較安全，往後是生是死只有看你自己了，走吧！」

兩位士兵拿出了布巾，蒙住了羅廣奇的眼睛，由衛兵領路，雪兒牽著羅廣奇的手前進，他和雪兒的手牽得好緊好緊，流了許多手汗都還捨不得放開。只覺得沿路上高高低低的繞著，偶而有些樹、草滑過身邊，其間也遇到些小孩嬉鬧著的聲音，想必他們又用同情與無辜的眼神打量著羅廣奇吧！就像看一齣戲一樣。

走著，走著，一段時間後終於到了大路口，衛兵解開蒙住羅廣奇眼睛的布巾。衛兵說：「好，你走吧！不要走大馬路，往前面的山徑，到山腰再左轉，記住都是走小山徑。」

羅廣奇停下來，與雪兒面對面默默的站立著，半晌，他問雪兒：「妳為什麼願意放我走？」

「愛一個人不是占有他，而是要祝福他，祝你幸福！」她面帶微笑，笑得甜甜的。羅廣奇很想衝動的過去抱住她，但為了何筑煙，他極力壓抑住自己的情感說：「謝謝妳，我會永遠記得妳，再見了！」

然後羅廣奇轉頭快速的跑過大馬路，到了對面的山腳下後走入山林。

22 金狗毛蕨

羅廣奇快速的跑入山林，回頭看到對面的雪兒正遠遠對他揮著手，他也停下腳步對著雪兒揮手，心中有種捨不得離開的感覺。雪兒看羅廣奇停下了腳步，她大力的揮著手勢，示意他趕快進入山林中。半晌，他才依依不捨的從小徑進入林區，她看到羅廣奇進入了山林，也即時轉頭迅速的走回去，他們的身影依稀消失在別離的滋味中。

走進山林間的羅廣奇，對著和煦的陽光和清新的空氣，深深吸了一口氣。然後，他記住他們的交代，找一條感覺比較安全些的小山徑。踽踽獨行於山腰中，此時，已是接近中午時分，所以感到肚子餓餓的。這時才想到沒有食物可吃，往後可能要熬過幾天的日子，怎麼辦？他在雜樹叢中找一些成熟了的野桑葚、山枇杷和山蕉之類可食的野果，並攜帶一些在身上。

在尋找與採食中，依稀可聽到山下隆隆的砲聲。羅廣奇好奇的爬到一棵樹上往下看，遠處的山下正在激戰當中，他的位置是處在中國游擊隊的範圍內。大批日軍正用強力的武器襲擊中國游擊隊，幾架日本戰鬥機飛過上空投下炸彈，有些炸彈還往山內投擲，中國的游擊隊正往山內的方向退守當中。

正當羅廣奇看得出神的時候，忽然聽到樹下有人講話，他屏住氣息往下看，剛好他的腳下有茂密的樹葉遮屏。從樹葉的隙縫中看過去，是幾個游擊隊員帶著槍，應該是要去支援作戰。還好他剛好爬到樹上避開，等他們走遠後，他看四下無人才小心的爬下來。

羅廣奇想起了之前游擊隊長的交代，五指山的中央駐守很多中國與共產黨的游擊隊，所以不能往上走，只得聽從游擊隊長的吩咐：從較高一點的山腰往南邊前進，並且不能走山徑，因為這樣會碰到游擊隊。

不能走山徑，只能在雜草叢與灌木叢中迂迴前進，而且不能發出太大的聲響，所以速度慢多了。偶而手腳的皮膚被芒草割了幾條細微的傷口，滲出一些血水也無暇去顧及，羅廣奇大概是經過那死亡的槍斃之後，一切都歸於平靜，恐血症就像得了免疫力一樣，好像發作不太起來。

就這樣走在雜草叢與灌木叢中，一直走到了黑夜降臨，暗得看不到前方，恐怕會遇到毒蛇或野獸。此時他喝了一點山泉水，吃一點摘來的野果後，爬到一棵樹幹較粗的枝幹上面。找到兩枝較粗的分枝，較低的枝幹用來坐著，較高的枝幹剛好可以給上半身趴著，下層有茂密的樹葉遮掩，這樣可以半睡半醒的休息。

整夜當然睡得很不安穩，天微亮時還是得起來，趁著大家還未開始活動，在晨霧與微光的氛圍下岌岌於前進中。恐血症是發作不起來了，但是被芒草割傷的皮膚還是會流血與癢痛。羅廣奇記得在鄉下時，大家都用一種叫作「金狗毛」的植物來止血與消炎，正確的名稱應該是「金狗毛蕨」，這在山上應該很容易可以採得到。

走了一段路後，他在大樹林下的山壁中尋找到了金狗毛蕨，用力拔了一些，站起來時，忽然覺得背後被冷冷的槍管抵住。

「站住！不許動！」

羅廣奇本能的舉高雙手，心想完了，如果再被游擊隊逮到就沒救了，但是知覺明明聽到的是用日語講的話。

他轉頭一看：「啊！陳嶸嶔。」

陳嶸嶔也嚇一跳：「你不是被俘了嗎？羅廣奇，你怎麼逃得出來？」不等羅廣奇回答，他轉頭喊著：「兄弟們，你們看，這是誰？」

陳匱郭、沈雲城和另二位夥伴都從樹叢中探頭出來看，一起顯出同一種不可思議的疑問表情。

沈雲城說：「感覺上，你還有點春風滿面的表情呢？」

羅廣奇只好將之前救了護士和被槍斃時一位護士喊停的事，以及游擊隊長如何放他走，都一五一十的告訴大家。但是請大家回去部隊時都得緊閉嘴巴，否則攸關生命的安全；只有他和雪兒的情分這件事沒有透露出來。

「所以，我只能從山腰走這種沒有路徑的地方，因為山上藏有很多游擊隊的駐點，沒得選擇。」

「難怪從你的身上感覺不出有滄桑、受苦、驚慌的表情。」

「我哪有這樣？你們永遠無法體會到將被槍斃時那種失心瘋，驚惶、震顫與來不及向上天懺悔的身心感受。」

「那我們是絕對不敢去體會的。」沈雲城又說：「不過眼前最重要的是要怎樣活著回去，剛才經你這麼一說我們才明白要怎麼走，這幾天我們已經在山內竄來竄去躲著游擊隊，都不知道怎麼走才能安全的走回去。」

「這樣的事真的是不可思議，像你這樣，只有生命大到由上天保佑才能活著回來。」郭希代說話，他是隸屬於第八小隊的人，當時跟他們逃在一起的同僚。

陳匱郭說：「那你剛才低著頭是在找吃的野果嗎？」

「不是，我在找『金狗毛』，我的手腳被芒草割了一些傷口，正在發炎，又癢又痛。」

陳匱郭指著左手臂：「你看，我的手臂被子彈擦到，差一點要了我的命，我也是用金狗毛止血消炎的。」

陳嶸嶔說：「可是這樣不行呢！怎麼辦？」

「什麼不行？」

「我是說如果我們回到部隊，大家問起羅廣奇被俘為什麼能活著回來？只是閉嘴巴可是行不通的。」陳嶸嶔說：「如果有人問起這件事，我們互相講得有出入的話，大家不就準備被槍斃了嗎？」

「對喔，還好你有想到這個問題。」郭希代說：「這樣好了，我們就說我們在山裡面亂竄，剛好又遇到押著羅廣奇的游擊隊員，我們從背後攻擊，游擊隊逃掉了，羅廣奇趁機逃出來，但是槍械已被繳了而已。」

「好，就這麼說定，押他的游擊隊士兵只有兩個人，大家要切記。」沈雲城再三強調。

越往南走，游擊隊出現的機率就越少。但是遇到食物的問題，都是食用野果，喝山泉水克難的，晚上輪流由兩個人執行看哨，其他的人睡在樹上度過。

陳賈郭說：「好久沒有吃肉了，好想吃肉呀！快要去修行當和尚了。」

「是你的傷口在催你吃肉，好想補一補吧？」

「樹上可以找到一些山狗太呀！要不要和這裡的人一樣捉幾隻來吃吃看？」羅廣奇指著上面。

陳嶸嶔說：「拜託不行，你起火來烤的話，煙一冒出來，馬上就暴露行蹤了，難道你要生吃山狗太嗎？」

「真的，寧願不要命也要生吃山狗太了。」

沈雲城說：「算了！還是趕路比較實際一點。」

一夥人於是繼續從山腰的小徑往南邊前進，辛苦的走一段時間後，終於走到萬寧市對面的山上了，從上面可以瞭望到整個城市。

「哇！終於鬆了一口氣，我們趕快下去吧！」

「不行，這裡下去都是一小段一小段的小懸崖，怎麼下去？」

陳嶸嶔說：「當然很難下去，更難上來，要不然游擊隊早就從這裡下去突擊了。」

「這樣好了。」羅廣奇來回看看懸崖下面：「有沒有繩子之類的東西，我看這裡比較低，大約三、四公尺高而已，下去又有些雜草緩衝。」

「我只有一段繩子，這荒郊野外不可能找到繩子。」一個夥伴一面說一面拿出一段繩子。

羅廣奇又來回走了幾回，找到一個地點，停下來看看一棵灌木說：「啊，這是西印度櫻桃，它的樹枝比較細，韌性又很強，不容易斷掉，而且剛好長在懸崖的旁邊，但是枝幹不夠長。我們在樹枝的尾端比較粗的地方綁上繩子，一定要垂降到那個地方。」他指著下方的一棵灌木樹：「再抓著那棵灌木樹的樹枝垂降一點，剩下約二公尺高度用跳的就可以了。」

他們把類似藤條的西印度櫻桃枝勾上來，然後一個接一個抓著西印度櫻桃枝，垂降到那棵灌木樹，再從灌木樹跳到草叢裡。

大家又往下走了一段路後，遇到了一個懸崖，高約五、六公尺。

這回什麼可幫助降下的條件都沒有了怎麼辦，陳匱郭走到附近繞一繞說：「那邊有一棵樹倒了。」

他們過去看到一棵被雷劈倒的樹，樹葉已經都脫落了。

「這棵樹幹夠長，那就這樣，我們把樹幹抬到懸崖邊，尾端分枝多的地方朝下靠到山壁邊。」

大家合力把枯樹幹用左右移動的方式抬到懸崖邊，再用刺刀將樹幹旁的一些小樹枝削平，枯樹幹尾端分枝的地方朝下，然後滑下垂降到地面。僅有的一段麻繩綁在崖邊一棵大樹的根部，他們預計拉著麻繩垂降到枯木的樹頭部，再沿著樹幹爬到地面。

但是由於枯樹幹並沒有斜躺得很穩，受到第一位跳下的夥伴重力壓到而滑動。但這位夥伴還算身手矯捷，在樹幹移動當中學著巴蘇亞．優路拿納的身手，一面往下滑動，在離地面約二公尺的地方一躍而下。

先躍下的這位夥伴拉著枯樹幹的尾端，將尾端的幾枝枝幹砍成斜尖狀插入土地固定，並搬了幾塊石頭壓住枝幹。這次比較穩固了，其他的人就循著這個模式安全的抵達地面。

剩下的路程只有斜坡沒有小懸崖，走了一大段斜坡路終於看到大馬路，這時大家不免鬆了一口氣，接著好像回家一樣半走半跑的往部隊方向移動。

「站住！不許動！把武器放下。」衛兵是別的小隊的人不認識他們，舉起槍指著他們。

眾人趕忙把武器放在地上：「我們是警備隊的巡查補。」

「不對，你們走路的樣子很奇怪，為什麼你們服裝都穿得破破爛爛的，是不是偷穿我們的衣服？」

陳嶸嶔面帶微笑：「我們是第十六警備隊第七小隊第五班的弟兄，在戰鬥中被游擊隊擊散了，能不能通知我們隊上的人出來帶領我們。」

衛兵對另一位衛兵說：「你打電話聯絡他們隊上的人過來。」但是槍還是對著他們：「不許亂動，在沒有確認前都要站好。」
不久之後，巴蘇亞．優路拿納、江禾埕和聰明仔聽到消息之後，都驚訝的用跑的過來，巴蘇亞．優路拿納對衛兵說：「這是我們班的人沒有錯。」
「你們都曬黑了，變得真狼狽，差一點都要認不出來了。」
江禾埕激動的說：「你們真厲害，竟然有辦法逃回來。」
聰明仔更激動，他指著羅廣奇：「你……你不是……」太陽穴的血管都浮出來了，而且說不出話來。
羅廣奇卻不太理他：是不是貓哭耗子的假惺惺，當初他如果對田代彥三強硬一點，說不定就沒有今天這場劫難了。
巴蘇亞．優路拿納回到班裡後，問他們：「羅廣奇，我不是看到你被俘虜了嗎？怎麼能夠逃了出來？」
陳嶸嶔說：「我們在山裡面亂竄，剛好遇到兩個游擊隊員押著羅廣奇，所以我們從背後開槍，嚇跑了那兩個游擊隊員。」
「是這樣嗎？其他的游擊隊員聽到槍聲沒有過來嗎？」
「剛好沒有，我們救了羅廣奇後也趕快逃離那個地方。」
「好，你們真是訓練得好，大家就不用再問了，給他們多休息些吧！」

23 芒草中的槍管

晚餐後，巴蘇亞・優路拿納說：「今天前線的作戰已經徹底將游擊隊擊退到五指山區了，明天應該不用去前線支援，大家好好的休息吧！」

在屋簷下，羅廣奇和江禾埕、陳賈郭等人聊天。

羅廣奇問他們：「奇怪，回來這麼久了一直都沒有看到王笙堃，他跑去哪裡了？」

江禾埕說：「那一次被游擊隊襲擊時，你們被打散了，游擊隊俘虜了你。王笙堃看到你被俘虜，他急著要救你們，在槍戰中因為地上太濕而滑了一跤，不小心被游擊隊趁機槍傷了。」

「那他人呢？傷得怎麼樣了？」

「我們回來後，受傷的人都被送去三亞海軍醫院，大概還在醫院養傷吧！後來大批游擊隊來襲，我們都忙著作戰，沒空去注意這些事情，很多人受傷也都送到三亞海軍醫院。」

這時，聰明仔剛好開門看到大家在聊天，他很高興的跑過來。羅廣奇剛剛聽到王笙堃為了救他而受傷，所以他正又生氣又難過，剛好看到聰明仔過來，於是羅廣奇舉起拳頭，一拳往聰明仔的胸部搥下去。

聽明仔手壓著胸部咳了幾聲，本來以為羅廣奇在開玩笑；但是他看羅廣奇的臉色不對，又搥得這麼用力，不像在開玩笑的樣子，臉色立刻沉下來。

「對不起了！聽明仔，他聽到王筌埅受傷，一時情緒失控。讓他發洩一下情緒，我去安慰安慰他。」江禾埕說著，搭著羅廣奇的肩膀，拉著他到操場邊的樹下。

「羅廣奇，你先不要激動，你聽我講完就不會責怪聽明仔了。」

江禾埕說：「我們巡邏時受到游擊隊襲擊的那天，回來後警備隊長河野太郎發覺有異狀，馬上布署軍力，第二天拂曉，果然游擊隊就來襲擊。」

大家雖然都還在睡夢中，但是神經都緊繃著，聽到遠遠的地方有槍砲聲，全都從床上跳起來集合。前方布署的軍力已經開始作戰，這種情況表示中國游擊隊這次是大規模的襲擊，第七小隊隊長田代彥三馬上命令大家準備應戰，吃完早餐後立刻待命。

「第五班因為人數太少，併入第八班擔任第八班的前鋒，現在就位。」田代彥三嘶吼著。

聽明仔因為自己這一班替代第八班執行巡邏任務而受到襲擊，使得人員支離破碎，因而心裡很不爽，現在又要幫第八班擔任他們的前鋒保護他們。他顯得意興闌珊的樣貌走過去，經過田代彥三的前面，田代彥三冷不防朝他的屁股踹了一腳，聽明仔往前踉了好幾步。

「のろま（笨龜），再不快一點，就斃了你！」

「嗨！」聽明仔趕忙遁入隊伍中。

待晨曦照遍了大地時，第七小隊朝西北方向開始前進，預備支援在前方作戰的部隊。

此時，在黃硫飛機場等待的日軍轟炸機也開始飛行，與在陸地的日軍實施陸空聯合作戰，飛機在游擊隊區投下炸彈，毀損了游擊隊的防禦布署，連帶田裡的農作物都一起破壞。在轟炸機炸完一輪後，日軍趁著游擊隊混亂中等待整合之際，向前猛攻；戰爭就是這樣，只管生命的存亡，哪管得到地上是農作物或是民宅，該炸的炸，該轟的轟，使得農作物也一樣屍橫遍野，民宅的牆壁不是千瘡百孔，就是垮了一角。雖然中國游擊隊這次大規模的攻擊，但還是敵不過日軍的陸空聯合作戰，因而節節敗退。

第十六警備隊第七小隊和其他小隊陸續抵達，紛紛投入作戰，讓作戰了一夜的前鋒防守部隊漸次退回休息。因此，已經養足精神的第二波後援部隊，在精神、體力方面都很旺盛的情況下加入戰局，使得軍力更加強大。日本的戰鬥機在第二輪轟炸時，又從游擊隊的上空投下炸彈，警備隊的巡查補隊員一舉往前進攻，中國游擊隊極不情願的退讓。因此，戰局退到田野與樹林的邊緣中陷入膠著。

聰明仔覺得同樣是在作戰中，還要被安排在第八班的前面當砲灰保護他們，屢次這樣保護第八班極不合理，又之前因為這樣使得第五班多人受傷和被俘虜，這樣的想法導致他心中極不平衡。一到戰場，大家各自視狀況找掩護，無暇注意誰保護誰的問題，他趁著槍聲大作的混亂場面掩護，漸漸從第八班散開來，移到其他的地方；江禾埕在附近看到聰明仔的舉動後，他想大家在戰爭中互相照應比較好，因此也在槍戰中跟隨著聰明仔漸漸散到其他的地方。

中國游擊隊這回學聰明了，日本轟炸機來襲時已採取了預防性的躲避，趁著日本轟炸機投下炸彈後，立刻整合攻擊戰力，在下一波日軍轟炸機還未到之間，發出猛烈的槍擊，一時之間槍聲大作。

聰明仔一直在草叢與岩石中穿梭著，最後他躲在一叢芒草花叢中，背後又有一塊大岩石掩護著，草綠色的軍服在同色系的芒草葉掩飾下，看不出有人藏在芒草花叢中。他從芒草葉的隙縫觀望四周，發現背後的人都被大岩石遮蓋住，前方的人又都注意著敵軍的動靜，所以這是一個很隱蔽的地方。

聰明仔一直注意著環境的變動，當槍聲又響起的時候，他並沒有在注意前方的敵人，而是觀察著在他右側前方不遠處，田代彥三從那兒的草叢中半蹲的站起來準備往前推進。在岩石與芒草花叢的掩飾下，隱蔽得密不透風的聰明仔一看機不可失，趁著混亂的槍聲中，從藏身的芒草葉裡伸出幾乎看不見的槍管，瞄準田代彥三並適時扣下扳機，田代彥三應聲倒地，在吵雜的槍戰場合裡，沒有人會注意到他中彈了。

江禾埕也是躲在附近芒草叢裡，原本只是要跟隨著聰明仔散開的，所以他注意著聰明仔的舉動。此時他偷偷的看到這一幕，知道不能說出去。而且聰明仔並不知道江禾埕也從芒草花叢的隙縫中看到他的舉動，事後他們都裝做沒事的往前與敵軍繼續作戰。

「聰明仔也不知道我有看到他的舉動，因為我看到你對他似乎不能諒解，所以我只能告訴你這件事，你要緊閉嘴巴，絕口不能說出去，連聰明仔自己也都不要讓他知道。」江禾埕繼續說：「你看我們小隊長已經不是田代彥三了，上級已經派了泉川次郎代理小隊長的職務，應該就可以了解了吧！」

「我不知道小隊長已經換人，這樣是我誤會他了，真的很抱歉。」

「你被中國游擊隊俘虜的時候，田代彥三說『被俘虜的人一定會死的，跟被擊斃是一樣的意思。』，聰明仔聽到了難過得跑到宿舍後面一直搥打樹木，所以他是很在意大家的，只是被田代彥三壓迫得不敢違抗而已。」

他們兩人再回到屋簷下的時候，陳賈郭、陳嶸嶔等幾個人還在聊天，聰明仔在一旁沒有精神的低著頭。

羅廣奇來到聰明仔的面前跟他一鞠躬說：「對不起！因為剛才聽到王筌堃受傷送醫，一時太激動了，聽江禾埕說我被俘虜時你也難過，唉！害你剛才白白被我揍了一拳。」

聰明仔笑一笑說：「沒什麼，沒什麼大不了的，大家能平安回來就好了，算是我的胸部還欠大家揍了一拳，謝謝你幫我補上了。」

一會兒，巴蘇亞・優路拿納從屋內出來說：「大家先準備明天的戰備器材，準備完就休息了。」

24 廚餘

空檔沒事的時候羅廣奇整理衣物，摸到一塊布，抽出來一看，原來是一塊上面繡著「武運長久」的「千人針」，拉出這一塊布就好像又拉出了他對何筑煙的思念；每次在生命交關的同時，總是牽掛著的影子。羅廣奇答應她一定要活著回去的，當活著回去時還要告訴她真正救他一命的不是「武運長久」的帶子，而是關於她交代的「用仁慈的心去看待這場戰爭」的信念。但是，好久都沒有再接到消息了，一次又一次的寫信回台灣，但都石沉大海，音訊渺茫。摸一摸「武運長久」的帶子，嘆了一口氣，還是出去走走散散心吧！

一月分海南島上的氣候和台灣差不多，一九四五年一月初有幾天特別冷的日子，冷颼颼的北方冽風還是竄進厚厚的外套裡。他哆嗦的走過郊外的田野，看到農作物都已經乾枯了，農田裡的土地出現條條的裂縫。這是由於農作物在歷經戰火的肆虐後，已經錯過了植栽期，加上灌溉渠道遭到徹底破壞所致，人們也懶得再去經營與修繕灌溉渠道；在台灣的這個季節裡，有些農田也是出現了同樣的裂縫，不一樣的是台灣的農田是休耕下的裂縫，在水稻收割後和下一季插秧前，農夫如果不願意在這個空檔種植黃色油菜花或是紫色的亞麻、綠油油的小麥草的話，才會讓農田休耕。

海南島的居民生活困苦，在戰爭的破壞之下，土地長期以來不似台灣的有效耕作，因此很少有米飯可食，反而在日軍的伙食裡尚稱豐富。大批人員每天所需要的是龐大的伙食，軍中的伙夫每天要負擔這些煮食工作，像洗碗盤、扛菜、廚餘、清潔等工作就得由各班派人輪流分攤配合。

羅廣奇從運輸車上幫忙扛了一箱蔬菜下來，再扛幾袋白米和幾箱物資，趁著日軍點交人員清點物品的時間，他順便用中國話問這位日軍雇用的海南島籍老司機：「這些補給食品是從台灣運過來的嗎？」

「不是的，現在台灣的物資很難運過來，你不知道嗎？」

「為什麼？台灣發生什麼事嗎？」

「告訴你，這些物資都是從緬甸南部運過來的，我偷偷告訴你。」司機壓低聲音說：「本來物資是從台灣運過來的，但是去年底菲律賓已被米軍攻占了，聽說第一機動艦隊司令的小澤部隊，敗得很慘，損失十多艘航空母艦和六百多架戰鬥機。所以，現在米軍是從菲律賓派出戰鬥機，轟炸從台灣運送貨物過來的船隻，切斷這一條補給線。海南島和台灣間的交通幾乎停擺，物資只好從緬甸送過來，這消息是運輸船的船員偷偷告訴我的。」

「原來是這樣。」

「其實這些戰爭的狀況，香港的報紙也有報導。去年十月，由於日本第二艦隊的栗田司令錯估了米軍的形勢，在雷伊泰灣中撤退，失去了收復菲律賓的機會。這一場海戰聽說是有史以來最大規模的海戰，但是日本海軍艦隊和飛機在這場海戰中損失慘重。」司機又說：「目前英國和法國聯軍也在緬甸北部攻擊日本軍隊，米軍除了從菲律賓出發切斷台灣輸送過來的補給線外，也很可能攻擊緬甸的南部，所以緬甸的戰況也是吃緊的啊！什麼時候又要斷了緬甸送來的物資都不知道呢，噓……」

點交人員已經點交好走過來了，司機趕忙跳上駕駛座發動車子。

「原來是這樣。」羅廣奇雙手掌互握，自言自語：「原來這麼久都沒收到信，連戰爭用的物資都很難運送了，更遑論寄出的信或從台灣寄來的信了。」

這樣反而寬心了些，不必再胡亂操心了。他走到外面注視著矗立在操場上的旭日光芒旗，從圓心到四周的血紅光芒線，正隨風飄動著，漸漸飄漸漸模糊，在它背後的訊息述說著日軍在各地正發生激烈的血戰中，比海南島更慘烈數十倍數百倍。

那種戰爭慘烈的氛圍，正漸漸植入各個軍隊幹部的心中，這些小隊長、隊長等人，一定知道這些日子日軍在海南島以外地區的激烈戰況，所以脾氣變得越來越古怪與暴躁，符合了羅廣奇想的：人類處在戰爭的環境裡久了之後會失去人性，不只如此，而更加重的變成獸性甚至魔性了。

通常在街上走動，有時候會看到日軍抓著慘叫的平民，一聲槍響後，慘叫聲又聽不到了。執行這一槍也許只是一些古怪的理由而已，與其說是因懷疑心而噬殺，不如說是這些幹部知道日本在各地的戰局漸敗，帶來心理上的不安，用殺戮來捕取短暫的勝利快感，轉換因為在各地日軍漸敗而埋藏於心中的不安感。

可憐的是無辜的百姓，巷子中又拖出了一個中老年人，一個女人哭哭啼啼的跟出來跪地替那個人求饒。羅廣奇雖然已經經歷過那麼多的殺人狀況，還是看得臉色蒼白，急忙閃到房子的後面離遠一點觀看，卻一點也無能力可以救他們。一個小小的巡查補怎能干涉其他隊伍的幹部呢？反而會給自己帶來性命的危機，如果去干涉的話，就像那女人苦苦求饒一樣，本來應該是一聲槍響的，卻變成兩聲槍響後結束了求饒的哀號聲。

誰擁有武力，誰就能主導此地，不必經過查證、辯論、審判，擁槍的人就可直接審判，並兼執行槍決的劊子手。

羅廣奇和江禾埕、聰明仔在休假的日子外出逛逛街，但必須成群結伴，因為街上也很詭異。平民百姓對入侵的日本軍懷有敵意，再加上日軍任意殺戮並控制物資，所以他們深惡痛絕這些日本的軍人，在心中敢怒不敢言。誰知道單獨外出會怎樣，很可能就沒有回來了，這也是日軍動不動就起懷疑心的原因。

街上還是會有稀稀落落的人進出，店面還是敞開著做生意，平民百姓還是要生活的。只是在牆角的垃圾堆或是郊外的垃圾場，有一些人餓得發慌，拚命的用手掘著垃圾，他們抓到可吃的食物，管它是腐敗或者是沾汙了，瞬間就塞進口中。

「他們真的餓扁了。」羅廣奇看了口中念念有詞。

江禾埕聽到羅廣奇的喃喃自語，回答：「是啊，海南島本地的情況本來生活就困難，現在又遭逢戰亂，物資更加缺乏，都沒有可吃的食物了。」

「我們部隊中食物都夠，吃的東西還算是充足。」

「因為要戰爭啊，如果食物也缺乏的話，自己就直接敗給飢餓了，何況還要作戰啊！」江禾埕說：「物資都是從外部運過來的，有的可能是從台灣運過來的。」

羅廣奇說：「我知道現在有些物資是從緬甸運過來的，所以我們才有食物可吃。但是我們廚房每次都剩很多廚餘，比起他們垃圾堆裡面的食物好多了，我們是不是可以把剩餘的廚餘拿一部分送給他們吃？」

聰明仔最害怕同伴被懲罰，他急忙說：「千萬不可，你如果把廚餘送給他們，萬一被上級知道了，可能被罰得吃不完兜著走。」

江禾埕補充說：「因為如果把廚餘分給那些乞討的人，會吸引很多人來廚房前面等著乞討，造成軍隊的困擾，軍隊還要分散力量去處理他們；說不定還會有間諜混在人群裡伺機破壞，威脅軍隊。」

「那廚餘都丟到哪裡？」

「當然都拿去養豬了，還有剩餘的話，規定要倒到水溝裡隨著流水沖掉的。」

「這樣啊！豬吃得比他們還要好？」

「下星期又輪到我們班輪值廚房的清理工作，到時候你就會知道了。」

他們說著說著已經走進了營區，經過廚房時羅廣奇好奇的看了一眼廚餘桶，果然清理得乾乾淨淨，只剩幾隻蒼蠅還沾染在凹槽的角落覓食。

比起外面的巡邏，整理廚房的工作算是溫暖的，這天輪到羅廣奇和江禾埕工作。廚師兵們切菜、配菜、煮菜，他們只要負責煮好足夠的菜量，並且調好口感，剩下的工作就交給打菜與輪值廚房清理的人就可以了。

工作一完，兩手一攤，就沒有廚師兵的事了。打菜的人必須為大家服務好，等到沒有人來排隊領菜時才可以用餐。整理廚房的人就不一樣了，是先吃飽飯，等到大家吃完了，才可以開始整理。

羅廣奇和江禾埕先把剩菜分類收集起來，帶一點邊肉的骨頭，收集在一個桶子裡，那是要給軍犬啃的，其餘的收集在一個大桶子裡，這是要飼養豬的廚餘。但是養豬場會散發出臭味，所以養豬場設在距離辦公室、廚房、餐廳、寢室等比較遙遠的地方，並且要背著風向。

他們把廚餘桶抬上抬車，推著抬車到養豬場，不必親自養豬，因為有專門養豬的士兵。只要將廚餘桶交給他們，然後換一個空桶回來就好了。

剩一點菜是留一些給打菜的人、巡邏的人、有工作的人或輪值的衛兵等這些慢一點時間用餐的人享用的。他們也會有吃剩的廚餘，江禾埕說：「一趟養豬場那麼遠，這一次的廚餘又比較少，你留在這裡先整理廚具，等他們吃完後再把他們吃剩的廚餘倒到水溝，我一個人推車過去就可以了。」

於是江禾埕自己一個人推廚餘的抬車去養豬場。江禾埕推抬車出去後，他們這些值班的人也吃完午餐了，廚餘又剩一些。羅廣奇找來一個小桶，裝好廚餘，規定是要倒到水溝裡隨著水流沖掉的，他將小桶提到廚房後面的水溝旁準備沖掉。這時，他看看水溝底髒髒的，覺得這些好好的食物倒到水溝很可惜，廚餘裡面還有很多肉塊、骨頭、剩菜和飯，比他被俘虜時吃的食物好多了。當地人沒有米飯可吃，肉也是吃山狗太和老鼠的肉，還有很多人沒有食物可吃，他們在垃圾場裡尋找食物。想到這裡，當廚餘正要倒下去時，羅廣奇的心中頓時覺得痛痛的。

抬起頭，羅廣奇的眼睛從圍牆外看出去，隔著芒草花叢的荒地外有一條小徑，剛好有一個穿著破破舊舊衣服的老者，從他瘦巴巴的臉上可以看出來，一定是經常在挨餓中。

那個老者一面走，一面似乎在地上撥來撥去，找看看有沒有可吃的食物，他剛好走到牆外的荒地上。當那個老者抬頭時，羅廣奇試著對老者招招手，老者也剛好看到他揮著手，於是快步的撥開芒草花叢，走得幾次都差一點跌倒，可見老者一定是餓昏了。

羅廣奇找來了幾張厚紙，夾了幾塊肉和一些比較乾淨的飯菜，用厚紙包起來再用繩子綁好。這時再看一下四周，沒有其他的人會看到，他迅速的把那一包食物丟過爬滿了刺網的圍牆後面。

那老者大概是餓昏了，拿到食物後竟然當場吃起來。羅廣奇在圍牆裡急得蹉腳，怕有人發現他在那邊吃食物，這樣一定會知道是羅廣奇給他的，但又不能大聲吆喝他，怕反而引起大家的注意。後來羅廣奇撿了一塊小石子丟過去，那老者還以為又有食物丟過去，忙著去小石子的落點尋找。羅廣奇急得連丟了幾個小石子，老者才會意過來，拿著食物趕忙走掉。這時候，江禾埕也剛好推著抬車回來了，羅廣奇趕緊把剩餘的廚餘倒到水溝裡沖掉，然後和江禾埕一起把盤子、鍋子、盛器、工具等洗刷乾淨，擺放好就大功告成了。

回到隊部後一直到下午，羅廣奇心中都帶著七上八下的不安感，他一直擔心將廚餘給當地居民的事情被察覺到，不曉得會不會有人看到了向上級長官密報。一直等到晚上睡覺的時候，暗自揣測還沒有發生什麼事情吧，應該可以放心的確定沒有人看到，這才對今天做的善事有一點點喜悅感。

25 酢漿草換雙柳黃

有一天清晨，當旗手將旭日光芒旗升到旗桿的最高點後，接著長官訓話完畢，結束了升旗典禮。

第七小隊隊長泉川次郎下令：「第五班留下來，其餘的班解散，各自去做該做的工作。」

第五班被班長帶到一間教室，聰明仔小聲的說：「是要我們做什麼工作嗎？」

「全部都給我站好！」泉川次郎一進教室就吼著，大家嚇得立刻自動整隊站好，接著他說：「軍紀對軍中來講，是軍隊裡最重要的靈魂，沒有了軍紀的軍隊，就是一盤散沙，軍隊就別想打勝戰了。」

大家肅靜的聽著。

他又說：「你們老實講，前幾天是誰把廚餘拿給當地居民的？」

巴蘇亞．優路拿納立刻舉手說：「報告小隊長，本班同志都很遵守軍紀，又很認真執行工作，應該不會發生這種事情。」

「你當什麼班長？自己班上發生這種事，不檢討還替他們說話。」泉川次郎說：「你回去休息，不要再插手這件事。」

力。

「嗨！」巴蘇亞・優路拿納一面走一面擔心的回頭看看，他很想幫忙，但已無能為

「已經有人看到這件事向我報告了，你們之中到底是哪一位拿廚餘給當地居民的，如果不肯承認，我就處罰全班。」

用想的也知道當天是哪幾個人輪值廚房的工作，那天當然是羅廣奇和江禾埕值班，怎麼會有人偷看到？羅廣奇不想拖累大家或害到江禾埕，所以立即舉手：「嗨！」

這一舉手讓大家都嚇一跳，連江禾埕都感覺詫異，因為他和羅廣奇一起輪值，卻連他都不知道有廚餘拿給當地居民的事情，怎麼會有其他的人看到這件事呢？但這不是重點，重點是羅廣奇必須接受處罰。

「你叫什麼名字？」

「嗨！松島田口。」

「去隊長室拿處罰用的棍子來。」泉川次郎指派班上的兩個人，羅廣奇聽了以後鬆了一口氣，還好不是拿槍就好，其他的人本來緊繃著的心情也放鬆了些。

羅廣奇被叫出來站立在隊伍的前面，泉川次郎一陣訓話：「在還沒接掌這個小隊隊長之前，我是不知道你們隊裡的狀況，但是當田代彥三為偉大的天皇殉職之後，我奉命帶領你們小隊。別以為我是新來的長官，對你們不太了解就可以趁機亂來……」

這時候棍子已經拿進來了，「你現在給我趴下！雙手向上舉開。」泉川次郎指著羅廣奇，接著又對聰明仔說：「你把他的褲頭拉開到膝蓋。」

羅廣奇趴到地上，聰明仔過來解開他的褲帶，將褲頭拉到他的膝蓋處，露出雙臀。

「處罰棍棒五十下，你先來。」泉川次郎把棍棒拿給聰明仔，說：「開始給我打下去。」

聰明仔想不能打得太大力，怕羅廣奇會受傷；又不能打得太小力，這樣泉川次郎會看出在敷衍他，於是他用他認為適量的力量打下去。

「砰！」聰明仔打了幾下之後，泉川次郎忽然掏出手槍，往羅廣奇旁邊的地上扣下扳機。子彈在地上打了一個窟窿，反彈至木門面上，「碰！」木門的一片板子裂開，在旁邊的人都被泉川次郎的突來舉動嚇了一跳。

「如果再不夠大力，這顆子彈直接斃了他，你們就可以不用打了，剛才打的不算，重來！」

聰明仔嚇死了，執棍棒的手害怕得發抖，他知道如果再對羅廣奇有一點仁慈之心的話，會害羅廣奇命喪槍下。所以調整好心態，就看成是在打可惡的壞人吧，應該受到懲罰的，這一棒很狠的敲下去。

「唉！噓！」羅廣奇痛得叫了出來，泉川次郎看得右嘴角微微的往上翹起，滿意的露出難得的些許奸笑。

「二！」江禾埕被賦予計次數的任務。

「哇！嚇赫赫……」繼續打下去，羅廣奇痛得眼淚快掉了下來，屁股上被敲的地方出現了紫紅色的腫塊。

「三！」每當計次數的聲音一發出的時候，他的屁股神經就緊繃在那邊應戰，可是神經一緊繃，打下去就會越痛。

「啊！呼呼……」

「四！」江禾埕故意稍微給羅廣奇喘息一下的機會，再喊下一個次數。

在羅廣奇痛得哇哇叫的同時眼角也瞄到地面上有一滴水滴掉下來，接著又掉了幾滴。他原以為是聰明仔用力搥打得流汗了，直到他再一次頭抬高一點，看到聰明仔一面敲一面掉眼淚；這時他才知道敲的人以及旁邊的人也很心痛，讓他覺得害大家擔心了，所以盡量壓抑著自己的慘叫聲，但往往還是忍不住的叫出來。

當江禾埕算到「十」的時候，羅廣奇已經痛到臉色發白，直冒冷汗，嚷著：「我知道錯了，不敢再犯了，請饒了我吧！」

「停！」泉川次郎這次喊停，大家都鬆了一口氣，聰明仔停下來，甩甩打得很痛的手掌。

「他已經沒力氣了，下去休息，換你來用力打，不夠大力的話，我隨時準備斃了這個垃圾。」泉川次郎指著陳嶸嶔。

原本以為泉川次郎聽了羅廣奇的喊叫後是要原諒他了，結果是要換一個有力氣的人來打，現在大家神經又更緊繃了，羅廣奇趁這個空檔的機會在地上喘息著。

陳嶸嶔抓起了棍棒，他自揣著如果不用力打，一樣會害死羅廣奇的，所以舉高了棍棒待江禾埕喊：「十一。」就用力敲下去，羅廣奇痛得又大叫又喘息。

江禾埕還是「十二、十三、十四……」的喊下去，只聽得屋內的空氣傳著「碰！碰！」的聲音，就像木杵打石臼的音響，羅廣奇的屁股已經腫痛得麻痺了，人也虛脫得喊不出聲音來。

江禾埕喊到第二十下時，羅廣奇已幾乎失去了意識，在濛濛渺渺的感覺中，由胃裡滾出了液體，口吐白沫了。

「停！」泉川次郎終於喊停了，看樣子再打下去羅廣奇可能就會沒命，泉川次郎這次是真的要喊停的，羅廣奇漸漸恢復一點點意識期待著。無奈，他的手又指著陳匱郭說：「換你來打。」

陳匱郭愣了，他不願意羅廣奇死在他的手裡，所以不情願的慢慢走到棍子旁邊，假裝摸摸棍子，扭動身體甩甩手，好像棒球打手準備打球的動作。泉川次郎忽然又繼續說：「繼續輪流打下去，數到五十下為止！」說完轉頭慢慢的走往他辦公室的路。他也知道再打下去的話羅廣奇可能就沒命了，而羅廣奇罪不致死，但是軍令如山，這方面他也還要威嚴的面子。

陳匱郭打到第二十二下時，一看泉川次郎走遠了，他慢慢舉起棍棒瞄了一下泉川次郎的背影，然後瞄準羅廣奇屁股旁邊的地面用力敲下去，讓棍棒的頭碰觸地面，棍棒的側面只輕輕的點一下羅廣奇的屁股位置，同時讓敲響的聲音很大，給足了遠方泉川次郎的面子，江禾埕也配合著大聲喊：「二十三！」讓他在遠方聽得到。

當江禾埕故意把第「五十」下喊得很大聲的時候，大家都停下來望著泉川次郎的辦公室，他從窗戶裡比手勢示意大家可以解散了。

大家這才一擁而上，聽明仔拍打著羅廣奇的臉頰：「沒事了，醒醒啊！放輕鬆，醒醒啊！」羅廣奇緊咬著牙齒，口中的白沫還是一直吐出來，沈雲城說：「我們一起把他抬到寢室休息。」

沈雲城趕忙用一點熱水弄濕了毛巾，在羅廣奇屁股上熱敷，聽明仔在他的鼻子前和兩側太陽穴上抹萬金油，並倒了一杯溫開水給他喝，陳嶸嶔在他身體上的經絡位置按摩著。一段時間後，羅廣奇才漸漸恢復了一點元氣，並哀嚎的喊著：「屁股很痛！」

在日本軍隊裡面，被處罰而受傷是不名譽的事情，所以是不准就醫的。如果醫院知道了這件事也不會去醫治受罰者，偷偷去醫治的話，被知道了還是要被處罰。

聽明仔說：「怎麼辦？出操和值勤都要照常參加。」

江禾埕說：「我記得我以前跌倒導致腳很腫的時候，我阿公去採了一些藥草來煮，叫什麼蜈蚣的草和雙什麼的。我記得它長相形狀和花的顏色，是青紫色的，有點像小號的牽牛花，雙什麼的顏色較淺，花有點像毛線球。」

羅廣奇有氣無力的說：「倒地蜈蚣草。」

「你知道呀！我們現在就出去操場的邊緣找找看。」聽明仔轉身就要出去。

「好。」江禾埕、陳匱郭和沈雲城都一起出去找了，只留下陳嶸嶔負責照顧羅廣奇。

他們在操場的各個角落，分散開來尋找倒地蜈蚣草，但是只有江禾埕知道藥草的顏色和樣式。如果找到所形容的花草樣式的時候，則會請江禾埕來鑑定看看，一直到天色漸暗的傍晚，還不見有什麼成果。

「你來看看，這棵草花像一坨毛線球，只是顏色是黃色的。」陳匱郭指著草地上的黃花。

「這不是，但是你這一指，使我想起來了，這個醫藥草叫做雙柳黃，雖然名稱為黃，但是它的花不是黃色的，是粉紫色的，而且花朵小小的。」

「都沒有找到，怎麼辦？」聰明仔問著。

「沒有藥治療的話，他今晚一定很痛，至少也得消腫一下……我記得，我想起來了，酢漿草可以外敷消腫，我在剛才那邊有看到。」陳匱郭指著剛才走過的地方。

他們到陳匱郭指的地方拔了一些酢漿草回來，聰明仔把酢漿草洗乾淨放入鐵盤中，然後用圓形石頭將酢漿草搗碎。羅廣奇只得趴著睡覺，他們將搗碎的酢漿草敷在他的屁股上，並用布條包紮好。

這一晚羅廣奇睡睡醒醒的，醒來的時候叫著：「哼……哼……」，但已盡量壓低了聲音，只有睡著的時候才會好過一些。

清晨醒來的時候，聰明仔摸了一下羅廣奇的額頭：「好燙喔！他發燒了。」

江禾埕說：「那應該快一點找到倒地蜈蚣草和雙柳黃，這些藥草才可以消腫解熱。」

陳嶸嶔說：「應該要到營區外面的野地上找找看，我們去請班長放我們出去找。」

巴蘇亞．優路拿納想了一個辦法，他將江禾埕、沈雲城和陳匱郭調換成上午代班的執勤巡邏，在巡邏時順便找一找這些藥草。早餐後，他們和其他班的巡查補一起出發到野外地區巡邏，聰明仔和陳嶸嶔留在營中幫忙。

到了午間，江禾埕、沈雲城和陳匱郭值勤回來，背袋裡果然塞得滿滿的都是倒地蜈蚣草和雙柳黃，這些量足夠使用上數天。他們先挑了部分，把藥草下鍋熬煮，其餘的浸泡水後再曬乾，並拿一部分雙柳黃搗碎，取下羅廣奇身上的酢漿草，換敷上雙柳黃。

這樣子熬藥、喝藥、換敷藥草，幾天之後藥效終於發揮了一點效果，羅廣奇已不再發燒了，雖然屁股的腫塊消了一些，但還有大部分的腫塊還沒消失。僅止於表面上還能正常行動而已，因為羅廣奇還要繼續值勤。

所以羅廣奇在大夥兒的掩護之下，還是跟著大家正常的執勤、輪班、工作，行動則遲緩了一些。巡邏時他跟聰明仔說：「謝謝你們掩護與照顧我，不過遇到敵人時你們要自己顧好，不必管我，否則會拖累大家被敵人牽制。」

「不會啦！天公疼好人，不會那麼倒楣。其實，我也覺得廚餘沖掉很浪費，廚餘還比那些人在垃圾堆裡撿的食物好多了，我也很想拿出去送給那些沒食物吃的人，只是我沒有你那麼有勇氣。」

時間過了兩星期後，羅廣奇在表面正常的情況之下，大家漸漸淡忘了他被處罰的這件事。但是他的屁股癒好到一個程度之後，癒好的速度就慢下來了。經常表面上裝出正常的樣子，實際上走路還是瘸瘸的，當坐下或晚上睡覺的時候，腫塊的部分還是痛得很難受，屁股上的紫斑消失不到一半的程度。

26 移防

羅廣奇對聽明仔說：「戰爭久了，軍隊殺戮成了習慣後，大家都變成沒有人性了。」

「那也是沒有辦法的事，我們也沒有能力左右這一切，只好認命一些。」

「我的意思是我真的不想再待下去了。」

「你千萬不要想不開，要忍耐一些。」

「我的意思不是想不開，而是說真的想回去，不想要在這裡當巡查補，其實巡查補就等於作戰部隊一樣的不是嗎？」

「誰不想回去，回去後可能會被再徵調到南洋去作戰了。」

「就是不回去的話，在這裡也會被徵調到南洋，我聽說第二十以上的警備隊，已經有一部分被調到南洋去了。」

「是真的嗎？為什麼要調到南洋去。」

「當然是作戰吃緊，那邊兵源不夠，在海南島上屬於比較不重要的警備隊都要調過去。」羅廣奇說：「我偷偷的告訴你，上次我偷問雇用的運輸司機，他說小澤和栗田部隊前不久在菲律賓馬里亞納群島的海戰中大敗，損失慘重，我看再過幾年戰爭就會結束了。」

「嘿！這樣再過幾年我們就可以回家了。」

「別做夢了，我們戰敗你也在高興，說不定到時要被敵人關起來，變成戰犯就別想回家了。」

「嗶！嗶！第七小隊集合。」外面吹起了集合的哨音。

大家都跑出來整隊集合後，小隊長泉川次郎說：「警備府直屬第十六警備隊大隊長已經改由吳振武擔任，我們奉新任大隊長之命移防。第一至第十小隊移防到陵水，其餘小隊移回三亞本部。廚房用具與材料由運輸隊支援運輸，伙夫班負責整理與搬運廚房用具的工作，機槍聯隊與砲擊手由機動運輸隊支援外，個人寢具與武器均由個人搬運。今後兩天內為整理時間，第三天開始移防，解散後開始工作，解散！」

聰明仔小聲的問羅廣奇：「我們是不是要調到南洋了？」

「小隊長已經說得很清楚了，是要移防到陵水和三亞本部，調南洋的部隊早調走了，是第二十警備隊。」羅廣奇說：「現在移防是因為大隊長換成吳振武，是職務與防備的調整。」

其後兩天，大家忙著整理準備移防的行李。為了要長途搬運，除個人武器必須隨身攜帶防身外，棉被等體積較大但重量輕的物品也必須由個人攜帶，其他能由隊上車子運送的東西都盡量擠上車子。剩餘的工作就是把寢室等房間整理乾淨，讓接手的部隊順利搬進來。

「這些藥草也要帶著，那邊不曉得能不能找到這些東西？」江禾埕說著把曬乾的倒地蜈蚣草和雙柳黃塞進背包囊中。

「羅廣奇，你的行囊和棉被由我們來幫忙分攤。」聽明仔忽然想到。

「不用，謝謝了！因為棉被體積太大，如果我沒有帶著，恐怕被別人一眼就看到了，尤其是小隊長或其他班的人就會立刻想到我被懲罰受傷，導致由你們來幫忙的這件事。」羅廣奇又說：「何況棉被又不重，不會影響我的傷勢，到中途如果我需要幫忙的話，我再不客氣的跟你們說。」

第三天很快就到了，第十六警備隊一早整隊訓話後就開始行動。當隊伍浩浩蕩蕩的走了約十公里的路程時，骨盆的腫痛漸漸的令羅廣奇不舒服，他開始感到後悔沒有讓他們幫忙分攤搬運他的行囊。他想：如果這樣撐下去，沒有去醫院治療的話實在行不通，看來這些腫痛是沒法撐下去，也不是敷些藥草就可以治好的。後來想想還是盡量撐著吧，不要去影響到其他的弟兄，因為每個人也都很辛苦的帶著行囊和武器。

再走了數公里，羅廣奇實在撐不下去了，越走越落後。眼看第五班的弟兄們一個個都往前行進，而他已經落後到第九、十班的位置了。如果再不叫他們幫忙的話，周圍這些弟兄又不是很熟，更不好意思請他們幫忙了。

小隊長泉川次郎坐著車子走在小隊的最前面，不會注意到羅廣奇的喊叫的。於是他對著前方喊著：「西岡茗見（聽明仔）、穎川貴郎（陳匱郭），等我一下！」但是距離已經遙遠了，他們聽不到。

正在著急的時候，行經一處橋頭。羅廣奇在失望之餘，眼睛的餘光瞧到橋下，河岸邊的邊坡比較乾涸，靠溪的中間才有水流。忽然靈光乍現，心生一念。他先在橋頭等著，等到本隊行走的人都經過身邊，後面已經沒有人了；剛好第八小隊也已到達後面不遠的地方，這時候有一段空間沒有人看到他，只有遠方的第八小隊的人在遠處前進著。

羅廣奇手抓著棉被，忽然朝著橋頭下邊坡較軟的沙地縱身一躍，假裝不小心跌到橋下。先讓棉被落在斜坡約三公尺高度的地方，掉到地面時人剛好趴倒在棉被上面，以減少損傷的機率，並大聲的喊一聲「唉呦！」掉下沙面的時候再迅速的抱著棉被，滾到橋下更低處，高度約五、六公尺的地方，然後手壓著屁股喊：「好痛啊！」

可是實際上，在翻滾的過程中，也真的壓迫到了屁股腫痛的地方，所以演起來很像，連汗都冒出來了。

「有人掉到橋下了！」隨後跟過來的第八小隊隊員大叫著。

第八小隊隊長的座車在隊伍的前面，他聽到聲音後驅車前來查看，小隊長對著第八小隊排在前面的幾個人說：「你們幾個人的東西暫時放下，先下去把那個人救上來。」

第八小隊的幾個大漢立刻帶著繩索垂下溪邊，另一個人把折床丟下來。其他的幾個人沿著繩索垂降下沙地，他們把羅廣奇抬到折床上固定綁好，隨著斜坡慢慢抬到離岸邊比較低的邊坡下。岸上的人和岸下的人通力合作，下面的幾個大漢在邊坡的斜坡上扛著綁著羅廣奇的折床，由上面的人合作拉上去，然後將折床抬到地面，另外幾個人順便把他的槍、棉被和行囊一起帶到岸上。

這時候一輛軍用吉普車剛好經過也停下來，車子裡面的長官看到這裡有幾個人的騷動而探頭問：「發生了什麼事？」

「大隊長好！」第八小隊長和士兵們立刻呈立正敬禮的手勢。

「報告大隊長，有一位士兵跌到河溝裡，我們把他抬上來。」

此時，吉普車上的長官開車門下車察看。

然而剛才羅廣奇的喊話，也被分派在十一班的梁京晃聽到，他趕緊幫忙把話傳到前頭，聰明仔和陳匱郭聽到傳話後都趕快回頭，也跑到了。

聰明仔跑過來看到這種情形，衝到羅廣奇的旁邊說：「你怎麼樣了，有沒有要緊？」羅廣奇跟他使個眼色說：「還好，好痛！」但是聰明仔還是不知道怎麼回事，等陳匱郭也上來看的時候，他馬上就懂了。

「大隊長要看看傷勢，請你讓開一點。」陳匱郭看大隊長正在走過來，他把聰明仔拉開，讓大隊長看看傷勢，聰明仔才不大情願的退開。

大隊長拉開羅廣奇背後的褲頭，才只開了一點，就看到又紅又腫的臀部，他用手壓了一下他身上腫脹的地方。

「唉呦！噓……」羅廣奇痛得大叫。

「傷得滿嚴重的，你叫什麼名字？」

「我叫羅廣奇。」羅廣奇痛得居然忘記講他自己的日文名字。

第八小隊隊長立刻指著羅廣奇：「沒禮貌！你不會講日文名字嗎？」

「長官在問話，你插嘴進來也是沒禮貌的。」大隊長轉頭喝斥他。

「嗨！」

「那麼你是從台灣來的巡查補？」

「嗨。」羅廣奇點點頭。

大隊長招手叫通訊兵過來：「通知三亞海軍醫院派救護車過來，有一位士兵因公受傷很嚴重。」

通訊兵立刻從他身上背著的通訊器材展開通訊行動。

這時羅廣奇才看到大隊長衣服上的名牌寫著「大隊長吳振武」幾個字，他在納悶，那麼從大隊長的名字和口音看來，他應該也是台灣人，為什麼他可以被任命為大隊長，而且不用改為日本姓名？

「這裡有沒有第七小隊的同志？」

「嗨！」聰明仔和陳匱郭連忙回應。

「我是大隊長，回去跟你們小隊長報告這位隊員受傷，我已交代救護車過來送他到三亞海軍醫院救治，並幫忙攜帶他的武器。」說完，吳振武又轉頭對著第八小隊上的兩位隊員說：「你們兩位留下來陪他，等救護車來把他載走後再離開，其餘的人繼續前進。」

然後大隊長又上了這輛軍用吉普車開走了。

大夥兒也開始前進，陳匱郭一面走一面小聲的對聰明仔說：「我就叫你不要一直扒著他關心，你看這樣子他才能夠被載到醫院治療。」

「我哪知道，名字叫聰明，頭腦卻一點也不靈光。」

「這下子太好了，因公受傷的士兵，醫院會非常的禮遇。」

當隊伍一隊一隊的往前行進的時候，羅廣奇和第八小隊的兩名隊員在樹下等著救護車。

27 圍棋

救護車抵達三亞海軍醫院急診室，兩位救護兵將羅廣奇從救護車上抬下來，躺著的折床已改為擔架了。醫院裡面熙來攘往，陸陸續續進來了一些受傷的士兵，使得護士們開始忙碌起來；但看在羅廣奇的眼裡卻反而輕鬆多了，至少暫時沒有作戰的威脅存在。

擔架抬進主治醫師衛藤恆夫的診療室裡，衛藤恆夫看了看羅廣奇的傷勢說：「你這個傷勢不只是今天受傷的吧！」

「是的。」羅廣奇說：「但是今天又摔到橋下了。」

「你怎麼常常這樣不小心呢？」衛藤恆夫大概以為羅廣奇兩次摔倒都是在執行公務的情形下受傷的，他搖了搖頭，反正他只管醫治病人，而羅廣奇默默的沒有再回答，他也沒有再追問了。然後他壓一壓腫塊，羅廣奇痛得哇哇叫，之後他開了一張單子，一位護士過來帶著他到愛克斯光室拍照，接著來到抽血間。羅廣奇看到抽血間臉色立刻發白，但也很無奈，必須要抽血才能救自己，還好他是躺著的，轉頭過去不要看著抽血的地方就好了，任由他們抽吧，經過那麼多血腥的畫面，比較起來這算是小小的事了。

羅廣奇閉著眼睛，感覺到冷冷的酒精在手臂上摩擦著，然後一根針刺進了皮膚，血液立刻從身上流進了針筒，心臟感覺到快要無力了，冷汗從額頭上流下來，他痛苦的呻吟著：「哼，哼……」

「你怎麼了？」護士拍拍羅廣奇的臉頰。

「沒什麼，給我一杯水，休息一下就好了。」羅廣奇並沒有告訴護士關於他恐血症的事情。

再回到衛藤恆夫的診療室裡，醫生先開藥並請護士幫羅廣奇在腫痛的地方敷上藥膏。

「每天飯後先吃一包藥，待會兒護士會帶你到急診病床，你個人隨身物品都有帶來嗎？」

「剛好都有帶來，因為我們部隊正在移防。」

「等明天驗血報告和愛克斯光片洗出來時，你再過來看診。」

這個醫生看來滿好的，不像羅廣奇剛來到海南島下船不久的時候，看到那個解剖活人體的醫師那樣可怕。

第二天愛克斯光片終於送到醫師衛藤恆夫的手上，他看一看驗血報告與愛克斯光片說：「你這個傷恐怕要住院一段時間，骨盆上有一點裂縫，雖然不算很嚴重，但是因為要等它長好須要幾個月的時間。」

「是這樣啊。」其實羅廣奇心裡反而暗暗的高興起來，因為這一段時間不用再回警備隊了。

羅廣奇從急診病床轉而住進醫院的普通病房，在病房裡有兩排長長的病床，床上都躺滿了病人，有的病人看起來很嚴重，有的病人看起來正在痊癒中。看到這麼多的病人使羅廣奇想起了王筌塑，他不是也槍傷送來三亞海軍醫院嗎？這時候剛好有空，應該可以找到他，羅廣奇從床上爬起來準備去找他。

「不可以，醫生說你盡量不可以亂動，這樣傷口才可以復原。」照顧他的護士羽賀愛垣諄剛好走到床邊。

「我只是起來走一走，不可以嗎？」

「不可以，明天醫生會在你的左大腿和髖骨間固定一片固定板，你得忍耐大約二到三個週間，三週間後再配給你拐杖使用。」

「這樣我都不能到處走動了，我能不能拜託妳幫忙一件事？」

「有什麼事須要幫忙嗎？」

「我有一位朋友叫佐木拓全（王筌塑），他前一陣子也受傷來住院，能不能幫我查查看他是住在哪一間病房？」

「我會幫你查查看，但你不要常常起來走動，要忍耐些。」

隔天醫師衛藤恆夫在羅廣奇的左大腿和髖骨間固定一片固定板。羅廣奇只能無奈的躺在床上靜養，用眼睛看著那些需要復健的病人，他們有些醫師規定要多多起來動一動，而他自己反而不能常常活動，心裡其實也不急著好起來，這樣在這裡可以待久一點吧！

羽賀愛垣諄跟羅廣奇說：「我幫你查過了，我們這一間和旁邊的第二間的一樓病房並沒有佐木拓全這個人住院，但是隔壁棟和樓上的病房我沒去查，因為我們很忙，還有很多病人需要照顧，如果沒重要的事而離開的話，恐怕護士長會不高興。」

「真的沒有嗎？」羅廣奇有點失望，恨不得立刻跑去找找看。

「我看你是很失望的樣子，或許他出院了吧！要不然你得趕快好起來，過一段時間，等你好起來後再到其他病房找找看。」

好不容易等了三週間後，羅廣奇終於分配到一枝拐杖了，但醫師和護士都囑咐他除了上廁所可以拄著拐杖外，其他時間盡量不能亂動，在這種情形下也只能無聊的在床鋪上待著，頂多在床的旁邊起來走動一下。

過了一個多月，衛藤恆夫再安排羅廣奇照一次愛克斯光，他看了愛克斯光的照片後對羅廣奇說：「你可以開始自由走動了，但是不能活動太劇烈。再過一陣子等固定板拿掉後，接下來應該可以開始復健了，復健約一、兩個月後，如果恢復良好就能回部隊。」

當羅廣奇可以拄著拐杖自由行動時，第一件事就是再去找找看王筌堃是住在哪個病房。剛開始時爬樓梯比較困難，因此先到隔壁棟的護理站，一位熱心的護士幫羅廣奇仔細核對住院的名單，還是沒能找到佐木拓全的名字。這時候已經是吃晚餐的時間了，羅廣奇現在不必在床上吃飯，所以他拄著拐杖到餐廳，用餐後再回到病房。途中經過休息室，他看到休息室內有幾個人，醫師衛藤恆夫也在裡面，他往裡面瞧瞧，發現衛藤恆夫和另一個醫師正在下圍棋。

「你有事找我嗎？」衛藤恆夫問羅廣奇。

「我只是路過看到你們在下圍棋而已。」

「進來看沒關係。」

當初在學校的社團雖然沒有參加圍棋部，但圍棋一直是羅廣奇的興趣。他走進去，但是跟衛藤恆夫下棋的另一個醫師卻顯得有點不高興的樣子，所以他只能默默的在旁邊看他們下圍棋，羅廣奇知道是不能干擾他們的，畢竟他們是醫官。看了一陣子，他想：明天一定要到各棟的樓上再找找看有沒有王筌堃的病床，所以先回病床休息。

第二天早上上班時間一到，醫院裡又開始熱鬧起來，緊急救治的病患，工作的護士、拿藥的病人等等，在醫治廣場間穿梭。不信找不到王筌堃，羅廣奇拄著拐杖走到第三棟的護理站請護士幫忙找找看。

但護士們都開始忙起來了，只有一個護士肯抽空幫忙，一會兒她說：「我們這邊都找過了，沒有這個人，你要不要到樓上的護理站找找看。」

羅廣奇從一樓的護理站走到這個樓層的樓梯下邊準備走上樓梯，樓梯旁有一個箭頭指示牌立在那裡，牌上畫著兩個箭頭，一邊指往上面的箭頭寫著「二樓病房」，另一邊指往樓梯後面的門，寫著「肺結核隔離病房，請走出門外」。他想應該不會是肺結核病房，所以他要從樓上開始找起，沿著樓梯的扶手，一層一層的撐上去，到了二樓的護理站再詢問，但答案還是一樣沒有結果，然後他又失望的一層一層的撐下樓梯。決定回到第二棟的二樓看看，所以又拄著拐杖走回到第二棟病房的樓梯，再一層一層的撐上二樓。這一棟往二樓的樓梯不是直接到達的，而是在中間有一個轉彎的迴旋廊。當他快要撐到二樓時，覺得剛才走過迴旋廊的牆壁上有個公布欄，公布欄上似乎貼有一排排的名字，是不是可以從這裡的名單上找到人呢？這樣就不用麻煩護士尋找了，於是他又轉頭撐著拐杖下來迴旋廊間。

「這是什麼？」羅廣奇自言自語：「怎麼有這麼多名字？」

他停止的地方剛好是公布欄的中央，從中央開始尋找名字，往右邊的方向查一遍，並沒有找到名字，再從公布欄的中央往左邊查。找了半篇時真的找到了一個「佐木拓全」的名單，羅廣奇想：「這真的是王筌堃嗎？」旁邊有貼一張小小的照片，沒有錯，這是王筌堃。

他又自言自語：「終於被我找到了，佐木拓全到底住在哪一間病房，上面怎麼沒有註明？」

羅廣奇撐著拐杖走到布告欄的最前頭查看，但是，布告欄最前頭的標題寫的是「偉大的戰士為日本皇國犧牲名單」，這是真的嗎？這幾個字像飛來一顆子彈一樣貫穿了羅廣奇的心臟，一股震驚的力量使得他的頭頓時暈暈的。

他嚇得全身癱軟的跌下來，但是因為身上有固定板，所以是斜斜的跌躺在樓梯的階層上，拐杖滾下了數層階梯。路過的人和護士看到了，一起把他抬下一樓的地板上。

幫忙扶羅廣奇起來的護士看他表情痛苦，問：「你怎麼了？你是住在哪一間病房？」然後看到他身上的名牌：「喔，你是住在第一棟，我找人幫你用擔架送回去。」

這種痛心又驚嚇的事情，加上跌倒時撞到傷口，羅廣奇看起來病懨懨的。所以回到病房時，羽賀愛垣諄趕忙跑過來看：「你怎麼那麼不小心，看來你可能又要修養更久了。」

接下來幾天，羅廣奇又躺回病床，整天躺在床上發呆，食慾也不佳，送來的餐只吃了一點點。羽賀愛垣諄說：「我看你精神很不好，整天發呆，食慾又不佳，這樣下去很難痊癒的。你這又不是什麼大不了的病，只是要休養比較久而已。」她指著周圍的病人：「你看看別人，他們的病都比你嚴重，有些人甚至有生命危險。醫生說過兩天你就可以走動了，要不要到外面花園或其他地方走走？順便可以復健，早一點康復的話就可以回部隊參加作戰了。」

羅廣奇是很不想再回部隊，和王筌堃一起考巡查補，本來就是不想要被派往前線作戰，沒有想到還是捲入這場殘酷的殺戮戰場，這下子王筌堃再也回不了家了。但他的身體如果好起來時卻又要回部隊了，總不能一直把腳弄壞來延長回部隊的時間，腳總會痊癒的。他忽然想起了李滄舜，當初不就是李滄舜的腳被炸傷了，才不用被徵調出來參加這一場戰爭的不是嗎？

可以下床走路的時候，羅廣奇拄著拐杖到醫院的花園走一走，在花園的椅子上消磨時間，一直到用晚餐的時候，先進餐廳用完餐，回病床的路線總是會經過休息室。這個時間，除了急診與值班外，醫生也比較有空閒。衛藤恆夫醫師喜歡下圍棋，所以他總是在晚飯後到休息室下幾盤圍棋，過了棋癮才回寢室休息；就好像有些人飯後總要抽一根菸一樣，一方面又可以解除累積了一天的精神壓力。

喜歡下圍棋的人只要對圍棋著了迷，就好像電影迷、郵票迷、漫畫迷一樣，碰到該樣事情時如同磁鐵般的被吸進去，很難脫身。每次羅廣奇也都被吸進休息室看圍棋，久了之後，醫官也習慣了他進來看圍棋，他當然不會去打擾到他們，他們也不會管他。

幾個關鍵棋步每次羅廣奇都很想講出口來，但他知道絕對要忍住，不能得罪醫官們。在旁邊可以感覺到一盤棋下來，輸的人會表現出很不爽快的臉色，贏的人呢？如果贏得很容易也不一定會高興，何必在這個時候去得罪任何一個醫官呢。

經過幾天後羅廣奇的左大腿和髖骨間的固定板已經拆下來了，睡覺的時候比較舒服一些。晚上躺在床上總是會想一些觀察下棋的事情，他把下棋後心情為什麼有喜悅或會鬱悶做一個分析，發現關鍵就在於過不過癮，爽不爽快的問題上；下棋一直都輸的人當然就不開心，但如果一直都贏的人，因為對手沒有挑戰性，所以不會過癮；如果下棋時碰到對手，有時候贏有時候輸就會覺得很有挑戰性，會很想贏回對手。尤其在下一盤棋當中，遇到在快要輸又快要贏之間擺盪時，會激盪出刺激感，到最後終於贏了對手時會很過癮，把一天的悶氣和壓力都解除掉，這一天晚上就會睡得很舒服。

難怪衛藤恆夫醫師為什麼每天都要下幾盤棋後才要回寢室，羅廣奇在旁邊觀察得很清楚，他們的棋術並不怎麼樣，都不是他的對手，實在很想跟他們下場棋，讓他們嘗嘗他的厲害。

這天羅廣奇又進來看著衛藤恆夫和另一位醫官江戶川介雄下圍棋，首先衛藤恆夫輸了第一場棋，看得出來第二場棋他快要贏江戶川介雄了。

「江戶川介雄醫師，急診室來了一位受傷的軍官，需要您趕快來處理。」一位護士緊急的衝進休息室，江戶川介雄二話不說，立刻站起來跟著護士趕到急診室，留下衛藤恆夫坐在那邊發呆。

過了很久江戶川介雄都沒有回來，衛藤恆夫對站在旁邊的羅廣奇說：「你常常來看圍棋，表示你會下圍棋吧！坐下來把這盤棋下完？」他本來打算要贏了，現在成了殘局令他很失望，所以他找羅廣奇繼續下完這盤棋，想要贏個過癮。

「好吧！」在旁邊眼看著江戶川介雄就要輸掉了，羅廣奇知道如何破解，但也只能在旁邊乾著急；這下子要接手這盤棋，他急著表現自己救起這盤棋的能力。

羅廣奇下了幾子「打劫」後，再來個出奇不意的「手筋」，其實不必費這麼大的手法來纏鬥，但是江戶川介雄的這盤棋實在下得太差了。所以羅廣奇使出本領，很快就扭轉了局面，最後贏了三目。正當他得意洋洋的時候，卻發現衛藤恆夫的臉臭死了，這才發覺到自己弄錯了，贏了這盤棋，卻輸了衛藤恆夫的心，尤其一位醫官輸給一個士兵是很沒面子的。

原本衛藤恆夫打算贏完這盤棋，就要回寢室好好休息，但是他用命令似的口吻：「再下一盤！」反而讓羅廣奇變成有機會再繼續與他下棋。

羅廣奇想：我也不應該一直贏他，他們都是救人的醫生，應該讓他們下個過癮，回去愉快的好好休息，隔天才有好的精神繼續醫治病人。

羅廣奇又想起了卡桑的話：「仁者恆強，能留給別人生存的空間，還能贏者才是真正的強者。」於是他動了慈心，這一盤棋學聰明了，他故意先讓衛藤恆夫在快要贏的時候，再讓他又快要輸掉了，接下來拖住他再讓他緩緩的使點腦力，最後很吃力的小贏了兩目。這些「定式」、「中盤戰」、「收官」對羅廣奇來說都算小意思，一切都在他的掌控之中，但對衛藤恆夫來說卻覺得很過癮。

衛藤恆夫這下子興頭正起，他拍一下桌子喊著：「再下一盤！」

接下來羅廣奇又用同樣的手法，讓衛藤恆夫絞盡腦汁思考著，一直在輸贏中間徘迴。但是羅廣奇知道這次不能再輸衛藤恆夫，否則會讓他覺得自己很弱，不夠格和他相比，羅廣奇當然猜得出軍官都是有這樣自視很高的習慣，如果再輸衛藤恆夫的話下次就不會再找他下圍棋了，所以最後羅廣奇選擇贏了衛藤恆夫少數幾目。

「你這小子看不出來還滿會下棋的，再下一局。」衛藤恆夫覺得棋逢敵手，當然不肯放過羅廣奇了。

羅廣奇又用同樣的手法，把衛藤恆夫耍在掌心中，這次故意在最關鍵的死活中讓衛藤恆夫「打劫」做活了這盤棋。讓他心中覺得很爽、很過癮，不過時間已晚了，他說：「已經很晚了，明天醫治病人比較重要，所以該休息了，下次我一定還要再找你來下棋喔！」

回病床的時候羅廣奇想衛藤恆夫如果下得過癮的話，以後他都有機會下圍棋了，衛藤恆夫也不會那麼容易就放他回部隊。他想著想著，快要睡著時忽然想通了，總要有些理由讓衛藤恆夫可以留下他吧！

想到這裡他立刻坐起來，又想起了當初李滄舜就是這麼樣的：讓腳有問題，所以不被徵兵，可是腳會痊癒吧！他找了一條布巾，把大腿纏住；在母親的那個年代裹小腳就是這樣做的，長時間用布將腳裹住，最後腳就會變小了。他只要讓兩腳的大腿看起來粗細不一樣，就可以給衛藤恆夫看看這個病況。

每天羅廣奇要多一些時間用布巾綁住大腿，但是要注意血液的流通，不能讓一隻腳真的壞掉。到了快要出院的時候，這就成了衛藤恆夫叫他再留下來的理由了。

他在床邊放了一條布巾，每當休息時間或是晚上睡覺前，他都把左腳用布巾纏住一段時間，因為是左腳受傷的，讓它看起來還沒好的樣子。

隔天晚餐後，羅廣奇又進了休息室，衛藤恆夫正在跟江戶川介雄下圍棋，看到他說：「等一下我跟江戶川介雄醫師下完後，再跟你下盤棋？」

江戶川介雄感到莫名其妙，他用懷疑的眼光看著羅廣奇，衛藤恆夫說：「你不知道呀，這小子棋力滿強的，你昨天沒下完的那盤棋，本來你快要輸了，是他幫你扳回來的欸！」

「昨天要不是我有緊急病人，我本來就不會輸你。」江戶川介雄還是死要面子，他怎麼會需要一個士兵來幫他下完殘局呢。

江戶川介雄和衛藤恆夫下了幾盤歹戲拖棚的棋局，羅廣奇在旁邊看了覺得兩人都很無聊。衛藤恆夫已經受不了了，他跟江戶川介雄說：「下完這盤棋後，我跟那小子，嗯，是松島田口下一盤。」

「好吧！我剛好也正要回寢室了。」江戶川介雄還是很愛面子。

羅廣奇還是用一樣的手法，讓衛藤恆夫在輸贏之間纏鬥著，但是在最後的關頭故意讓衛藤恆夫快要贏了，然後使出「鬼手」倒贏了他幾目。本來江戶川介雄雖說要離開，但是止不住好奇心，所以假裝不是很急著要走，故意留下來看他們下棋，羅廣奇當然要贏給他看看。

江戶川介雄看得過癮就繼續留著，而且他看到常常贏他的衛藤恆夫在纏鬥之後輸給羅廣奇，內心深處莫名的升起了好像是替他報仇的快感；不過對衛藤恆夫來說，輸這一場也不會感到不高興，因為他看到江戶川介雄留下來觀看，急於要推介羅廣奇給他認識，何況他在連輸了兩盤後，羅廣奇又故意讓他很不容易的贏了第三盤。

「好了該休息了，明天再下吧！」衛藤恆夫說著站起來收拾東西，他今天已經過癮了。

正當羅廣奇走到門口也要離開的時候，江戶川介雄從後面拍拍他的肩膀說：「留下來下個一盤再走。」

「哈！你看你……」衛藤恆夫到了門外聽到了，轉頭過來說完再離開。

江戶川介雄更不是羅廣奇的對手了，羅廣奇又用同樣的手法贏了第一盤，江戶川介雄心中當然不會甘心，又要求再下一盤，這次羅廣奇是讓他很不容易的贏了這一盤，這樣使得他喜出望外，因為他好不容易贏了剛才贏衛藤恆夫的羅廣奇。

「已經都晚了，回去休息吧，以後一定要再來喔！」

羅廣奇相信江戶川介雄和衛藤恆夫今晚一定有一個很好的睡眠，第二天一定會很有精神可以醫治病人。此後，羅廣奇便常常在晚餐後跟這兩位醫師下棋，他們也漸漸除去了官與兵之間的隔閡，就像朋友一樣的相處。

28 兩口痰

「松島田口先生，松島田口先生，有訪客找你。」一個放假的日子，護士羽賀愛垣諄從遠遠的地方就喊著，她從護理站帶了幾個人來到羅廣奇的床前。

「嗨！羅廣奇，好久不見了。」聽明仔看見羅廣奇非常高興。

「你們好啊，你們怎麼找到這裡來的？」

「你忘了嗎？我們已經移防到陵水了，離這裡不會很遠。今天放假，我們約好一起坐車過來的。」聽明仔回答。

江禾埕說：「好快呀！前年我們剛來海南島不久，你記得嗎？我們就是在這裡遇到大空襲的，在這裡我們處理過很多屍體。」

「是呀！現在變成我住進這裡。」

「你到底好多少了，可以下來走路嗎？」聽明仔問。

「好多了，醫生說我可以撐著拐杖走路。」

「那這樣好了。」聽明仔幫忙拿起了拐杖說：「你撐著拐杖，我們一起去找找看王筌堃是住在哪一間病房。」

羅廣奇先是愣了一下，隨即說：「不用了。」

「他出院了嗎？還是回台灣了？」

「他回天國，不在人間了。」羅廣奇喪氣的雙手撐著頭。

「怎麼會這樣？我不相信。」聰明仔臉都扭曲了。

「是真的，我在第二棟的公布欄上看到的。」

陳嶸嶔說：「在哪裡？我們去看是不是真的。」

「好吧！」羅廣奇下了床，拄著拐杖帶他們走到第二棟病房，沿著階梯爬到了階梯中的迴旋牆邊。

「怎麼會是這樣？不會吧！明明只是受傷而已。」聰明仔顯得很不能接受。

陳嶸嶔說：「沒有錯，貼在這裡的這張相片就是他。」

江禾埕說：「怎麼會沒有通知到部隊上？」

他們下樓梯一起到護理站。

「請問一下，貼在布告欄上的『為日本皇國犧牲名單』就是確定已經過世了嗎？」

「當然。」一位護士回答。

「可是怎麼沒有通知我們部隊？我們都不知道。」

「你們是什麼單位的？」

「我們是巡查補第十六警備隊第七小隊。」

「第十六警備隊？通常我們應該有通知到達你們小隊長了。」

「小隊長？啊！那時候是田代彥三……」陳嶸嶔停頓一下，然後擊一下掌說：「難怪大家不知道。」

羅廣奇回床位的時候，大家因為聽到王筌塑的死訊都默默無語了，羅廣奇說：「裡面太悶了，我們到花園的長椅上坐坐吧，外面大家都有位置可以坐，用不著站著。」

「你什麼時候可以回隊上？」聰明仔問羅廣奇。

「大約再過一、兩個月吧！等醫生說可以出院了的時候。」

江禾埕說：「如果是我，我就不想再回去隊上，你能不用再回部隊嗎？」

「那怎麼可能？醫好了就得回部隊，不回去會被處罰的，說不定連生命都有危險了。」

陳嶸嶔說：「我看你能拖延就拖延，盡量不要在這段時間回去，不然的話可能會有事情。」

「沒有錯，我是故意跌到橋下的，這樣我才有機會到醫院治療，但是這件事也是大隊長派救護車載我過來的呀！這也有問題嗎？」

「問題不是出在這件事情，而是另外有一件嚴重的事情，我們今天來看你就是順便來告訴你這件事情，好讓你心裡上有一個防備。」

沈雲城說：「對啦，最近隊上發生了一件事情。」

「什麼事？」

「泉川次郎在調查田代彥三戰死的事情。」陳嶸嶔說：「從醫院的檢查傳來說田代彥三的死有疑問，應該要再調查看看。」

當時雖然日軍將游擊隊打退回五指山區，戰後清理現場，將受傷的軍人抬到車上後送回醫院醫治，死亡者抬回部隊登記並火化屍體。但是田代彥三是軍官，按規定軍官死亡應先送到醫院由醫師確定，如果還能醫治必須由醫院再予以救治。

三亞海軍醫院的醫師確定田代彥三已經死亡無法救治，但是另外提出疑問，因為子彈是從田代彥三的左後背部射進，醫師覺得受傷的方向有疑問，除非他在轉頭時遭受敵人射擊，但這種可能性應該不高。

醫師只是提出一個疑問，泉川次郎卻卯起來調查。他首先找來忠誠度最高的第八班，剛好作戰時第八班是布署在田代彥三的左方，已經經過好幾個第八班的人證實當時的位置。有些人告訴泉川次郎說：也有第五班的人在這個位置上。但是第八班的人均稱：作戰時緊張的氣氛下，只注意前方的敵人，並沒有看到有其他的異狀。

「是不是你們中間有人有問題？」泉川次郎找來第五班的人問。

「當時作戰中，我們都只注意前方的敵人，田代彥三小隊長應該是被敵人射中的。」葉松條如此誠懇的回答。

江禾埕也說：「大家都往前注意敵人的動向，小隊長應該是剛好轉身時被射擊的。」

聰明仔也說：「我們都忠誠的為日本天皇而戰，絕不會殺自己人。」

泉川次郎說：「那松島田口呢？是不是他？他最可疑了。」

陳嶸崁說：「報告隊長，不可能是他，作戰的當時他已被敵人俘虜了，我們也是先前在巡邏時被埋伏的敵軍擊散，可以證明當時和他一起躲在山林裡。」

「被俘虜？被俘虜是絕對不可能回來的。」

「當時我們逃離在山林裡時，遇到兩個游擊隊員押著他，是我們擊退了敵人救他回來的。」

「不可能，一定是敵人故意放他回來的，這件事是他之前偷偷跑來做完再回去跟你們會合的嗎？誰也不知道？要不然他怎麼會偷拿廚餘給敵人的人民？」

「報告隊長，應該不是這……」

話還沒講完就被泉川次郎打斷了：「不要再說了，他可能是間諜，所以最可疑，我一定要調查清楚。」

他們放假急著來看羅廣奇，最重要的原因就是要告訴他這件事，所以要羅廣奇注意這一點。雖然羅廣奇知道不是他做的，但是小隊長如果要硬咬他就麻煩了。

「沒關係，你們就盡量推到我這邊，反正當時我確實是不在作戰現場，不會有事的。」羅廣奇知道聽明仔心裡是擔心的，表面上他還顯得沉著，當羅廣奇表明盡量把調查焦點轉到他這邊，好讓事件不要牽連到聽明仔那邊時，他看聽明仔好像有鬆了一口氣的樣子。

「可是他對你很有成見，即使你不在現場，硬是要說這件事一定是你幹的。」

「好啦！話又說回來，我盡量留在醫院不要回去，他總不能跑到醫院來攪和吧！事情鬧大了會讓上級知道他亂栽贓，這樣會弄到鬧笑話的。」羅廣奇小聲的繼續說：「我現在跟醫治我的醫師混得有點熟了，我打算混熟後請他幫我繼續留在醫院觀察，你們可要幫我保密呀！」

聰明仔說：「那太好了，你盡量繼續留著。」

江禾埕搶話說：「如果真的有那麼一天你先回台灣，拜託你一定要幫我回家看看我的父母。」

「我也要呀！除了我父母外，你還要告訴吳妮莉說我很平安。」

「那當然，誰不希望回台灣，要是我真的回台灣了，我會幫忙你們聯絡家人，或是你們誰先回台灣了也不要忘記幫我向家人報平安。」

江禾埕說：「要是能回台灣的話，那真的是大家夢寐所求的希望。」

陳嶸嶔說：「希望戰爭趕快結束，將來大家回台灣的話，應該要好好的一起來喝一杯。」

「唉！未來會變成怎麼樣誰也不曉得。」

聰明仔說：「如果在這裡有機會能爭取回台灣的話，你盡量去爭取吧！別掛慮我們了。」

這個假日他們在三亞醫院待了一天，直到傍晚，部隊要收假了才回去，但是每個人心中都懷著一點的痛，那就是聽到王筌堃已經過世的消息。

每天有空的時間或晚上睡覺時，羅廣奇用布巾把左大腿綁著；每當晚餐後，看到休息室有衛藤恆夫或江戶川介雄兩位醫師，他就進去下下圍棋，這兩件事已變成他每天的主要工作。老套，每次和醫師們下圍棋的時候，總是讓他們在勝敗之間徘徊，最後讓他們輸贏幾盤。讓他們每次都覺得有棋逢敵手的過癮感，連帶的讓他們多認識了圍棋的視野，同時也讓他們有圍棋技術精進些的收穫感。

「已經過了三個多月了，從愛克斯光片看來，你骨盆上的裂縫已經癒合，而且你也已經復健得差不多了，所以過幾天我可能開給你出院證明，你就可以回部隊了。」衛藤恆夫在診療室一面看愛克斯光片，一面跟羅廣奇解釋著。

「可是醫師，最近我走起路來怎麼還是覺得怪怪的。」

「怎麼樣怪？你在這邊走一走給我看看。」

羅廣奇站起來繞一繞，故意走得有點瘸瘸的樣子。

「是呀，走路的確有一點瘸瘸的，你躺在床上，我來檢查看看。」

衛藤恆夫在他的關節上、膝蓋上敲一敲，股肱上壓一壓，又看一看愛克斯光片，找不著什麼毛病。

羅廣奇看醫師一直找不到毛病，乾脆提示他說：「我照鏡子的時候，感覺右大腿好像比左大腿粗些，是不是跟這有關係？」

「你站起來我看看。」

羅廣奇假裝有一點瘸瘸的樣子站起來，將褲管拉高到大腿之上。

「嗯！左大腿的確比較微細些，這個可能是小兒麻痺病毒引起的。」衛藤恆夫感到莫名其妙，他不記得骨盆癒合，會不會跟這種狀況有關聯。但是他身為醫師，總不能讓病人感到他看不出什麼病症來，所以他說：「你可能輕微感染到小兒麻痺病毒，我馬上開藥給你服用，但是你暫時還不能出院，要等這個病醫好後才能回部隊。」

「那註定我還要跟你們繼續下棋了。」羅廣奇聽了心中真是喜出望外，但是表面上還是要裝出鎮定的樣子。

「大概是上天故意安排的吧！」羽賀愛垣諄常常聽衛藤恆夫談起他和羅廣奇下棋的事，所以她也附和著。

羅廣奇拿了小兒麻痺的藥，因為不曉得吃了藥會不會有什麼作用，所以在每次餐後偷偷的把該次要吃的分量丟掉。

接下來的繼續治療的這段時間，羅廣奇終究還能繼續和兩位醫師下棋。

「吃掉一子。」

「假如這是戰爭的話，代表死了一個人了。」羅廣奇指著黑子說著。

衛藤恆夫回答：「一場大戰下來一個子不只代表一個人，而是代表一群人。」

「唉呀！血淋淋的戰場，『打劫』！吃掉一群了。」

「不能這樣，這種比喻是心理戰，把吃掉棋子比喻死了人，我們做醫生是要救人的，這樣我們怎麼贏得下去呀？」

「這只是比喻而已，反觀我們，雖然我們不能救人，但是也是不想殺人。可是我將回到戰場上活生生的殺人，那才可怕，真正的血腥殺戮呀！」

羅廣奇繼續說：「戰場的狀況不只是殺戮，作戰時都被折磨成沒有人性的習性了，在占領區握有武器就可以對無辜的人任意的宰割、強暴，比猛獸還可怕。」

「是啊，我當初學醫的目的是要救人；沒有錯，當下在這裡救人，是互相殘殺後再來救，這是什麼邏輯？我的頭腦還是一直對這個道理轉不通。」

「所以我真的不喜歡戰爭，很想回台灣。」

「我偷偷告訴你，我也是跟你一樣想回日本。最近我申請調回日本，希望回國為日本的國人服務。聽說去年六月米國登陸塞班島後，常常空襲日本本土，造成很多人受傷，這時候日本本土正需要醫生。我聽到這消息也很著急，很想衝回日本救人，看這個狀況我的申請很可能會通過。但是這件事我們兩人互相知道就好，在發布消息之前你要先幫我保守這個祕密。」

「那真令人羨慕呀！放心，我不會講出去的。」

這一盤棋最後，羅廣奇故意輸給衛藤恆夫。

果然兩個星期後，衛藤恆夫跟羅廣奇下棋時又偷偷的說：「我回日本服務的申請已經通過了，一個月後我就要回國了，你還有什麼需要我幫忙的嗎？」

「需要幫忙？我最想要的當然就是回台灣。」

衛藤恆夫要回日本了，如果太客氣的話，恐怕以後遇不到像他這樣可以幫羅廣奇的人了，這個時候他趕快適時的表達自己的心願：「什麼樣的條件才可以免再服役？像我這個病症，申請能通過嗎？」

「我看看，輕微的小兒麻痺症，這個條件申請恐怕很難通過。」衛藤恆夫似乎在提示：「像你這樣，如果再加上肺結核這種會嚴重傳染的病症，待在軍隊中恐怕會傳染到整個軍隊，這種情形很快會被除役。」

羅廣奇問：「就是像第一棟病房後面，那種被隔離的肺結核病人？」

「正確的說就是那樣，我們的護士羽賀愛垣諄每星期都要進去那間肺結核隔離病房送藥，因為在那病房裡面有一些我負責醫治的病人，我每星期固定開藥給那裡面的一部分病人。」

聽到這裡，羅廣奇知道要怎麼做了，有一次趁著羽賀愛垣諄拿藥給他的時候問她：「聽說妳每個星期都要進入肺結核隔離病房一次嗎？」

「是啊，有什麼事嗎？」

「裡面有什麼病房？例如病房號碼等。」

「裡面有病房二一一號到二五〇號。」

「我們警備隊裡有一位病人在二二七號病房，有人託我拿一些私人用品給他。就是上次來找我的那些人，並交代一些隊上的事情，我能不能跟著妳進去？」

「但是要戴口罩和穿隔離衣，出來後還要消毒。」羽賀愛垣諄猶豫了一下。

「那當然。」

「明天我剛好要進去，你就跟我一起進去吧！」

當晚羅廣奇到醫院後面找了一個破一點角邊的碗，用紙包好裝進袋子。

第二天他跟著羽賀愛垣諄走到第一棟病房的樓梯下，順著箭頭指示牌「肺結核隔離病房，請走出門外」的方向走出門外。門的旁邊是隔離處理室，穿好隔離衣，戴好口罩後，還要走一段碎石子路，原來隔離病房並沒有連著醫院，是一棟獨立的建築。進了門口後要再經工作人員和護士確認身分，然後經過一道消毒的門，看守人員看到羅廣奇和羽賀愛垣諄一起走進來，所以沒有詢問。

羽賀愛垣諄服務的病人剛好在二二六號、二二七號和二三一號的病房，到了二一七號病房前時，羽賀愛垣諄跟羅廣奇打個手勢，然後轉身前去做她的工作。

其實羅廣奇根本不認識二一七號病房的人，他到二一七號病房的窗口對裡面的人說：「朋友，醫生說還要檢查你的痰看看，請你大大的吐兩口痰在這碗裡，我拿去檢驗室檢查。」

二一七號的病人聽說醫生要再檢查痰的事不疑有他，大大的吐了兩口痰到碗裡，羅廣奇小心的用厚紙把碗包好，裝到袋子裡。然後走過去跟羽賀愛垣諄打個手勢，意思是要先回去了。

到隔離處理室時換掉隔離衣並消毒，但口罩仍繼續戴著，防止等一下被碗裡的痰傳染。然後到藥劑室的垃圾桶找到了兩個空玻璃罐，拿到沒有人會經過的外面牆角，趁著那邊沒有人會去注意時，羅廣奇把碗裡的痰分裝在兩個玻璃罐裡，瓶口鎖好，再包兩層較厚的紙，放到袋子裡藏在床角邊。

完成後他再返回隔離室，消毒一遍後並把口罩丟入處理桶內。

隔天羅廣奇到診療室找衛藤恆夫說：「醫生，我感覺到肺部怪怪的，一直咳嗽，咳出的痰很濃稠。」

衛藤恆夫醫生是聰明人，大概知道羅廣奇是在說什麼事，應該沒有那麼巧，他才跟羅廣奇說明完不久，羅廣奇就真的發生這種病了。既然已算是好朋友了，那就好人幫到底吧！反正自己也要調回日本了，他說：「我開單子給你，你吐口痰到罐子裡，然後拿到檢驗室去檢查看看。」

「等等。」衛藤恆夫對羽賀愛垣諄說：「拿兩個口罩給他戴。」

羽賀愛垣諄因為不知道衛藤恆夫和羅廣奇之間的默契，她聽到羅廣奇要檢驗痰的事情嚇一跳，以為他到肺結核隔離病房被傳染到了，因為這是她偷偷帶他進去的，所以不敢講出來。

羅廣奇拿到檢驗單和罐子之後，戴上口罩，拿出一罐之前預藏的玻璃罐，把玻璃罐裡的痰想辦法倒到檢驗用的罐子裡，交給檢驗室收驗。

過了約五、六天後，衛藤恆夫請護士羽賀愛垣諄通知羅廣奇到診療室。

「你的檢驗報告已經下來了，從報告上看來，你確實被肺結核病菌感染到，所以你被核定須要複檢。從今天起你都得要戴著口罩，沒有口罩的話找護士索取。」

「罐子和口罩在這裡，你要再吐痰送到檢驗室再複檢一次。」羽賀愛垣諄也怕得戴起了口罩，她把罐子和口罩放在桌子上後，離得遠遠的怕被傳染到，說：「你自己過來拿。」

只是她覺得奇怪，衛藤恆夫醫師好像一點也不怕的樣子，也許因為他是醫師，自己應該知道怎麼樣防範吧！

羅廣奇又如法炮製，但因為玻璃罐裡面的痰已經稍微乾了，加了幾滴水後再倒出來，然後拿到檢驗室。

過了五、六天後，複檢檢驗通知的結果又送到衛藤恆夫醫師的診療室。羽賀愛垣諄看到羅廣奇進來時，她立刻戴起口罩，站起來離他離得遠遠的，她不敢張揚也不敢怪他什麼，怕穿幫了偷帶他去隔離病房的事。

「你的複檢檢驗報告下來了，確定感染了肺結核病菌，我在醫療處理單的建議上會寫著：該病患因同時感染小兒麻痺病症，不方便在隔離室生活，如果回軍隊或在一般病房恐會造成肺結核嚴重的擴散感染，建議送回國內。」衛藤恆夫一面寫著診療單，一面跟羅廣奇說：「你拿著單子立刻提出回台灣的申請，否則會被轉進隔離病房。」

羽賀愛垣諄再拿了幾個口罩給羅廣奇，並帶他到醫院的辦公室填寫申請表。羅廣奇雖然已經戴著口罩，並站在辦公室的角落，承辦的小姐還是嚇得大喊：「有肺結核啊！」用一張紙夾著申請表，不敢直接用手拿著。

「還好，有在吃藥控制中，不會傳染的。」羽賀愛垣諄自己也怕怕的，卻還要安慰她們。

「那，這當然要用特急件趕快送出去。」

羽賀愛垣諄帶著羅廣奇到收發室，用特急件將申請表送出審查，其實羅廣奇看在眼裡反而知道這樣申請的速度會更快。想不到在大家的心中，肺結核細菌比戰爭還可怕，他在辦公室到處走動，周圍的人都閃得遠遠的，好像他有攜帶武器一樣，難怪戰爭到現在連細菌也會變成武器。

「先生，拜託您不要隨意走動。」辦公室的小姐只敢遠遠的喊著。

羅廣奇當然知道他身上根本沒有肺結核病菌，但還是照他們的意思站著不亂動。

等一個週間日後，核准回台灣的文件還沒下來，羅廣奇不免心中著急。這時候，衛藤恆夫來找他，說：「過三天，我就要回日本了，我正在整理行李，這兩天晚餐後，再來陪我下最後兩盤棋吧！」

「好呀，恭喜你了，可是我回台灣的申請不曉得有沒有消息？」羅廣奇又羨慕又著急，衛藤恆夫如果回日本了，他申請的案件萬一有變化的話，江戶川介雄肯定不會幫忙的。

下棋過了癮之後，衛藤恆夫真的提了行李準備回日本了。那天早上，江戶川介雄、羽賀愛垣諄和醫院裡的一些同事們在門口歡送他，羅廣奇只能站得遠遠的鞠躬感謝。

自從衛藤恆夫回日本後，他的職務只得由江戶川介雄暫代。每當晚餐後，休息室裡也是只剩下江戶川介雄和羅廣奇兩個人在下圍棋。

一天晚餐後，羅廣奇在休息室等著江戶川介雄下棋，不久江戶川介雄氣沖沖的走到休息室對羅廣奇說：「你怎麼可以這樣！」羅廣奇一看氣氛不對趕忙站起來肅立，江戶川介雄忽然又往後退了一點，說：「不要過來！離我遠一點，你身上帶有肺結核病菌還在跟我下棋？怎麼都沒講！」

「報告：衛藤恆夫醫師沒有跟您說嗎？」

「他沒有跟我說，但是你自己要講呀！」衛藤恆夫可能是知道沒關係，所以沒有跟他說。

「但是他說吃藥後有控制，應該不會傳染的。」羅廣奇又不能向他講實情。

「誰知道會不會傳染，本來就應該隔離的。」江戶川介雄把一張公文丟在桌子上：「拿去！連同那包回台灣路程上要吃的藥，拿後趕快滾得遠遠的，都不要再過來下棋！」

羅廣奇把公文拿來一看，果然是核准他回台灣的公文，興奮得想要跳起來大叫；但是不行，還是得乖乖的裝成很無奈的樣子，腳一跛一跛的走回床位。把這張公文保管好，然後腳蓋在棉被下，繼續用布巾綁著左大腿。這一晚卻興奮得睡不著，終於可以回家見多桑和卡桑了，最重要的是還可以見到心中掛念著的何筑煙，可以跟她說：我終於平安回來了。

而且別忘記還要到江禾埕、陳貫郭、沈雲城、陳嶸嶔、聰明仔等人的家裡，跟他們的家人談一談在軍中生活平安的情形。可是王筌堃呢？怎麼辦？怎麼跟他的家人交代？羅廣奇想到這裡，又翻來覆去更睡不著了。

29 兩顆炸彈

清晨醒來，羅廣奇用完早餐後，立刻假裝一跛一跛的走到三亞港的碼頭，看著碼頭晃動著的海水以及停泊的大船，感覺到從船身的甲板上散發出家鄉的親切感。

在售票口他問了船埠工作人員：「什麼時候有船開往台灣？」

「往台灣的船五天後才有，但是不一定，因為現在常有米軍飛機的空襲，有時候會提早，有時候會晚一點出航，你可能要常常來這裡注意一下出航的時間。」

「好，我會常來這裡注意看看。」羅廣奇轉頭就要回去。

「等一等，你是要坐船嗎？」

「是的，我要坐船回台灣。」

「那你得要先訂船票，免得訂不到位置，到時候就登不了船呀！」

羅廣奇拿出錢來：「請問船票要多少錢？」

「要買船票要先看你的證件。」

他將「巡查補職位證」推到櫃口。

「你是巡查補，那你必須要申請准許才能搭船。」

羅廣奇又一跛一跛的回到病房，拿了申請通過的公文再回到船埠買票。

船埠工作人員說：「你這張公文很特別，為什麼要給你一間單獨的房間？你只是巡查補，又不是什麼大人物。」

「喔，這是上級的命令，因為我有任務。我攜帶了一些重要公文怕遺失或被偷，所以不能睡大通鋪。」船埠工作人員聽了眼睛睜得大大的，趕忙幫羅廣奇登記艙位。登船證上並未特別註明羅廣奇患了肺結核病，可能怕在船上引起爭議或排擠，何況有藥品控制著；船埠的工作人員絕不會想到他是因為肺結核病會傳染的關係，所以才必須給他單獨一個房間的。

出航的日期是五天後，當天同時有兩艘船艦一起出發。羅廣奇看船票上登記著「業榮丸，搭乘日期：昭和二十年（一九四五年）六月九日，三等艙單7號」。

「兩艘船艦一起出發，那另一艘是什麼？」

「另一船艦是『記川丸』號，你搭的是『業榮丸』號，不要上錯船了，登記日期的前後時間會出航，確定出航時機後很快就會執行，你要提前留意出航的時間。」

羅廣奇興奮的拿著船票，最要緊的是趕快收拾行囊，不要耽誤到行程。

「我必須要留意出航時間，一旦我沒再回到病床睡覺，很可能就是搭船回台灣了。」他跟羽賀愛垣諄交代後就逕自收拾行李。因為怕錯過了船期，他的行李盡量簡單化，以個人隨身方便攜帶即可，摸摸褲袋，除了船票外，另外那三枚金幣也還在。一旦知悉出發時間立刻攜帶隨身行李上船，這樣就省下了再回到醫院拿行李的這趟路了。

「祝你一帆風順，莎喲娜啦！」雖然認識久了，羽賀愛垣諄也祝福羅廣奇，但她還是不敢太靠近他。

羅廣奇只得天天帶著隨身行李，一早就從醫院走到船埠報到。白天，船埠裡充滿了人群，大家都在等待出航的時間。等了五天，一直等到船票上登記的日期也還沒出航。

等待坐船的人心裡都七上八下的掛心著，而他是抱著逃離戰場的心態，所以更是著急得一直在船埠守候。到了傍晚，船埠工作人員宣布：「明天凌晨出發，今天晚上八時前登船，逾時不候。」

趁著傍晚羅廣奇先到街上解決晚餐，順便準備一些乾糧，鋼瓶裝滿了水，雖然這些物資船上應該都有準備，他只是備用而已。

準備完後，看看時間還早了一點，他想早一點上船比較放心。走到船埠時經過第二艘船艦，抬頭看一看是「記川丸」號，這不是他要搭的船，再走到了「業榮丸」號的入口處驗了船票，又進了三等艙找到單7號的單獨房間，小小的一間，位在角落，不過這樣就夠放心了。

「你好，回台灣嗎？」隔壁單獨房是一位中年人。

「是啊！你也是嗎？」

「我是產業志願隊的人員，我們在海南島做農業改良，這次我回台灣拿一些稻米的樣本。」

「我是被派在海南島的巡查補，因為患了小兒麻痺，所以提前除役回台灣。」

「你也住單獨房間？」

「是啊，上級給我的特別照顧。」

「你們上級真好，我因為常常往來海南島，通鋪的人多而住不習慣，而且會感覺比較累，後來我寧願多花點錢選擇住單獨房。」

羅廣奇說：「我去甲板上面逛逛，等一下再過來。」走路故意一跛一跛的。

走到甲板上，傍晚的海風吹來非常舒爽，太陽下山後的晚霞微光灑在甲板上。船艙上的人影在逆光中變成黑色的剪影，和晚霞的天空對比，映照出一幅美麗的海報，就連船桅上最高點的旭日光芒旗，也只見得一片黑布隨著海風晃動著。

羅廣奇在欣賞這片美景，隨著視線的移動，眼睛的焦點定在艦上的一座防空砲上，位置在船艙的頂層，旁邊有幾個戍守的士兵正仰望著夜空。原來是要防止米軍戰機的襲擊，所以這種船艦上必須配有武力。

繞了一圈欣賞夜景之後，回到三等艙單7號房。應該上船的人大都準時登船了，所有的座位上都已經坐滿了黑壓壓的人群。為了節省電力，除了行走用的細微燈光外，全都一片漆黑。因此，船艙內顯得安安靜靜的，只有少數輕聲講話的聲音。所謂通鋪那邊其實都只有座椅而已，有些人把座椅斜躺，蓋上毯子呼呼睡起來，只聽得幾片斷斷續續的打鼾聲，此起彼落。

三等艙有座椅可以睡覺就已經不錯了，所以羅廣奇的單獨房間算是特別好的。在溫暖而窄小的房間裡，漸漸進入夢鄉。當他再度醒來時，是被船身的晃動所搖醒的，只聽得船身前進時撥開海水的波波水聲。應該是凌晨了，船艦藉著黑夜的掩護避開敵機的攻擊，他在晃動中漸漸習慣了沉睡。

六月間白天的海面，除了海風偶而吹來外，船艙開始悶熱了。茫茫的大海中「業榮丸」號以全速前進著，後面一段距離緊跟著「記川丸」號。從早到晚，整整一天，「業榮丸」和「記川丸」號就只做了「全速前進」這個主要的動作。三等艙內的人除了聊聊天，走動走動和上廁所、吃東西外，也不能做什麼其他的事情，開始前兩天都是過著同樣單調的日子。

只有在夜間比較涼快些，晴空萬里的夜空中，星星顯得特別清晰並互相閃爍著，夏季的銀河橫跨天際彎向浩瀚無垠的穹蒼。此時，羅廣奇靜心的望著夜空，咀嚼著想念何筑煙的滋味，直到心中充滿了甜甜的喜悅，沉睡時才能把晃動的船艙當做美夢的搖籃。

第三天早上，大家都已經習慣了平安的日子，緊張的神經終於鬆懈下來。羅廣奇和大家一樣的到處晃晃，晃到了上一層的二等艙外圍欄杆，遙望著霧濛濛的海面。他的背後上方正好架著砲台，看起來很像旗後砲台，只是砲管比較細長。正看著的時候，聽到遠方有嗡嗡的聲音漸漸接近。此時，「記川丸」號上的砲手，忽然發出陣陣「碰，碰！」的砲聲，一排砲彈往天際飛上去。

「有空襲了！」有人大叫著，船上發出陣陣的水螺聲，羅廣奇立刻連滾帶爬的躍下船艙掩蔽。

天空上有兩架米軍P-51戰鬥機飛過來，各朝「業榮丸」和「記川丸」號俯衝而下，戰鬥機前的機槍向船艦掃出一排子彈，掃到了船尾的甲板上，引起了甲板上幾個人驚叫並逃竄。甲板上被掃出一排彈孔，幾個逃竄不及的人被子彈掃到而受傷了，他們爬到船艙內等待救援。高層的甲板上，穿著水兵服的砲手對著P-51戰鬥機猛射砲彈，P-51戰鬥機一面閃砲彈，一面丟了一顆炸彈下來。「業榮丸」號似乎知道戰鬥機會來這一招，轉了一個彎，炸彈只在船身旁爆炸。戰鬥機看到這次未成功，盤旋回轉往空中再繞一圈。

另一架米軍P-51戰鬥機正在跟「記川丸」號纏鬥著，戰鬥機俯衝而下時，差點被砲彈擊中，但也趁機丟了一顆炸彈，擊中了「記川丸」號的船尾，使得「記川丸」號從船尾開始浸水，變得比較傾斜而遲鈍些。船艙內起了一陣慌亂，許多人都穿上救生衣，有幾個人準備放下救生艇，但站在上層的幾個穿水兵服的砲手，仍然手緊抓著防空砲對空猛擊。

當P-51戰鬥機迴旋一圈，再度衝至「記川丸」號的上空時，由於「記川丸」號的船尾艙底已經浸入太多水了，甲板平面不穩。砲手雖然拚命射擊，但船身不斷搖晃著，使得砲彈失了準，船身正中央再被一顆炸彈擊中，冒出一陣火光與黑煙。

在「業榮丸」號上空的P-51戰鬥機也是迴旋一圈，再度俯衝至「業榮丸」號的上空，正要投擲炸彈時差點被防空砲彈擊中，因此第二顆炸彈失了準，僅僅落入海中爆炸，餘威激起海浪而襲擊到甲板的一角，對於航行的安全並無大礙。但是羅廣奇的那間單7號房由於在最角落，被炸破了一個小角，還好當時他沒在房間內，房間還勉強可以使用。

因為一架米軍P-51戰鬥機只能攜帶兩顆炸彈，這兩架戰鬥機投完炸彈後，飛機的艙內已無攜帶的炸彈了，因此雙雙揚長而去。「業榮丸」號的船艙中已是一陣慌亂，穿好救生衣的人都準備跳船逃命，忽然看到米軍戰鬥機飛走了都鬆了一口氣。只有救生艇繼續放入海中，準備搭救「記川丸」號的逃生者。

「記川丸」號的船身已經傾斜，船艙的大火擴大的燃燒著，一縷黑煙飄上天際。穿救生衣的逃生者和已放入海中的救生艇都朝著「業榮丸」號游過來，海面上和船艙內到處充滿了呼救聲。

「業榮丸」號怕米軍飛機再度回來空襲，可能也怕「記川丸」號沉船的漩渦拉扯，所以不敢大意，只得「大難來時各自飛」繼續向前航行。

羅廣奇手抓著船艙邊的欄杆，著急的看著海面上一群群呼救的人，他們一面喊著：「救命！」一面拍打海水。羅廣奇從甲板上對著落在海裡的人，遠遠的喊著：「游到救生艇那邊，快！」聲音從海空中，像一陣風一樣的散掉了，連個回音都不曾傳回。

救生艇上的人全身濕漉漉的爬上從「業榮丸」號降下的繩梯。等「業榮丸」號放出的救生艇都回到船上之後，艦長下令全速前進，不再管那些漂流在海上數百位載浮載沉的人，「業榮丸」號與海上落難的人漸行漸遠。

此時，羅廣奇急忙衝到艦長室，在艦長室門口他聽到艦長正在念著救「業榮丸」這艘船艦的求救語詞給通訊兵聽，通訊兵跟著猛打訊號。但是這艘「業榮丸」根本不需要再求救了，反而「業榮丸」號應該去救那些海上落難的人吧！所以羅廣奇對艦長說：「報告艦長，海面上還有很多人等待救援。」

「我們必須趕快前進，以免米軍戰鬥機再回來轟炸我們。」

「報告艦長，米軍P-51戰鬥機只能攜帶兩顆炸彈，它們兩顆炸彈都投完了，飛回去母船以及再裝填炸彈須要一段長時間，所以應該不會再飛回來了。」

「你給我閉嘴！如果再囉嗦，我就把你丟到海裡去，你自己游過去救他們！」

羅廣奇看不對勁，趕緊退到甲板上的人潮裡。

海面上一大群穿著救生衣的逃生者聲嘶力竭的呼喊與搖手，他們的身影在大海的視線中漸漸縮小，最後消失不見；只剩下「記川丸」號遠遠冒著黑煙的黑影，一半懸往空中，一半沒入海裡。

最後米軍的戰鬥機真的沒有再回來攻擊，「業榮丸」號往台灣高雄港的方向全速前進中。

「業榮丸」號一直行進到隔天下午，才進入高雄港。艦長從船上的擴音器廣播：「『業榮丸』號即將安全抵達台灣的高雄港，敵機已經沒有來襲，請所有的人先讓受傷的人抬上碼頭後，再依序排隊下船，不要忘記你攜帶的行李。」

這時候，位在海南島的第十六警備隊第七小隊長泉川次郎還在調查田代彥三背部被子彈射擊的事情。他久等多日，松島田口還沒有出院回來，泉川次郎更覺得松島田口有問題，打電話到三亞海軍醫院詢問，護士說他已經出院了。

「出院為什麼沒有回部隊？你給我轉到他的治療醫師。」泉川次郎認為羅廣奇一定知道出事，所以逃走了。

羽賀愛垣諄對著電話回答：「主治醫師衛藤恆夫已經請調回日本本土為國人服務，至於松島田口已經核准除役，他應該是正搭在回台灣路程的船艦中。」

「一定有問題！」泉川次郎怒拍桌子，立刻撥電話到碼頭管制所：「我查問松島田口是搭哪艘船回台灣的？」

碼頭管制所的人查完後跟他說：「他搭的是『業榮丸』號，目前在行駛途中。」

泉川次郎立刻跑到第十六警備隊的隊部，請通訊兵發電報給「業榮丸」號的艦長：貴艦上有一位叫松島田口的人，是我們警備隊的士兵。他涉及一些問題，必須回第十六警備隊第七小隊接受調查，請艦長予以留置，船艦回海南島時順便載他回來接受調查。

業榮丸號的艦長剛廣播完抵達的訊息後才接到這一封電報，但船已靠岸。

數台救護車和一些救護人員早已在碼頭等待著，碼頭外有幾個軍人持槍戒備中。「業榮丸」號一靠到碼頭，救護人員立刻登船抬下受傷的人，幾輛救護車接收了傷者急駛而去。

船艙內的人都急著下船，大家排隊提著行李準備過關，羅廣奇戴著口罩，一跛一跛的排在人群裡。

「松島田口，松島田口請留下來在門口等待，有事要處理請不要出去。」艦長只好又廣播了幾次。

羅廣奇還得裝出一副小兒痲痺的樣子，排到關口時，關口人員看他戴著口罩走路一跛一跛的，又看了公文後抬頭問他：「為何退役回來？」

羅廣奇說：「我的腳患了小兒麻痺又得了肺結核，所以准我退役。」關口人員聽到肺結核怕極了，嚇得揮手叫他趕快出去，且由於人聲吵雜，所以沒有聽到廣播的聲音。

羅廣奇原以為已經安全的出關了，忽然在吵雜的聲音中聽到廣播他的名字，直覺上覺得怪怪的，怎麼會是單單找他一個人呢？會不會艦長叫他要算他要求停船救人的帳，或者是要將他送到肺結核隔離療養院？不管如何他留下來都不好。

所以羅廣奇假裝沒聽見，一跛一跛的走到離開海關遠遠的地方。在一個暗暗的牆角裡，卸下裹在左大腿裡的布巾丟棄，然後飛快的跑到高雄火車站。

在高雄火車站裡，他朝時間看板上看看有沒有開往新竹市的班車，再看看牆上的時鐘，剛好有一班平快車會經過新竹州。發車的時間快到了，車站裡的人並不多，他到售票口買了往新竹的車票。

車票剛買完時，羅廣奇轉頭看到遠遠的地方有幾個人正在走過來，仔細一看是艦長帶了幾個人。他趕緊利用牆壁的掩護，一面閃一面走到車站外面，再閃到外面商店的牆壁後面。他偷偷看到艦長等幾個人在火車站裡繞了一圈，並聽到他們喊了幾聲：「松島田口！」

他們停了一陣子後，又轉往客運車站的方向去了，這時剛好火車已經進站，羅廣奇衝到剪票口給站務員打孔後及時趕上火車。

30 見鬼了

在火車上待過幾個小時後終於到達新竹車站了，看看新竹州的夜色，羅廣奇猜想到達時刻應該是午夜時分。火車站旁邊的客運車站早已經超過發車時間，所以客運已經沒有班次了，還好南寮距離市區不是很遠，於是他背著行囊踽踽獨行於回家的路上。

除了幾聲狗吠外，榛榔村沉浸在靜靜的夜色裡。羅廣奇加緊腳步行進，穿過了熟悉的舊市集，越接近家園，越有近鄉情怯的感覺，腳步變得慢起來了。這條漫長的思念之路終於到達了三合院的門口，放眼望進去看到門還開著，這半夜裡屋內還有些微的燈光。但是從屋子裡傳出了「嘓，嘓，嘓，嘓……」的敲木魚和念經的聲音，他心裡一驚，覺得奇怪，半夜到底發生了什麼事情？慢慢靠近門邊，貼著門邊往裡面看一陣子。

「鬼啊！」鄰居的堂叔也在屋子裡面幫忙，在昏暗的夜色中，他忽然看到羅廣奇站在門口，嚇得大聲尖叫，手上拿著的冥紙灑了滿地，身體哆嗦的爬到牆角。

其他的人聽到有鬼，都嚇一跳趕緊閃到牆壁邊；穿著道袍的道士被這騷動擾亂得只好停止念經，轉頭看到有鬼的場面，敲木魚的槌棒掉到地上而愣在那邊。

「廣奇！兒子！」卡桑看到羅廣奇站在門口，衝過來抱住他，眼淚奪眶而出；即使兒子變成了鬼，也只有偉大的母親願意過去擁抱。

多桑比較鎮定，他走過去確認真的是兒子，而且是活著的，高興的轉頭對大家說：「他不是鬼，我兒子沒有死！」

大家聽到多桑講的話才鬆了一口氣，堂叔餘悸猶存，四肢被嚇得癱軟，他手撐著椅子和牆角勉強站起來，身體還微微在抖動著。

卡桑鬆開手後還繼續啜泣著，這次應該是喜極而泣。羅廣奇走近神桌，看到神桌上放著一張紙做的牌位，上面寫著「顯考羅廣奇蓮位」。牌位前面的香爐上點燃著幾支香，桌上擺著翻開的經書是《地藏菩薩本願經》，經書的旁邊就放著剛才還在敲的木魚。

「奇怪，你們在做什麼？為什麼牌位上寫我的名字？家裡怎麼弄得暗暗的？」他皺著眉頭。

「因為你死了，我們請師公在家裡幫你做對年呀！」堂叔指著正廳的神龕說：「你看，現在日本政府規定改奉大麻[25]，家中神主牌位和神像都要燒掉，大家都把神主牌位和神像藏起來，我們只能在晚上暗地裡做法事，才不會被查到。」

「那你們怎麼認為我死了？」

「政府通知的呀！很多台灣的子弟到南洋或海外都傳回來戰死的消息。戰況激烈，音訊全無，只有日本政府特別到家裡通知這樣的訊息。」堂叔說：「那你倒說說看，你為什麼沒死卻被日本政府說是死了，你如何活著回來？」

這時候道士把紙牌位、香爐和剩餘的冥紙，放進金爐中燒掉，向天祈福，並說明該名死者並未死亡，感謝上天的保佑，誦了一段經文後先行離去。

羅廣奇簡單的述說了在海南島做巡查補的經過：「其實巡查補只是個名稱而已，戰爭一亂起來，也都跟徵兵一樣的下去戰場作戰了，只是戰況沒有那麼激烈，並有薪資可領。」還簡單的說了他如何可以先行退役的原因，以及被敵人俘虜等等，加上回程時船艦遭受米軍戰鬥機的攻擊之事。

「米軍的B-29轟炸機也一直都在轟炸台灣，我們一聽到警報響起或飛機的聲音，都要躲到防空壕裡。」堂叔說：「所以台灣與海外的物資很難通行，除非戰爭需要，否則一般通信都已經斷訊很久了，才會誤會了你死亡的消息。」

「應該不是通訊斷訊的關係而已，我想起來了，真正的原因應該是我被中國游擊隊俘虜了。一般被俘虜的人應該是必死無疑，沒想到我還能活著回來，所以我們小隊長田代彥三就直接往上呈報我的死亡訊息。」羅廣奇又說：「但是我活著回部隊時，我們小隊長田代彥三剛好已經戰死，接替的小隊長以及其他的人並不知道他已呈報我已死亡這回事，所以沒有人撤回這個訊息。」

「那這麼說來，是多桑教你下圍棋救了你的命！」

25 一九四四年日本總督府要求台灣人民把家中神主牌位、神像燒掉，改奉祀「神宮大麻」。

「下圍棋是助我回台灣，真正救命的應該是仁慈的放過了中國護士這件事。」

多桑說：「已經很晚了，大家回去休息，以後有空再繼續聊吧！」

羅廣奇說：「詳細的細節三天三夜也說不完，以後有空我再慢慢說給你們聽。」

卡桑走進房間時還是繼續啜泣著，羅廣奇知道多桑和卡桑這一年來，已被他死亡的陰影折磨得都沒有好好的睡過覺了。

他躺在床上翻來覆去，想到這一年來大家以為他死了，尤其是卡桑和多桑這一年一定很難熬，不知有多麼傷心難過；那何筑煙呢？她一定知道了這個消息，她怎麼能夠承受？如何度過？明天一定要給她一個驚喜。

隔天早上羅廣奇看看鏡子，自己逃亡似的一路逃回家裡，頭髮散亂，滿臉鬍渣，等一下怎麼去見何筑煙。他問卡桑：「怎麼找不到剪刀，我要剪一點鬍子。」

「快來吃早餐囉，剪刀都藏起來了，金屬的東西政府規定要繳出來支援前線。」

卡桑小心翼翼的拿出剪刀：「用完要再藏起來。」

羅廣奇剪好鬍子，修好儀容，坐到餐桌上。卡桑已經準備好早餐，早餐只有番薯籤和番薯葉湯，比起海南島的軍中伙食差多了。當然這是因為物資都要支援前線作戰的關係，人民都得要省吃儉用，只能使用政府配給的糧票分配物資。

早餐吃一半的時候，羅廣奇在餐桌上看出窗外，看到遠遠的地方有人好像在問路。咦？那不是艦長嗎？他碗筷一丟跳了起來，從後門跑出去。卡桑看到此情形驚呆在那裡，羅廣奇丟了一句：「說我沒有回來，不知道。」隨即躲到屋子後面樹下的芒草花叢裡。

羅廣奇的視線從芒草葉的隙縫中穿過後院的窗戶，看到房子裡面。幾個士兵站在門外，艦長走進了房子內，多桑從外面看到有人進了家裡也跟著走進來。

「請問松島田口有沒有回來？」

「松島田口是誰？」多桑問著。

艦長看了看一張紙說：「就是羅廣奇。」

卡桑馬上反應過來：「沒有，他沒有回來。」

多桑不知道羅廣奇剛才有交代，他卻接著說：「羅廣奇呀！他昨天有回來了。」

卡桑急著說：「沒有，他沒有回來，他不是已經死了嗎？總督府已經通知我們了。」

「ばか（笨蛋）！一定有回來，坐我的船艦回來的，妳還給我裝蒜！」艦長重拍一下桌子。

多桑沉著的看著艦長，卡桑急得臉色都變了。

羅廣奇看到卡桑被艦長拍桌大罵已經忍不住了，立刻撥開綠色的芒草葉，從後門走進房間。

「請問艦長，有什麼事嗎？」

「原來松島田口就是你？見鬼了呀！你家人不是說你死了嗎？」艦長看到羅廣奇進來，想起了在艦上時去找過他的人就是羅廣奇，說：「你必須跟我回海南島接受調查。」

「我不想再回海南島了，你只要回報說：船已靠港口找不到人，不就好了嗎？你幹麼還那麼認真的跑到我家來？」

「那麼我現在找到你了，你現在還是得要跟我回去接受『田代彥三作戰時死亡原因』的調查吧！」

「田代彥三作戰時死亡的事本來就跟我無關，大家都知道他是被敵人槍擊的，那只是小隊長泉川次郎有偏見故意要整我的。全隊的人都知道我在巡邏時被敵人擊散在山林裡，並沒有參與那次的作戰。」

「但是你還是得跟我回去接受調查。」

「如果你一定要我跟你回去，我就把你的事情抖出來！」

「我有什麼事情好抖的？」

「『記川丸』號被米軍的戰機擊沉的時候，還有數百人漂流在海上待援，你卻只顧自己逃命，當時我還勸你救他們，我也提醒你P-51戰鬥機只能載兩顆炸彈，你卻不顧我的建議執意下令全速前進，丟下數百位自己的同胞不救。」

「我是艦長，我有權力指揮我的船艦，你只是一個小兵，你管我的事？」

羅廣奇繼續說：「沒有錯，但是，我是正當通過申請核准後回來的，頂多回去證明我是清白的而已；那你呢？如果你硬要我回去，我就把這件事情抖出來，報告總督府。」

艦長聽了默默無語。

羅廣奇又說：「我是清白的，那你呢？你禁得起調查嗎？你明明知道米軍P-51戰鬥機攜帶的炸彈已經用完了，不可能再飛回來轟炸，卻仍然遺棄很多同胞而不救，一個艦長竟然沒有勇氣救自己的同胞，自私的只顧自己逃回來。這一點，很多一起搭船回來的人都可以作證！」羅廣奇再大聲的強調：「這樣的事實可能不只是你艦長位置不保而已，你也可能被判刑入獄！請你考慮清楚。」

艦長聽了環顧一下四周，思考了一陣子後很尷尬的說：「誤會一場，誤會一場，我只是來拜訪松島田口退役後的生活情況而已，抱歉！打擾了。」連忙走出屋外，帶著士兵回去了。

事情結束後羅廣奇對多桑、卡桑說：「我要出去找朋友了，要一段時間才回家，你們不必等我吃晚飯。」說完後高高興興的往隔壁的鳧湖村走過去。

他走在田間小路上，一眼望去盡是一片綠油油的稻葉和結實累累的金黃稻穗圍繞了整個大地，想必即將進入收割期，他在格子似的田埂上用輕快節奏的步伐走著。

鳧湖村裡的人都忙著工作，羅廣奇走到了何筑煙的家，在門口外面等了一陣子，不敢直接去敲門。不久門終於開了一點點，有個人準備出來，是何筑煙的妹妹，羅廣奇立刻趨前去。

「啊！你……你，你是……。」何筑煙的妹妹看到羅廣奇大驚失色，立刻又把門關起來跑回屋子裡，一面跑一面叫：「卡桑，卡桑！妳快來一下！」

羅廣奇只得站在那裡，欲言又止，聽得屋子裡一陣慌亂的腳步聲，何筑煙的卡桑和她妹妹立刻又跑出來。

何筑煙的卡桑將門開了一點點，露出一小片細縫，用細縫中的臉對羅廣奇說：「啊！回去，回去！都不要再過來了。」

「伯母，是我，我是活著的，我沒有死，我是人不是……鬼……」羅廣奇說了一半，卻聽到「砰！」一聲，門關起來，還聽到閂門的聲音。羅廣奇趕緊跑去敲門：「伯母，伯母，我是活著的人，我是來見何筑煙的，何筑煙在家嗎？」敲了一陣子，都沒有動靜。興沖沖的氣氛忽然間變成這麼詭譎，天氣本來十分清爽的，現在也變得有點燠熱，他不知所措的站在門外的樹蔭下等待著。

站到他額頭冒了一點汗水了，門內卻一點動靜也沒有。這時候，在遠方處有兩位穿著亮麗服裝的年輕女人走過來。

「啊，你，你……」靠近的時候，一位女人手指著羅廣奇。

「那不是羅廣奇嗎？」另一位女人較鎮定。

「我是羅廣奇沒有錯，那妳們是誰？」

「怎麼會這樣？我是吳秀娉，她是簡縵晨呀！」

「你們怎麼穿著這麼時髦，好像成熟大人的模樣，我只有妳們中學生時代的印象，差一點認不出妳們了。」

「那你怎麼會在這裡，你不是……」

「我不是已經死了嗎？我沒有死，我是活著的。」

吳秀娉和簡縵晨互相看了一下，並沒有很高興的表情，而是互相有一點默契的會意，好像有一點要說什麼，但兩個人忽然間又不說話了。

這時候，羅廣奇把握機會說：「妳們來得正好，剛才我要進去何筑煙家，她的卡桑不准我進去，並且把門關起來。妳們能不能進去跟她們說，我是人不是鬼，讓我進去見何筑煙。」

「你先簡單的告訴我們，這是怎麼一回事？你不是……」

「我被敵人俘虜了，我們小隊長以為我被俘虜應該就是死了，於是通報出去，沒想到我卻回到部隊。但是當我回到隊上時，小隊長已經戰死了，當時大家都不知道他已經通報我死亡的訊息，所以沒有人會去撤銷通報。海南島和台灣之間又因戰爭吃緊而斷了聯繫。後來我因為經過生病等種種的因素，醫生批准我除役，昨天晚上才回到家裡。詳細經過日後我再告訴妳們，重要的是確定我真的沒有死亡。」

吳秀娉和簡縵晨又是互視了一下，吳秀娉先開口說：「等一下簡縵晨帶你到附近那邊的樹下散心，而我進去通報一聲，有消息再出來告訴你們。」

簡縵晨帶著羅廣奇到村外的一棵樹下，樹下有石頭可以坐下。羅廣奇想起來了，這棵樹就是他去海南島的前一晚和何筑煙苦澀吻別的地方。此刻，等待著和何筑煙見面的時間，他在樹下跟簡縵晨述說著去海南島當巡查補的經過。

吳秀娉在何筑煙的家門敲了幾次都沒有人回應，後來何筑煙的卡桑從屋子裡問：

「誰啊？」

吳秀娉說：「伯母，我是吳秀娉呀！」

門開了一個細縫，何筑煙的卡桑從門縫裡看到只有吳秀娉一個人才把門打開。

吳秀娉說：「伯母，我去一下何筑煙的房間。」

「好，好，妳進去。」何筑煙的卡桑正慌張著，對吳秀娉欲言又止，看吳秀娉走了幾步，卡桑又說：「但是不要……」又停止了說話。

吳秀娉會意的點點頭後，進了何筑煙的房間。

31 白木箱

何筑煙坐在房間的化妝台前，放在膝蓋上的手捧著一個珠寶盒，裡面裝的是她的卡桑送給她的嫁妝珠寶。盒子是長方形的，大小和形狀看起來很像「玉碎」時送回的「白木箱」，差別在於珠寶盒的箱子是淺粉紅色的而已。

◇◇◇

第一次見到「白木箱」的時候，已經是一年前的事了。當時各地常常傳出徵兵戰死的消息，村子裡流轉的傳言就是「派出無活口」，尤其是派往南洋作戰的人傳回更多戰死的消息，傳言使得每個被派去征戰的家屬時時都提心吊膽。

從村子外傳出了一陣吵雜聲，一輛軍車停在鳧湖村的入口處。車上下來了一個擺著一副嚴肅臉的日本軍官，另外下來兩位士兵，一位雙手捧著一個白色的小木箱，木箱的側面寫著「玉碎」兩個字，另一位士兵帶著一枝小喇叭。

軍官和士兵們一前一後排成一列齊步向前走，軍官走在最前面，喇叭手走在最後面。一群好奇的小孩子在後面跟隨的追逐著，在田間工作或村子裡聊天的大人們都暫時停下來，眼睛注視著他們前進的方向。

何筑煙趕緊跑到外面，提心吊膽的看他們是朝哪一家的方向走去，她遠遠的看著、跟著，軍人們行進的方向使得她雙腿都快要發軟了。

軍官和士兵走到何筑煙家附近一間房子的門口，「天啊！那是王筌堃的家。」何筑煙從心中脫口而出，眼淚無意間淌了出來，她全身癱軟的趴在一棵樹幹上。

從這間屋子裡傳出了一陣悽慘的哭聲，是一位傷痛的母親叫著兒子的名字；在哀嚎的哭叫聲中，軍官拿出了一張褒揚狀，一面嚴肅的念著：「英勇的日本戰士佐木拓全，原名王筌堃為日本皇國犧牲，今日頒贈褒揚狀一只，並送『玉碎』盒到家裡暫奉，日後『玉碎』盒將送至日本本州東京九段阪靖國神社奉祀。」宣讀完畢，前一位士兵用最大禮數的行進方式，捧著上面寫「佐木拓全」，側面寫著「玉碎」的白木盒走進了王筌堃的家裡。手拿著喇叭的士兵吹起了〈榮譽的軍伕〉這首歌，歌聲在屋子周圍極盡哀戚的繚繞，掀起了人們藏在內心裡的那一片痛楚。

何筑煙趴在樹幹上哀淒的哭泣著，不久「韃，韃……」士兵回去軍車上的腳步聲經過她的身邊，她抬起含著淚水的臉龐看到軍人上車之後，司機發動引擎，往隔壁棟榔村的路上駛去。

再怎麼樣傷心，也是硬要撐起身子，她要看看到底棟榔村還有誰要接受這種無情的褒揚？

於是她抬起腳步，無奈車子揚起了一陣飛塵跑遠了，她還是一步一步的跟過去。這時候吳秀娉和簡縵晨她們兩人相約去了市區，剛好在回到村子的路上。

「嗨！何筑煙。」吳秀娉遠遠的看到她。

「妳怎麼了？妳怎麼在流眼淚？」簡縵晨走近時看到情形不大對。

何筑煙哽咽的說：「王……王筌堃死了。」

「真的嗎！」吳秀娉和簡縵晨同時驚訝的說。

「剛才軍人來他家送白木箱了。」何筑煙指著遠處的軍車。

她們聽了後三個人抱頭痛哭，吳秀娉哭著說：「那妳現在是要去哪裡？」

「軍車開往那邊的村子。」

吳秀娉和簡縵晨同時轉頭往何筑煙指的方向看過去，軍車已經開到快要進楝榔村了。她們三人又傷心又慌張，不時跌跌撞撞的往隔鄰的楝榔村走過去。

當她們到達楝榔村時，軍車上的軍官和士兵已經下車去了。她們三人暫時收起悲傷的心，跟著一群小孩子奔跑的方向走過去。遠遠的就聽到一位母親淒厲的哭聲，是從村子裡的一戶人家傳出來的，雖然不認識是誰家的子弟，但這仍是令人同情的一戶人家，不過她們三人還是同時鬆了一口氣。

當悠揚而感傷的〈榮譽的軍伕〉這首曲子結束之後，軍官和士兵又開始走回軍車上。鬆了一口氣的她們，步履蹣跚的走回家。路過軍車的停車處後不久，吳秀娉覺得軍車怎麼沒有開過來，她轉頭看了一下軍車，看到軍官和士兵又下了車，她覺得怪怪的，用手肘推一推何筑煙說：「噎！妳看，他們怎麼又下車了？」

何筑煙和簡縵晨趕忙轉過頭，看到軍官一樣又拿著一張褒揚狀，第一個士兵又從車上拿下了一盒白木箱用雙手捧著，手拿著小喇叭的士兵在後面跟著，他們接著又往村子內走進去。一群小孩子也跟了過去，大人們都停下手邊的工作，眼睛注視著他們的動向。

「不會吧，怎麼又有一個？」吳秀娉說著，緊張的跟在這群小孩子的後面走，何筑煙和簡縵晨緊跟在吳秀娉後面。

軍人越往村子後面走，越令人起雞皮疙瘩。當軍人到達羅廣奇的家門口時，所有的人聲都靜下來了。何筑煙驚駭得張大嘴巴而沒有哭聲，在羅廣奇的家裡傳出了他卡桑淒慘哭聲的同時，何筑煙的兩行淚才不斷的從臉龐上竄下來。

當那位軍官念著褒揚狀：「英勇的日本戰士松島田口，原名羅廣奇為日本皇國犧牲……」

當悠揚而感傷的喇叭聲〈榮譽的軍伕〉再度傳開時，何筑煙終於撐不住而癱軟的倒下來，吳秀娉和簡縵晨扶她到屋簷下休息。

「醒醒啊！妳要振作一點呀，振作一點。」簡縵晨讓她的頭躺在自己的雙腿上，也不知道要說什麼，只有輕拍她的臉頰和肩膀。

「怎麼辦？怎麼辦？怎麼會這樣？」何筑煙一面流著眼淚，一面氣若游絲的說：「他說一定會回來的，他說一定會活著回來的，怎麼可以這樣？」

吳秀娉和簡縵晨只能陪著哭，當軍車駛離時，當人群散去時，吳秀娉和簡縵晨一面流著眼淚的扶著何筑煙，一面撐著蹣跚的步履，慢慢的走回她們住的梟湖村。

進了何筑煙的家門，她卡桑說：「怎麼了？妳們三個人氣色怎麼這麼差？」

何筑煙撐到她的房間，趴在床上哭泣起來，她卡桑跑到門邊關心，簡縵晨輕拍她卡桑的手肘，說：「給她自己發洩一下。」

她卡桑問：「到底發生了什麼事？」

吳秀娉說：「因為同學徵調到海外，傳回來戰死的消息。」

「我聽說了是住在附近那一戶姓王的人家，到海南島當巡查補的那位同學呀！」

「不只是那一位。」吳秀娉哭著說：「另有一位是住在隔壁村的羅廣奇。」

「啊！就是要出去海外的前一晚，來我們家找筑煙道別的那位同學嗎？」

「是呀，他們兩人感情很好，我們不知道要怎麼安慰她。伯母，請您這幾天要多注意她一下，她很傷心。」

說完，吳秀娉和簡縵晨也啜泣著回去了。

隔天，她們兩人還是不放心何筑煙，所以又連袂來到何筑煙家拜訪。

「妳們終於來了。」何筑煙的卡桑非常焦急的說：「筑煙從昨天到現在都不吃不喝，怎麼辦？」

她們兩人進去何筑煙的房間，把躺著的何筑煙扶起來坐好。

吳秀娉說：「人死不能復生，妳這樣不吃不喝也無法改變事實，只會傷害到自己的身體。」

簡縵晨接著說：「羅廣奇如果天上有知的話，他也希望妳要照顧好自己，妳這樣傷害自己反而讓他不放心。」

兩人好說歹說的，勉強給她餵食了一點稀飯和水，又陪她坐了半天，她還是不講話，不回應，只坐在床上發呆。她們兩人商量，這樣也不是辦法，不如多找幾位同學來陪陪她，看看她心情會不會好起來，於是她們向何筑煙的卡桑告辭了。

下午，她們到許姹貞家拜會，許姹貞聽到這消息也非常訝異與難過，答應她們要到何筑煙家輪流陪她，並且有空時也要到王筌堃家拜訪他卡桑。她們又想到了一個人，那就是李滄舜，不曉得他知不知道這些事情。於是她們和許姹貞三個人一起走到李滄舜的家裡。

李滄舜的多桑說：「他不在家裡，昨天早上他和卡桑去醫院了。」

「他為什麼去醫院？」

「他發燒了，醫生說他上次被炸傷的腳沒有完全治好，平時也沒有特別注意，最近他又跌倒，所以腳傷的地方感染了細菌。」

「他去多久了？什麼時候回來？」

「醫生說這次病況比較嚴重，需要住院治療。」

她們三人聽了以後又坐客運車趕往新竹醫院，醫院裡擠滿了人，是因為近期米軍頻繁的轟炸台灣，大多數的人都是因為空襲而受傷的。

她們問了護理站有關李滄舜的病房，進去病房找到李滄舜的床位時，發現床上空無一人，但是旁邊還有放置攜帶來的日用品。

簡縵晨說：「東西還在，應該是去治療了吧，我們在這邊等一下。」

她們在床位旁邊等了很久，吳秀娉說：「奇怪，怎麼等了那麼久？」

許姹貞也說：「床位應該沒有錯呀，牌子上有寫李滄舜的名字。」

正在說話的時候，李滄舜的卡桑忽然匆匆忙忙的進來，打開笳結仔[26]拿了裡面的一串小念珠就急著往外衝出去，根本無暇顧及旁邊是否有人。

「是發生什麼事嗎？我們快跟去。」許姹貞說著快步跟出去，吳秀娉和簡縵晨也跟在後面。

到了緊急診療室外面，很多位醫生與護士緊急的進出診療室，可看得出裡面正發生了緊急搶救的事情。李滄舜的卡桑走到了緊急診療室的外面，她在椅子上坐下，並拿出一串手環念珠，低著頭默默的念經，念了一遍便撥動一顆念珠，周而復始。

吳秀娉等三人到了緊急診療室看到此一情形，知道應該是情況危急，也不敢打擾李滄舜的卡桑，只有坐在椅子上陪她。

不久，一位護士打開診療室的門，到外面喊著：「找李滄舜的家屬。」他卡桑才從坐位上緊張的站起來，但手還在發抖著。一位醫師出來跟她說：「李滄舜的緊急情況我

26 早期用藺草編的袋子，作用猶如現代的購物袋、環保袋。

們剛才已經控制好，目前安全了。他感染的病菌要經過三天的培養才能確定是感染什麼病菌，但是病菌感染治療好後，我們仍需要開刀將腳傷醫好。」

「謝謝你啊！醫師，拜託您一定要全力搶救李滄舜。」李滄舜的卡桑用顫抖的聲音說話。

「我們開刀的時間大約是排在二週間後，需要有AB血型的血液。因為現在常常有米軍飛機轟炸，使得血庫儲存的血量不夠，希望妳幫忙找一些AB血型的人來捐血給他。」

許姹貞立刻趨前說：「伯母，我的血型是AB型的，我可以捐血給他。」

「啊！妳們怎麼也在這裡？」一直在緊張中，李滄舜的卡桑這才發現她們也來到這裡。

吳秀娉說：「我們剛才去您家裡，伯父說您和李滄舜來醫院了，所以我們就趕過來了。」

簡縵晨說：「您有什麼需要我們幫忙的，我們都在這裡。」

「就是剛才醫生所說的，二週間後幫忙找AB血型的同學來捐血。」

「對，我們要找幾個同學來捐血，同學有誰的血型是AB型的？」簡縵晨問著。

「何筑煙的血型不就是AB型的嗎？」吳秀娉說：「我們還要去她家，明天早上再去，不曉得她怎樣了呢？」

「怎麼辦呢？」一時之間發生了很多事，簡縵晨說：「這樣好了，明天先由吳秀娉留在醫院幫忙，我和許姹貞去看看何筑煙，想辦法讓她出來捐血，分散她的注意力。」

吳秀娉說：「對啦，轉移她的心情，讓她來醫院幫忙看顧李滄舜，希望她願意出來。」

她們正說著的時候，緊急診療室的門已打開了，護士們將李滄舜的病床推出來，吳秀娉她們幫忙推到病房。當時候李滄舜還未醒來，護士說：「他過一個小時才會醒來，兩個小時後可以喝一點水，三個小時後就可以吃一點流質食物了。」

李滄舜的卡桑忙著回去準備食物，順便換由多桑晚上來接替陪李滄舜，這段空檔時間就由吳秀娉等三人來看顧。

一個小時後李滄舜醒了，他說：「咦！妳們怎麼會在這裡？我是在做夢嗎？」他又問許姹貞：「我們是在學校嗎？妳們怎麼都在這裡？」

吳秀娉說：「這裡是醫院你忘記了嗎？你剛醒來，麻醉還沒退所以頭腦還有點迷糊吧！好好休息一下，等一下才會清醒一點。」

「喔！我想起來了，我是來醫院檢查的，那妳們怎麼會知道我在醫院，而且又不是什麼大病，怎麼這麼多人一起來看我？」

「怎麼不是大事，前天發生……」吳秀娉一面說，一面看到對面的簡縵晨手指比著嘴巴，趕快改口說：「喔！是遇到你多桑，他說你來醫院了，所以我去邀她們過來看你。」

簡緩晨接著說：「醫生說二個七曜[27]日後你的腳還要開刀，需要ＡＢ型的血。許姹貞說她可以捐血，但是還不夠，我們也會請何筑煙來看你，她的血型也是ＡＢ型的，到時候你一定要求她捐血給你。」

「為什麼？」李滄舜雖然如此問，表面上是她們要求他向何筑煙求助的，事實上正合他意，私下他的心裡覺得甜甜的。

許姹貞說：「拜託你啦，一定要這麼做，拜託！」

「很奇怪呢！好啦，這可是你們要求我這樣做的喔。」

她們一直等到李滄舜的多桑攜帶了番薯泥湯過來，並幫忙李滄舜進食後才回去，晚上由他多桑看顧。

27 二個星期時間。

32 夢中痴魂

為了藉故請何筑煙捐AB型的血，隔天一早，簡縵晨和許姹貞一起來到何筑煙的家裡看她。

何筑煙的卡桑一直都在門口焦急的看著外面，等到她們來了，趕緊開門讓她們進來，說：「還好妳們今天有來，昨天妳們回去後，她還是一樣整天都沒有進食。連晚上我起來看她，她都還在那邊發呆沒有睡覺，怎麼辦？」

兩人進入何筑煙的房間，看到何筑煙還是呆坐在那邊，沒有理會她們。

簡縵晨說：「妳看誰來看妳了？」

「我是許姹貞呀！妳看看我。」

何筑煙還是精神恍惚，用呆滯的眼神看著遠方，聽不到她們說話的聲音。

簡縵晨說：「妳這樣是不行的，至少也要喝一點水，吃一點東西。」

她們後來硬是餵她食物和水，弄了半天，只灌到一點點水。

許姹貞問簡縵晨：「該怎麼辦呢？」

簡縵晨站起來在房間踱來踱去，想一想說：「好吧，試試看。」她走到何筑煙旁邊，手搭在她的肩膀，像哄小孩一樣的哄著她說：「好了，事情都過去了，好了……」

忽然又說：「羅廣奇！」

何筑煙聽到了羅廣奇的名字，眼睛裡的眼珠才朝她的方向轉動過去，看到簡縵晨後又把頭埋在棉被裡啜泣起來，一直啜泣到睡著。

簡縵晨和許姹貞在房間裡陪她陪了兩個多小時，何筑煙的卡桑端水進來給她們喝，說：「她終於睡覺了，還好有妳們這些好同學，真是謝謝妳們！」

許姹貞說：「伯母，不用客氣，聽到兩個同學發生這種事，我們也都很心痛。」

「妳們來幫忙，我總算鬆了一口氣，昨天一整天我的神經都緊繃著，做這件事也不是，做那件事也不是。」

簡縵晨說：「不好意思，伯母，我們還有一個同學叫李滄舜，他也進了醫院，我們昨天是去看他，所以沒有辦法過來。」

「我知道，是那位住在靠近土坡坎下面的那一戶人家的兒子，因為他的腳被炸傷，所以不用被徵調到南洋作戰的同學嗎？他怎麼了？」

「他的腳因為沒有完全醫好，前幾天又跌倒了，舊傷口感染了細菌。」簡縵晨又說：「我們昨天去看他，剛好醫生正在搶救，我們才知道他的病況有那麼嚴重。」

「那我們才不好意思呢，為了我們家的筑煙讓妳們兩頭忙。」

她們談話一段時間後，何筑煙已經睡醒，但眼睛還閉著；她的思緒掉入了往日她和羅廣奇乘坐渡輪到旗津町，在渡輪上他們看到海鷗在海上的藍天自由飛翔的回憶；然後又轉到了旗後砲台和旗後燈塔看到壯闊的海景，心中充滿了人生的希望與喜悅；思緒接著跳到羅廣奇被徵調到海外的前一晚，她想起了苦澀的痛。

「醫生是在搶救誰？是在搶救羅廣奇嗎？我要去看他，我要救他！」她半睡半醒中聽到簡縵晨談話的最後幾句，從床上爬起來，準備穿鞋子。

簡縵晨說：「妳要救人嗎？救人需要先準備好，不是這個樣子就可以直接去救的。」

「可是已經很緊急了，要趕快去。」何筑煙一面穿著鞋子。

「醫生已經控制病情了，過幾天才需要捐血，妳要捐血嗎？」

「我要捐血，我的血都捐給他沒關係，我要救他。」何筑煙捲起袖子。

「不是這樣的，筑煙。」許姹貞說：「妳已經幾天沒吃東西了，妳身上的血不夠多，醫生是不會讓妳捐血的。」

「那怎麼辦呢？」何筑煙開始慌張的晃動起來了。

簡縵晨搭著她的肩膀哄她：「不急，過幾天才需要捐血，妳要先吃東西，把身體養健康，身體健康的人醫生才會准許她捐血救人的。」

這樣何筑煙終於開始進食了，而且也認真的吃著三餐。

簡縵晨她們兩個人這幾天都輪流由一個人來陪何筑煙，另一個人就和吳秀娉在醫院裡幫忙看顧李滄舜，簡縵晨跟李滄舜說：「何筑煙來的時候，你真的要裝出很需要她捐血救你的樣子。」

李滄舜又問：「為什麼？」

「你不要再問了，你就這樣做就對了，到時候再告訴你。」

何筑煙吃了幾天正常的三餐，簡縵晨和許姹貞在下個木曜日[28]陪她到醫院準備捐血。她一直覺得她是要救羅廣奇，所以氣色正常多了，她們行色匆匆的到達醫院。

何筑煙在病房左顧右看，簡縵晨知道她是在找羅廣奇的影子，所以故意把她拉到李滄舜這邊來。

兩個護士正在幫李滄舜清創，她們解開了他腳上包紮的紗布，然後用碘酒在傷口上塗抹。

「啊，啊！呼……呼！啊！」李滄舜痛得哇哇叫。

何筑煙看到這種狀況，心疼的雙手掩著嘴巴，眼眶含著淚水。等到李滄舜只有喘息的時候，對他說：「你是李滄舜，你不是羅廣奇，羅廣奇在哪裡？」

李滄舜正痛著，他表情痛苦氣若游絲的說：「我不是羅廣奇，羅廣奇在海南島。」

「他真的還在海南島嗎？那怎麼救他？」

「妳在說什麼？他明明在海南島好好的活著為什麼要救他，我才須要被救，我才是快死了咧！」

這時候吳秀娉想要上前插嘴，簡縵晨把她拉回來，食指比在嘴巴上示意她不要講話。

何筑煙聽到羅廣奇在海南島活得好好的這樣的話，精神陷入了一陣幻覺，她頓時覺得前幾天只是一場夢境，喃喃的說著：「那只是做夢，那只是一場夢……」直到李滄舜拉一拉她的手，氣若游絲的說：「我才是快死了咧，何筑煙救救我，我需要妳捐血救我。」

何筑煙的眼神從幻想中回了神，說：「我一定救你，我一定會救你！」她說完捲起袖子，拉著吳秀娉說：「走，我立刻去捐血。」

吳秀娉說：「不要急，是明天，明天李滄舜開刀之前才需要捐血。」

「明天，好，明天我一定要來。」

「是啊，妳明天一定要來捐血救我。」李滄舜說完，斷斷續續的陷入一片痛苦的呻吟中。

「好，好，我一定要來救你。」

一直待到天色已晚，李滄舜的多桑來接替晚上照顧的工作，她們才踏出病房。

簡縵晨出門後又匆匆的從門外跑進來，對著李滄舜說：「死囝仔！你還演得這麼逼真。」

「冤枉啊，我今天是真的很虛弱呀！」李滄舜對著遠遠跑走的簡縵晨說著。

李滄舜開刀的這天，何筑煙一早就來到捐血中心，她跟抽血的護士說：「抽多一點

28 星期四。

沒關係的。」

「不行的，一個人最多一天只能抽這麼多血。」護士笑笑的說：「妳放心，還有其他的人捐血，我們也有庫存了一些，應該夠了。」

何筑煙在這次的捐血中，得到了一種救人的滿足感，潛意識中隱藏著救活羅廣奇的一種希望，從無形中一直燃燒起來。她害怕聽到死亡，尤其是羅廣奇的死亡，像這樣的消息太痛了。她緊抓著充滿希望的事情，就像溺水的人在水中抓住一根浮木一樣，所以她向吳秀娉等幾個同學說：「我每天都要來照顧他。」

何筑煙的卡桑很高興，對她們幾個同學說：「還好有妳們這些好同學照顧，要不然她這樣下去也不是辦法，要是精神出了問題或者是想不開的話，我們都不知道該怎麼辦才好。」

何筑煙的卡桑趁她們幾個人過來約何筑煙一起去醫院的時候，偷偷的問簡縵晨：「聽說李滄舜在學校成績很好，很優秀是不是？」

簡縵晨點點頭，後來在回去的路上，她跟許姹貞說：「她卡桑的問話嗯，我覺得好像在選女婿喔！」

「哇，那妳的機會就只好讓給她囉！」

「妳不要亂點鴛鴦譜好不好，我和李滄舜彼此都沒有一點意思好不好？」簡縵晨又說：「說真的，如果他們真能夠湊成一對，讓何筑煙的感情轉個方向，她就不會陷入痛苦的深淵。這樣也好，羅廣奇死了又不能復生，過去的情誼已成一陣雲煙，有個新的寄託才能讓她拉回生活的正常面。」

許姹貞回答：「好呀，她一直嚷著說要照顧李滄舜，我們跟吳秀娉說好，我們三人都要常出去逛逛街，偶而回來看一下有沒有需要幫忙的事情就好，好讓她單獨在那邊多陪陪李滄舜。」

「好呀，逛街我最愛了。」

三個人就這樣，沒事常常一起或輪流出去街上逛逛，大部分的事情都留給何筑煙做，何筑煙也樂得一面做事一面活在希望中。過了一段時間，李滄舜的腳傷已經恢復得差不多了，必須開始做復健，何筑煙每天都負責陪著他一遍再一遍的練習。

「很好，再來一遍，膝蓋要彎一點。」何筑煙對李滄舜說：「忍耐一些，復健好了以後，人生就會充滿了希望。」

有一天，趁何筑煙去洗手間，李滄舜問吳秀娉：「我問妳，她那天說要救羅廣奇到底是真的還是假的？」

「你不是說他活著在海南島嗎？你怎麼知道要問這個問題？」

「我那天看到妳想要說些什麼話的，簡縵晨及時制止妳說話。」

「喔，你還真會裝呢！」

「不要這樣嘛，我覺得她怪怪的，她這樣認真的照顧著我，可是……」李滄舜搔一搔頭：「總之，就是覺得怪怪的。」

「說真的，我們都很難過，羅廣奇和王筌堃都戰死了。」

「妳說什麼！亂講，我怎麼都沒有聽說。」

「是真的，在你來醫院的那一天，我和何筑煙還有簡縵晨親眼看到的，日本軍官開著吉普車來，他們把白木箱送到羅廣奇和王筌堃的家裡。」

「怎麼會這樣？這種事怎麼會發生在他們身上？」

「所以你的腳傷反而讓你幸運，不用徵調到海外作戰，在海外作戰是多麼危險啊！」

「我也不怕呀！我也想要到海外作戰。」

「嗨！別再說這些了，現在重要的是何筑煙當天看到白木箱送到羅廣奇的家裡，受到了嚴重的打擊，傷心得每天都不吃不喝。」吳秀娉邊說邊往洗手間的方向看著，接著說：「我們好不容易才說服她來捐血救你，你看她對你多好，聽說要捐血救你就願意吃東西了，又那麼認真的照顧你，你可要好好的安慰人家。」

「原來是這樣，怎麼不告訴我他們過世的消息？」

「你那時候身體也很不好，你不知道醫生在搶救你嗎？你卡桑和我們都在那邊祈禱，我們哪敢告訴你這個壞消息。」

「難怪那麼神祕，都不告訴我原因就要我假裝表演，還好我有認真的配合演出。」

「你哪有？你不是告訴簡縵晨說你是真的虛弱不是演的嗎？告訴你，何筑煙可是個氣質好又優秀的姑娘……」

這時候何筑煙已從洗手間回來，他們停止了談話。

「復健的時間又到了，來，下來。」何筑煙推來輪椅，說：「走，我們到復健室去。」

她熟練的扶起李滄舜坐上輪椅，推著輪椅往復健室的方向走。吳秀娉突然間覺得他們的背影看起來好登對，就好像一對夫妻一樣。如果一開始他們兩人就是一對戀人，也不會換來如此的痛楚；不過這樣想好像又對羅廣奇不太公平，不應該因為他死了就產生這樣的想法，如果這樣羅廣奇不是變得好可憐了嗎？逝者已矣，來者可追，活著的人只能把人生這條路往前推進。

何筑煙把到醫院幫忙照顧李滄舜的事情，當做是每天必須的例行工作，她卡桑也因為她這樣的情形才能走出傷痛的陰影，樂得讓她每天都去醫院。從醫院回來後，她總是跟她卡桑和妹妹談論關於她這一天在醫院工作的種種事情，有時候談得眉飛色舞，都已經漸漸忘了種種傷痛。

談話中她總不忘記稱讚李滄舜，有時候稱讚他成熟穩重、心地善良；有時候說他學識豐富、幽默有趣；最常說的是他有一顆赤子之心。

在這樣的氛圍之下，使得何筑煙的卡桑也藉著到街上購物的機會，順道到醫院探訪何筑煙，其實也是要看看李滄舜是個什麼樣的人。

李滄舜的卡桑看到何筑煙的卡桑來到醫院，對她說：「謝謝妳！妳們家教這麼好，妳女兒不但長得美麗，心地又這麼善良，這麼會做事又會照顧我們滄舜，不知怎麼感謝才好。」

「不要這麼說，我們家大小姐也常常稱讚你們滄舜真是一個好孩子。」相談之下，兩人的卡桑談得非常契合，她們談著談到旁邊去聊個不停，比年輕人還熱絡。

簡縵晨等幾個同學剛好逛街回來看到此一情景，許姹貞說：「哇，這樣會不會太超過進展了。」

簡縵晨小聲的跟李滄舜說：「你們卡桑是在談你們的終身大事嗎？你們進展的速度超乎我的意料。」

「不要亂講了啦！妳們真愛開玩笑，根本不是這回事好不好。」

「你看你那麼正經，真的是心裡有鬼哦！」

李滄舜從以前心裡面就很喜歡何筑煙，只是他比較沉潛，沒有表現在表面上。可是他總不能讓何筑煙一直把羅廣奇還活在海南島的希望寄望在自己的身上；不能讓救他和救羅廣奇的兩碼事情重疊在一起轉換著，然後變成何筑煙總是懷抱著影射救活羅廣奇的夢想。

復健過了一段日子，腳傷已經好得差不多了，現在只剩下撐著拐杖即可到處走走，何筑煙陪李滄舜到醫院外面的花園透透氣。

何筑煙說：「外面的空氣真好，在病房裡面充滿了藥水味，空氣又很悶。」

「很感謝妳這些日子這樣的陪我，照顧我。」

「我覺得我的生命好像活了起來，我一定要這樣救你，我似乎可以感覺到如果不用再救你的話，竟無法想像我的生命會不會喘不過氣來。」

這時候，忽然水螺聲響起來了，在外面逗留的人都緊急的往醫院裡面跑，因為醫院掛了醫療的紅十字旗幟，通常轟炸機看到這個旗幟都不會丟下炸彈。

米軍B25轟炸機飛過上空，何筑煙扶著李滄舜急著想走進醫院，因為太急了，李滄舜被樹根絆倒，拐杖掉了，人趴在地上。

「廣奇！你……」何筑煙脫口而出，她扶李滄舜起來：「你有沒有怎麼樣？」

這時候，B25轟炸機已經飛遠了，並沒有投下炸彈。李滄舜在何筑煙的扶持下，一隻手撐著樹幹站起來。

李滄舜說：「筑煙，妳剛才說了『廣奇』的名字。」他覺得早晚還是要戳破她編織的美夢，希望她回到現實面，用正常的觀點對待他。

何筑煙還是用選擇性的相信，說：「你不是說他還在海南島嗎？」

「筑煙，妳要清醒一點，我只能確定的告訴妳，羅廣奇確定已經死了。」

何筑煙聽了，掩面啜泣起來，一面喃喃的說著：「沒有，他還活著，他還在海南島活著……」

「事情都過去了，妳要面對現實，羅廣奇已經死了這是真的，不要再難過了。」

何筑煙聽了哭得更嚴重，身體幾乎要攤軟下去；李滄舜的背靠著樹幹撐著，他雙手去扶著何筑煙，但是只能用一隻腳的力量撐著地面。用施力不夠的雙手去拉住攤軟的何筑煙，所以力道只好朝向背部撐在樹幹的他自己，何筑煙因此而斜倒向他的胸前。

「盡量哭吧！把壓抑的情緒都發洩出來。」李滄舜左手抱著何筑煙的背部，右手抱著她的頭，讓她靠在胸前哭泣。

哭泣一直延伸到日落西山，天色漸暗，何筑煙的哭泣才漸漸停止，淚痕也已經乾涸了。在夕陽絪緼，花園微霧中，李滄舜親吻了何筑煙。

這一天以後，何筑煙憂鬱的臉龐才漸漸平衡下來。一直到了李滄舜出院的那一天，她的臉上已經出現了些許的笑容，和同學間的互動也變得有說有笑。不像先前皺著眉頭，只顧著做照顧李滄舜的事情，不太理會旁邊的同學。

李滄舜出院時，簡縵晨等幾個同學也都來幫忙整理東西與辦理出院。大家都看得出來，何筑煙臉龐上的憂鬱漸漸消失；李滄舜的眼睛有時候會心疼的看著何筑煙。簡縵晨看在眼裡，拉著何筑煙到旁邊說：「李滄舜是個不錯的人，成績又很優秀，你們進展得如何？」

「我們又沒怎麼樣，妳不要亂猜嘛！」何筑煙說完心虛的轉頭看外面，臉頰一直泛紅到耳朵。

「呵，呵，不能說的祕密喲！」

「哪有，哪有？」何筑煙說完，臉色中卻藏不住喜悅。

吳秀娉回家的路線不同，她另外坐車班，簡縵晨和許姹貞住在村子的前頭，所以先回到家，接著就是何筑煙的家了，李滄舜的家是在村子最後面的土坡腳下。

「再見了，謝謝妳的照顧，這樣好了，我請妳看場電影回報妳。」李滄舜趕緊把握機會。

「我才不用你報答咧，算我請你看電影慶祝你康復好了。」

後來他們到新竹市區的樂民座[29]看了兩次電影，第一次看的影片是《機關車C57號》，是介紹蒸汽火車頭C57號的紀錄片。隔了兩星期，新片上映時再第二次看電影，也是去樂民座看的，片名是《陸軍航空戰記》，由日本映畫社製作出品的新聞片。

兩次外出看電影以後，他們一起外出時，在鳧湖村裡的人家看來已經漸漸變成自然的事了，此外，他們也常常出去逛街或者到郊外風景區踏青。李滄舜的腳傷雖然已經算是完全好了，但是他們外出時，仍然得裝出一副腳傷的樣子，一跛一跛的走著；因為是何筑煙的卡桑交代的。

「伯母，為什麼？我的腳不是已經完全好了嗎？」

「你不知道嗎？今年一月開始台灣已經正式實施徵兵制度，直接通知就徵召了，是不能不去的。」何筑煙的卡桑說：「以前徵兵是強迫硬要徵召，現在徵召不去是會犯法的。」

何筑煙的卡桑又說：「街役場那邊都把兵役通知單交給保甲書記，保甲書記因為已

---

29 日治時期電影院和劇場會稱為「座」。

經知道你的腳受傷，所以才沒有拿兵役通知單給你，如果保甲書記知道你腳傷好了，就會馬上徵召你去戰場。」

「伯母，這有關係嗎？」

「當然有啊！如果你被徵召了，那我們家的筑煙怎麼辦？是不是要整天神經繃緊著，她已經無法再承受你被徵召的打擊了。」

可是李滄舜畢竟不是跟他們家有關係的人，這樣的要求人家似乎不太合情理，所以何筑煙的卡桑等到她多桑回家後跟他商量。

「我們家筑煙現在跟這位同學感情發展得不錯，這位同學又很優秀，不如給他們結婚好了。」

「他們還年輕，現在又處於戰亂中，物資非常缺乏而不方便結婚，以後再說吧！」

「不行，如果李滄舜不聽我勸他假裝跛著腳的話，遲早就會被徵召到海外參加作戰，或者是有別的媒人給他介紹別人了，你要叫我們筑煙怎麼辦？起碼有正式女婿的名分，我們才有權要求人家聽我們的話。」

「這……唉，不會啦！」多桑非常疼何筑煙，所以很捨不得。

「我們筑煙已經無法再承受一次打擊，她會活不下去的；何況現在年輕的男人都被徵調到海外作戰，適婚的女人又那麼多，在媒人的眼中李滄舜是很搶手的單身漢。」

禁不起何筑煙的卡桑一再的說服，她多桑也擔心何筑煙再遇到狀況會無法承受，終於對卡桑說：「對方又沒有來提親，我們自己在急什麼？」

何筑煙的卡桑和李滄舜的卡桑本來就是同一村的人，自從上次李滄舜進醫院何筑煙去幫忙照顧後，兩人已變成契合的好夥伴，常常一起去逛街買菜，閒暇時常到家裡聊天。所以，何筑煙的卡桑暗示了李滄舜的卡桑可以來提親。

李滄舜的卡桑喜孜孜的對他多桑說：「找個媒人去提親。」

「對方家世那麼好，我們滄舜何德何能，怎麼好意思去提親。」

「是她卡桑自己暗示我們的呀！所以應該沒問題的，而且也不會要求很多的。」

果然媒人去提親，一拍即合，說定了這門婚事。

消息傳到這幾個女同學這裡，大家並不感到意外。

許姹貞說：「哇，想不到發生這樣的事，反而讓她先有喜事。」

吳秀娉說：「妳這是羨慕還是忌妒？」

簡縵晨說：「發生這樣不幸的事誰敢羨慕？我們不敢羨慕，但是可以忌妒他們的喜事，希望他們能幸福得讓我們忌妒。」

經過一番時日的準備，終於到了結婚的日子。簡縵晨和吳秀娉本來說好早上來何筑煙的家裡，幫忙她打理出嫁時新娘的化妝與瑣事，晚上再去參加他們的喜宴；她們兩人一早就興奮的打扮一番，穿上時髦的洋服，但是她們正在走向何筑煙家的路上時，遠遠的看到何筑煙家門口站了一個人，走近一看竟是羅廣奇。

33 燈火闌珊處

出嫁的日子，何筑煙一早就起來梳好頭，穿好新娘禮服。因為戰亂的關係，所謂的新娘禮服其實只是簡單而樸素的紅色衣服。她坐在化妝台前，等著吳秀娉和簡縵晨來幫忙化妝。她心中不捨的捧著卡桑前一晚送給她的珠寶盒，淺粉紅色的珠寶盒看起來的樣子很像「玉碎」的白木箱。

何筑煙撫摸著白木箱似的珠寶盒，閉起了眼睛，心中默默的說著：「廣奇，說好你要活著回來的，但是無奈你食言了，也傷了我的心。我們的誓言已經幻滅了，這是我最後一次的思念，我心中漂泊的靈魂即將靜止；今天過後，我將成為別人的新娘，那個別人就是你的好友李滄舜。別怪我變了心，只能怪世事變化無常，心中對你是萬般的不捨；但是，我只能無奈的把心拉回來，轉移了我的感情，相信你會同意，請祝福我吧！」

◇　◇　◇

想到這裡的時候，吳秀娉剛好開門進了何筑煙的房間。

「要來幫忙化妝了嗎？謝謝妳！」

可是吳秀娉卻緊繃著臉，沒有一絲笑容，她走到化妝台旁邊，拉了一張椅子坐下。

「怎麼了？」何筑煙看了她的表情，緊張的問。

「筑煙，有件事情妳要先有心理準備。」吳秀娉說：「我知道妳卡桑的意思，但是這件事還是要由妳自己來決定。」

「到底是什麼事？表情那麼嚴肅，好嚇人呀！」

「假如我告訴妳，如果羅廣奇還活著，妳覺得要怎麼辦？」

「不要開玩笑了，吳秀娉！這個時候妳還要開這種玩笑。」

「我說的是真的，妳相信嗎？」

「我不相信！拜託妳秀娉，不要再嚇唬我了。」何筑煙開始激動起來。

「妳要冷靜一點，我講的是真的，剛才在外面我親自遇到他，我還跟他談話。他告訴我是他們小隊長誤傳他死亡的訊息，後來小隊長戰死了，所以沒有人知道要更正。」

「妳在恐嚇我嗎？我不要聽，這些都是妳們騙我的對不對？」

何筑煙一面嚷著，一面趴在化妝台上哭泣。吳秀娉也只能一面嘆著氣，一面撫摸著她的肩膀，安慰她說：「人能平安的回來就好，這不就是妳的初衷嗎？」

何筑煙一直哭著說：「天啊！為什麼要這樣對待我，我不相信，妳在開玩笑的對不對？」

「人既然平安回來了，這件事就只有妳自己能決定，所以，妳決定了我們再來幫妳處理。」

「沒有這件事吧！怎麼辦？我要怎麼辦？」

何筑煙哭泣了良久才起來，啜泣著說：「怎麼回去？回不去了，已經接受了新的情感，回不去了怎麼辦？」繼續啜泣著：「滄舜怎麼辦？廣奇怎麼辦？我的心好像要撕成碎塊一樣，到底要我傷害誰？」

「事情已經走到了這個地步，無論妳做什麼決定都會造成傷害，我是建議妳不要走回頭路，以免造成更大的傷害。」

「說得很容易，我做不下去。他是真的活著嗎？我還是不相信。」

「妳不是日日夜夜的希望他沒有死嗎？現在他真的沒死妳卻又不能接受了。」

「拜託妳，不要再開這種玩笑了，我是真的不會相信的。」

「既然這樣，我帶妳出去，讓妳親眼看見他，親自跟他說明，為了妳的幸福，我想他一定會祝福妳的。」吳秀娉作勢拉著何筑煙的手。

「不行，不行，這樣對他太殘忍了。」何筑煙極力抽回自己的手，啜泣著說：「如果真的是這樣的話，我無顏面對他，我無法做到。」

吳秀娉思考了許久說：「妳總不能要結婚了還沒有跟他說聲吧！妳要讓他一直都在外面等著嗎？還有妳和李滄舜的親友也都準備好了，他們在等著你們的婚禮。這樣好了，現在是簡縵晨在外面陪著廣奇，不如妳親自寫一張信給他，讓他看看妳親自寫的信與內容。我幫妳傳給他，相信他親自看了信以後才能接受，這樣他也會諒解與祝福妳。」

「這是假的對不對？是做夢嗎……」何筑煙陷入了似是而非的幻想中。

吳秀娉在化妝台邊找到了紙和筆，遞給何筑煙並催她快寫。

何筑煙啜泣著一直下不了筆，後來抬起頭來一面喃喃自語的念著：「這一定是夢，一定是夢……」一面慢慢的寫著信，信紙上滴了幾滴眼淚，潤濕了字跡。

寫好了之後，何筑煙閉著眼睛，手壓著信紙，眼眸流了兩行淚水。

吳秀娉把信紙抽出來說：「等一下我把信帶出去給他，我在那邊陪他，換簡縵晨回來幫妳化妝，她比較會化妝。待會兒妳要乖乖止住眼淚，讓縵晨好好的幫妳化妝成漂亮的新娘子，不要讓滄舜和親友們看到妳現在這個樣子。相信廣奇知悉後也會祝福妳的，妳會是一個感到很幸福的新娘。」

羅廣奇和簡縵晨在外面的樹林下等著，看到只有吳秀娉一個人走出來，那時羅廣奇覺得很失望：「何筑煙她人呢？」

吳秀娉拿著信給羅廣奇說：「看信前你先要有心理準備，放鬆一下心情再看信吧！」並示意簡縵晨進去何筑煙的家裡。

羅廣奇看到何筑煙寫的信就很高興了，以為內容是寫了什麼令人愉悅的事情，所以真的放鬆了心情，坐在樹下的石頭上，高高興興的打開這封信。吳秀娉看在眼裡也不敢說什麼，她的眼睛偷偷的瞄著他讀信的臉色，看到他的笑容漸漸消失，但沒有憤怒，也沒有哭泣，只是轉成無言的呆滯。信上寫著：

廣奇：

聽到你活著回來，震驚與喜悅相互浸潤形成了心情上無法形容的痙攣感，使得身心已經癱瘓，無法去面對這件突如其來的衝擊，一直感覺這還是在夢中。曾幾何時一度傷心得無法活下去，但想一想，你活著回來，不就是當初絕望時內心的初衷嗎？

當時，覺得我自己在這個世界上已經死了，後來靠著想救活你的意志因緣，使得正在沉入水中的我抓住了浮木，才得以再活了過來。我以為我已經重新活在另一個世界裡，所以，可以肆無忌憚的把感情再放出去，沒有預留回頭的空間；如今我的心像撕裂的碎塊，無法縫補。回首時已難承受的痛，逼得我的靈魂只能選擇前行，淚痕已杳，痴魂難回。

今天我即將嫁出去了，那個依靠的浮木就是你的好友李滄舜，他是一個有赤子之心的人，相信你會放心的把我交給他。時間會沖淡一切，希望你今後能自求多福，尋求你自己嶄新的人生，我衷心的祝福你，相信你也會祝福我吧！

筑煙淚筆

讀完信後的羅廣奇抬頭看看何筑煙家的門口，這才看到原來門口已經貼著紅紅的春聯。這樣意外的變化，完全出乎他的預期，內心一點準備都沒有，惶恐得不知如何反應，所以眼神變得呆滯，只能痴痴的看著何筑煙的家門。

過了許久，遠遠的一群人正在走過來，那群人正是李滄舜和他的家屬，他們是過來迎娶何筑煙的隊伍。吳秀娉怕羅廣奇看了太過激動，把他拉到遠遠的樹林裡，他手緊抓著樹幹，目不轉睛的看著李滄舜進了何筑煙的家裡，然後迎娶了何筑煙出門，迎娶的隊伍遠遠的消失在煙塵裡。

迎娶隊伍的路線是往神社的方向前進的，皇民化運動提倡「神前結婚」；為了晚上的婚宴不被保甲書記找麻煩，因此配合政府在神社結婚，由神官以神道儀禮的方式舉行結婚儀式。通常辦了「神前結婚」以後，保甲書記就會睜一眼閉一眼，不會管太多後面接著的活動了。

吳秀娉看羅廣奇眼神呆滯，一點反應也沒有，搖一搖他的身體，說：「你怎麼了，怎麼都沒有反應，好好的哭一場，把情緒發洩出來沒關係。」

羅廣奇痴呆了好久，終於說：「妳趕快去幫忙她的婚禮吧！」

「我不放心你一個人在這裡。」

「沒關係的，我想一個人靜一靜。」

「你該不會做傻事吧！」

「不會的，我只想一個人靜一靜，你快去！拜託，讓我一個人靜一靜。」

「那你靜一陣子後，要回家休息，我和簡縵晨會再去找你的。」

吳秀娉待了一陣子，只好先行離開。

「神前結婚」的儀式舉行完後，已經是下午時分了。羅廣奇知道結婚的隊伍會回到李滄舜的家裡，所以趕緊跑到李滄舜家後面的土坡坎高地上，從這個高地的側面往下看，可以看到李滄舜家的三合院廣場。

他靠在一棵粗壯的樹幹旁，撥開芒草花叢，從芒草花絮紛飛的隙縫中，看著山下李滄舜的家，眼睛在驚惶的視覺中，傳達給他的是當下幻化的人世間景象。

一直等到接近傍晚時分，迎娶的隊伍才從神社回到了李滄舜的家，庭院的廣場開始擺起了幾張宴客的桌子。李滄舜和何筑煙一起走進大廳，李滄舜的家人在客廳裡架起梯子，爬上天花板把藏於天花板上的菜籃子拿下來。菜籃子裡裝著的原來是供奉在廳堂的神像和祖先牌位，自從總督府規定台灣家庭必須奉祀「神宮大麻[30]」之後，大家都把祖先牌位和神像藏在天花板的菜籃中。神像和祖先牌位布置好後，李滄舜和何筑煙在神像和祖先牌位前叩拜，之後就進了側房休息。

天色漸漸暗下來，戰亂的氣氛和物資的缺乏，使得婚禮不能大肆鋪張，只能用簡單的方式進行。宴客桌上和屋子裡點上幾枝闌珊的燭火，參加婚禮的親友與賓客，在微弱的燭光下，陸陸續續的走進了廣場。羅廣奇看到吳秀娉、簡縵晨、許姹貞和吳妮莉等幾個同學也進了廣場。

婚禮開始進行了，桌上的菜餚只有幾樣，是用番薯籤、蔬菜等簡單的食物搭配而成，由鄰居幾個大嬸過來幫忙烹調的。在此起彼落的喧譁聲中，羅廣奇看到李滄舜的多桑、卡桑和何筑煙的多桑、卡桑領著李滄舜和何筑煙從廳堂裡走出來，沿桌敬著茶水；在夜色裡他緊抓著樹幹的手漸漸鬆軟，幻象在芒草花架的紛飛中漸漸模糊，就像隨著夜色漸漸深沉和賓客漸漸散去一樣。

他的眼神一直聚集在芒草花絮隙縫中看到的幻象，幻象裡的畫面呈現出最後一盞闌珊的燭火，閃爍在窗戶中，然後漸漸熄滅，他才發覺兩行燒燙的熱淚已從眼角竄到臉龐。鬆軟的手，灼傷的心，終於癱軟得趴在樹下的岩石上。

他喃喃的嚷著：「為什麼！為什麼讓我活著回來？為什麼不一槍斃了我？一槍斃了我不就圓滿了嗎？為什麼……」

鬱悶的感覺使人像是一個透不過氣的人，人世間好像即將幻滅一樣：「怎麼辦？怎麼辦？我怎麼活下去……」

悶到了深夜，羅廣奇終於想起了雪兒的話：「愛一個人不是占有她，是要祝福她。」他又嚷著：「老天啊！雪兒怎麼那麼輕鬆就做到，我怎麼無法做到？」

「我無法做到……」他喃喃的嚷著、睡著，醒來又嚷著，又睡著，一直到黎明將至，天色漸亮才沉沉的睡著。

睡夢中，羅廣奇夢見這一切令他惆悵的幻像原來都是一場夢而已，在夢中卻覺得不是夢中的他，洋溢著幸福的笑臉牽著何筑煙的手，來到了長滿芒草花叢和蘆葦花的河邊，芒草花和蘆葦花沿著蜿蜒的小河延伸到無邊無際的遠方。

30 日本神道教祭祀用具。

後記

本篇小說是依據我的父親王慶黃（小說中父親的姓名「羅廣奇」是虛擬的）的口述，以及寫了一半的筆記改編完成的，其中男女私情和部分的情節是虛構的以外，還有很多事件都是真人真事的呈現，或是經考據後的描述。

（一）寫一半的筆記如後：

前方中央坐者為我的父親王慶黃，當時與巡查補同仁的合照。

日本說大東亞戰爭在民國卅年，我那年21歲，被日本所謂勤行奉公青年
隊受訓個月，待三天即徵調防衛團員，經過無半個月當時正流行志願兵（實徵
調）即通知去修甲書記（現在村里幹事）知道當年我也被通知考上當年但是心裡不願，自身
係檢查通過，就被訓練一個月出發當兵（即往海外）在當時，我發現是被派
我被派往在謀集海外巡查補，即刻前往報名經參加考試及格得一學期通知
即刻乘舟往海外（待乘舟後二天志願兵全通知我已在舟上）我那乘的舟註稱
名千島丸約五仟噸，其外目的地不詳，概行約一星期到達榆林港（海南島）即上陸
往三亞海軍16警備隊，安此隨即改名，我改調廣東二警政（在日本姓同名不要改吳字）
並剪頭髮及指甲做戰死無屍時的存留念，剛到即劃前訓練當時所配訓練用之步槍是
日本明治時代之村田式步槍，訓練半年基本一律槍操作射擊、學校術及當地語言
等。未滿實彈射擊約一個月就結束，被派高鄰，我被黃水派遣隊巡查部隊，實為
海軍兵，是異到花山派遣隊，有日本兵潮（實際四十五名以上之補充組）兵，也有台灣山地同胞在一
起，我即分到第二隊第二棹，棹十五名，棹長為日本海軍二等兵曹，棹員
有上等兵（日人）一名，一等兵二名，二等兵三名，其外名即為巡查補，每天早上要練習
槍劍術，早餐後即分配工作任務（有修理電話線、軍用車輛、伐共黨遊擊隊）

等當時海南島內分為共產黨、革命黨、維持会、國軍游擊隊等，而各隊也
是敵對関係，只維持会與日本軍部有聯絡，而表面上之四個人八分之互相
未用日本姓名稱呼，並且用台語通話，但有时被日人發現即要体罰（用木刀
打ピク三次）。有一次我服務被派與日兵隊往分營造路，工人大部份為婦女（當地人）
而無用土話，都要檢查身体，而決與日本一等兵曾都向無知婦女強行用手指捕摸
私處狠熱後始得通過，而後大部婦女都望著我而直付再通過，因我只看到
也就許通過。另外有一次命我訊與日兵隊當伏擊遊擊隊，當我與日隊行
軍五天後到（發現）游擊隊之野戰病院（海岸口草叢處），已是早上，但是空洞，隨即隊長
令令
營內外但從發現後恰早警後隊長，有游擊隊埋伏，即派我與五名
眷屬兵（即台灣人）往前行探，我們六名行約十五里路時，在一處樹林小山洞發現七名
婦女都是不多十七八歲，在右邊生衣裡面，我即與當地語我們同族隊友（客家人）
用客家語與廣東語相通詢問，其答謂昨天在游擊隊病舍出去而後
探人來報日軍隊要前來討伐，隨即各分路逃亡，並且未帶糧食，後我們六人
互相參想，寬甚苦處

（二）父親口述與筆記之真實事件（按小說順序排列）：

(1)〈二、軍醫的表演〉（口述）：父親到達榆林港下軍艦當天，就看到軍醫使用活人教解剖課，使用的活人是逮捕到的敵方人員。

(2)〈九、巡查補〉（口述+筆記）：當時父親為避開日本政府的實徵自願兵到海外，及時報考巡查補，當徵兵令到達家中時，人已坐上「午島丸號」軍艦載送巡查補赴海南島的船上。

(3)〈十二、日式姓名〉（口述+筆記）：在海南島當巡查補時，被日本軍方要求將原本之中文姓名改為日式姓名。

(4)〈十三、刺槍術〉（口述）：用活人練習刺槍術，父親當時是用尿遁法，並借用隊友刺刀式的血擦抹到自己的刺刀上檢驗過關的。

(5)〈十六、白衣天使〉（口述+筆記）：父親在一次六人的巡查補先遣巡邏時，在一處樹林山洞裡發現七名敵方護士，並放走她們，救了這七名護士。

(6)〈十七、金幣〉（口述）：父親曾在日軍攻占的某政府廳內的首長臥房裡，發現並挖掘埋在臥室床下的金硯台，然後將金硯台埋在外面的一棵樹下，很可能至今還埋在該處。

(7)〈二十三、芒草中的槍管〉（口述）：曾經目擊有人因不服歧視與管教，在作戰中偷偷將槍管轉向，射擊惡意管教之人員。

(8)〈二十四、廚餘，二十五、酢漿草換雙柳黃〉（口述）：父親曾在輪值廚房工作時，偷偷把廚餘送給當地居民，結果被人檢舉，因而被罰板打屁股而受傷，當時軍中規定受傷原因是被處罰者不得進醫院，所以不能進醫院療傷。

(9)〈二十六、移防〉（口述）：因為屁股被板打的傷一直都還沒痊癒，所以父親在一次移防的路程中，將棉被丟到橋下，然後跳到橋下的棉被上假裝因公受傷，因而被送到醫院治療。

(10)〈二十七、圍棋〉（口述）：在醫院療傷時期，父親靠著自己圍棋的棋藝和日本軍醫變成朋友，博得醫官的信任。

(11)〈二十八、兩口痰〉（口述）：靠著棋藝和日本軍醫成為朋友後，父親又到肺結核病房向病人借兩口痰，通過肺結核的檢疫，並天天用布束腿，使得兩腿看起來粗細不一樣，就這樣靠著醫師的幫忙而通過除役的回台灣申請。

(12)〈二十九、兩顆炸彈〉（口述）：經過核准除役得以回台灣，當時父親搭的船艦有兩艘從海南島同時出發回台灣，在回程的海上遇到美軍戰機的空襲，另一艘船艦被擊沉。

（三）小說中提到的歷史事件、人物與學校或地方：

(1) 人物：

• 吳振武：日治時代台灣屏東人，二次大戰時，吳振武被日本軍方調派海南島，作為海南島警備府直屬第十六警備隊，擔任中尉大隊長，不久晉升為海軍大尉，為當時台灣人最高的軍官。他以「亞洲各國人民知道台灣人也能成為日本海軍軍官」為理由，拒絕改為日本姓名，戰後拒絕回日本，被推選為「忠誠會」會長，專門辦理海南島三亞地區台灣官兵遣送回台事件。

- 勝谷實行：日治時代高雄州商工專修學校校長。
- 小川七十二：日治時代州立高雄第一高等女學校校長。
- 鄧雨賢：日治時期的台灣作曲家，被譽為「台灣歌謠之父」與「台灣民謠之父」，日治時代末期，〈望春風〉、〈雨夜花〉、〈月夜愁〉等歌皆被強迫改編成日本軍歌，鄧雨賢受到嚴重打擊，極為憤怒。
- 太田奉湯：二戰時期任日本占領海南島時期的警備府司令。
- 王毅：二戰時期日本占領海南島，王毅擔任中國的瓊崖守備司令對抗日軍，戰後在太平輪沉沒事件中罹難。

(2) 學校：

- 高雄州商工專修學校：商工專修設於西元一九三五年，西元一九三九年遷至前鎮戲獅甲，後來商工專修和高雄州立工業專修學校合併成高雄州立高雄工業專修學校即現今的高雄市立高雄工業職業學校。
- 高雄州立高等女學校：現今的高雄市立高雄女子中學。
- 新竹州立樹林頭公學校：現今的新竹市立北門國民小學，南寮國小則為「樹林頭公學校樔榔分校」。

(3)

台灣的地方：

• 現今的新竹南寮地區在日治時期分為：苦苓腳庄、槺榔庄、湳湖庄等村庄。

• 日治時期以町作為行政區，約等於現今的區或里，例如高雄的前金町、塩埕町、榮町、人船町、新濱町、船哨町等。

(4)

歷史事件：

• 〈七〉、空襲：台灣首次受到空襲：一九四三（昭和十八）年十一月二十五日美軍飛機首次空襲台灣地區，美軍第十四航空隊出動B-25中型轟炸機，在P-38及P-51戰鬥機的掩護下轟炸位於新竹南寮的機場。

• 〈十四〉、三亞大轟炸：依據《台灣風物》四十六卷三期記載，海南島的三亞在二戰時期受到美軍大空襲，其中軍事設施、航空隊、機場、海軍醫院和火藥庫受到嚴重損傷，由於死亡人數太多，屍體只好拖到海邊成堆，像垃圾一般燒掉。

• 雷伊泰灣海戰：是第二次世界大戰規模最大的海上會戰，一九四四年美軍首先攻占菲律賓東部雷伊泰灣，日本小澤北編隊引誘美軍航空母艦部隊離開雷伊泰灣，栗田艦隊穿過聖貝納迪諾海峽，但卻與小澤艦隊無線電通信聯繫中斷，不敢貿然對雷伊泰灣發動攻擊，以致坐失良機。又在太平洋上與美軍一航母編隊遭遇，誤以為是美主力艦隊，於是栗田電令所屬艦隻撤出戰鬥，又一次錯過了殲敵的絕好機會。雷伊泰灣海戰後，日本聯合艦隊損失慘重，徹底消滅了日本的航母力量，日本的海空幾乎被消滅殆盡，在這場賭博中失去了所有的賭注，逐漸走向沒落。

（四）其他

(1)〈一、營救〉集中營、關金券：

- 集中營：一九四五年八月，日本戰敗投降後，當時台灣兵分別羈押在海南島北部的秀英集中營、西部的北黎八所集中營、東南部的陵水集中營、南部的三亞集中營。
- 關金券：一九三一年五月中央銀行發行的一種以海關金為單位，簡稱「關金券」。一九三五年十一月國民政府宣布實行「法幣政策」，市場流通中以一元「關金券」折算二十元「法幣」的比值。

(2)〈四、木棉花仙子〉關於木棉花：

- 依據國立中興大學台灣文學與跨國文化研究所碩士學位論文，《日治時期台灣古典詩中的苦楝、木棉、曇花、合歡書寫》，指導教授：高嘉勵，研究生：潘鳳蕙，其中第二章「古典書中的木棉書寫」第四十二頁：木棉屬於外來種植物……西元一六四五年木棉由荷蘭人引入台灣。因此，一九四一年的日治時期距離木棉花引入台灣已有二百九十六年的時間。

• 依據《台灣四季——日據時期台灣短歌選》（二魚文化出版社，陳黎・上田哲二譯）文中，劉克襄先生的序文：「木棉乃荷蘭時代從印度引進台灣的樹種，早已內化為此地尋常植物。」書中並舉出七首日治時期寫木棉花的短歌，可見日治時代的木棉花在台灣已經是尋常可見的植物。

• 日治時期的學制一年分為三學期，其畢業季約在三、四月分，三、四月分開花的植物很多，木棉花為其中之一種。

(3)

〈四、木棉花仙子〉南進基地化政策：

• 一九二二年，總督府公布了第二次「台灣教育令」，將職業學校分為農、工、商三個科別。太平洋戰爭爆發後，修業期限改為四年，並且將所有職業學校改為州立，這使得台灣的基層技術人不再匱乏。

• 一九三六年九月二日，台灣第十七任總督小林躋造在就任時宣告「皇民化、工業化、南進基地化」為治台的新政策，從此時開始，台灣成了日本經略「南洋」，實踐「大東亞共榮圈」美夢的「南進基地」。

(4)

〈八、水螺聲〉戰爭時期學校教育臨時縮短修業年限：

• 日治時期日人以工業學校為主要的教育特色，修業年限一直到戰爭時期才有比較大的變動，一九三八年三年制專修科修業年限縮短為兩年。一九四一年後，因太平洋戰爭，日本的大學、專門及各級學校開始縮短修業年限，一九四三年的「中等學校令」中，遂正式將本科修業年限由五年縮短為四年。

(5)〈十六、白衣天使〉台灣混成旅：

・「台灣混成旅」，一九三八年十一月日軍大本營命令，將日軍華中方面軍隊的飯田支隊編入第二十一軍，一九三九年日軍大本營再命令，將該支隊改編成「台灣混成旅團」，並命令將該旅團編入二十一軍戰鬥序列，準備把這支部隊投入海南島方面的進攻。

(6)〈二十一、河邊春夢〉黎族青年追鹿的美麗傳說：

・海南是黎族世居地，以黎母山為中心散居在海南島各地，黎族有青年追鹿的浪漫傳說，現今位於海南島三亞市區南邊設有「鹿回頭山頂公園」，就是為此一傳說而設，三亞市也因此被稱為「鹿城」。

(7)〈三十二、夢中痴魂〉樂民座：

・樂民座的「座」是當時電影院的意思，一九〇八年，高松豐次郎於台灣北、中、南部的七大都會興建戲院，昭和八年（西元一九三三年），由台灣人涂榮在東石郡朴子街（現朴子市向榮路）自建自營。當時的「座」是日本用語，即戲院的意思，當時放映的方式是由「辯士」在默劇中旁白。

九　歌　文　庫　　1　3　7　7

站在上天這一邊

國家圖書館出版品預行編目（CIP）資料

站在上天這一邊／王楨棟著．-- 初版．-- 臺北市：九歌出版社有限公司，2022.05
面； 公分．--（九歌文庫；1377）
ISBN 978-986-450-436-7（平裝）
863.57　　111004729

作　　者——王楨棟
責任編輯——張晶惠
創 辦 人——蔡文甫
發 行 人——蔡澤玉
出　　版——九歌出版社有限公司
台北市 105 八德路 3 段 12 巷 57 弄 40 號
電話／02-25776564・傳真／02-25789205
郵政劃撥／0112295-1

九歌文學網　www.chiuko.com.tw

印　　刷——晨捷印製股份有限公司
法律顧問——龍躍天律師・蕭雄淋律師・董安丹律師
初　　版——2022 年 5 月
定　　價——360 元
書　　號——F1377
I S B N——978-986-450-436-7
9789864504398（PDF）